Diogenes Taschenbuch 22461

Muriel Spark

Übernahme

Roman

Aus dem Englischen
von Mechthild Sandberg

Diogenes

Titel der Originalausgabe:
›The Takeover‹ (Macmillan, London 1976)

Der Abdruck der Übersetzung erfolgt mit
freundlicher Genehmigung des Ullstein Verlags, Berlin.
Sie wurde für diese Ausgabe überarbeitet.
Umschlagzeichnung von Edward Gorey

80/92/24/1
ISBN 3 257 22461 3

Erstes Kapitel

In Nemi entstanden in jenem letzten Sommer drei neue Häuser, die für die Umgebung von Bedeutung waren. Eines von ihnen war neu im strengen Sinn des Worts: auf einem Grundstück erbaut, auf dem noch kein anderes Haus gestanden hatte; es war mit einem Rechtsanwalt, aus dem nicht klug zu werden war, entworfen, geplant und besprochen und in einer Zeitspanne von drei Jahren und zwei Monaten erbaut worden. (»Und sieben Tagen, drei Stunden und zwanzig Minuten«, pflegte der derzeitige Bewohner hinzuzufügen. »Drei Jahre, zwei Monate, sieben Tage, drei Stunden und zwanzig Minuten von dem Moment an, als Maggie grünes Licht gab, bis zu dem Moment, als wir einzogen. Ich habe mitgezählt. Und wie ich mitgezählt habe!«)

Die anderen beiden Häuser waren Wiederaufbauten von Gebäuden, die bereits standen oder teilweise standen; beide hatten Grundmauern aus der römischen Antike und noch früheren Ursprungs, hieß es, wenn man nur tief genug danach grub. Maggie Radcliffe hatte diese beiden Häuser gekauft und dazu das Stück Land, auf dem sie das dritte errichtet hatte.

Eines, das Bauernhaus, war für ihren Sohn Michael gedacht. Er sollte dort leben, wenn er heiratete.

Maggie selbst war im Sommer zuvor nie dort, sollte angeblich da sein, wurde nie gesehen, würde bald kommen, war soeben nach Lausanne, nach London abgereist.

Hubert Mallindaine, im neu erbauten Haus, hatte Nachricht von Maggie; hatte Maggie gesehen, gerade verpaßt; hatte ein langes Gespräch mit Maggie geführt; war stets vorbereitet, Maggies Leben in seinen intimsten Einzelheiten mit Sachkenntnis zu erörtern. Seit Jahren war er Maggies bester Freund und erster Nachrichtenzuträger.

Das dritte Haus war eine große Villa, die in schlechtem Zustand gewesen war. Jetzt war sie in gutem Zustand, inmitten eines schönen Parks gelegen, komplett mit Tennisplatz und Swimming-pool. Der alte Goldfischteich war geklärt worden, und die Rasenflächen neu eingesät. Maggie schaffte alles. Doch es hatte Jahre gedauert. Das italienische Zeitgefühl und Maggies Konzentrationsmangel, der auf Schwierigkeiten und Komplikationen in ihren Familienangelegenheiten zurückzuführen war, hatten alles aufgehalten. Aber auch die Villa war im letzten Sommer fertig geworden. In einer Anwandlung finanziellen Moralgefühls, obwohl das ganz überflüssig war, hatte Maggie beschlossen, dieses Haus gegen einen monatlichen Betrag an einen reichen Geschäftsmann zu vermieten. Sie brauchte das Geld nicht, aber sie versetzte sich damit gewissermaßen in eine geregelte Position. Ihr derzeitiger Ehemann, Ralph Radcliffe, der ebenfalls Geld hatte und nie an etwas anderes dachte, hatte weniger Grund, das ganze Projekt zu mißbilligen, wenn man ihn daran erinnern konnte, daß Maggie aus einem der Häuser Miete bezog. Das war der Sommer, als es hieß, Maggies Ehe ginge in die Brüche.

Hubert Mallindaines Terrasse bot Blick auf den See und die jenseits wogenden Albaner Berge.

Hubert brauchte die beste Aussicht: Er hatte sich so in seine Legende eingesponnen, daß Maggie es gar nicht in

Frage gestellt hatte, ob er auf die Aussicht ein Recht besaß. Seine Sekretäre hatten von ihren Zimmern aus ebenfalls einen prachtvollen Blick.

In jenem Sommer waren vier Sekretäre da: Damian Runciwell, Kurt Hakens, Lauro Moretti und Ian Mackay. Nur einer, Damian, erledigte die Sekretariatsarbeiten.

»Wir können nicht den ganzen Sommer bleiben, Darling.«

»Aber Darling, warum denn nicht? Ich hasse das Herumreisen.«

»Nimm die Ohrringe ab, ehe du dem Fleischer aufmachst.«

»Darling, warum denn?«

»Hast du an den Knoblauch gedacht?«

»Mein lieber Kurt, wir brauchen heute keinen Knoblauch.«

»O doch, Ian. – Denk an den Salat.«

»Lieber, wir haben eine Knoblauchzehe für den Salat. Mehr Knoblauch brauchen wir heute nicht.«

»Ach, verschwinde aus meiner Küche. Los. Du machst mich nervös.«

»In meiner Langeweile«, sagte Hubert Mallindaine, der Herr des Hauses, »erscheint ihr mir alle so flittrig.« Er wandte sich beim Mittagessen an sie. »Verzeiht mir, daß ich so empfinde.«

»Du kannst empfinden, was du willst«, sagte einer von ihnen, »aber du solltest es nicht aussprechen.«

»Die Champignons sind matschig. Sie sind in Öl gemacht. Noch dazu in zuviel Öl. Sie hätten in Butter und

Öl zubereitet werden müssen. Sehr wenig Butter, sehr wenig Öl.«

Es kam eine so grimmige Hitzewelle, daß man hätte meinen können, jemand hätte die Hitze mit einem Hahn aufgedreht, zu stark aufgedreht, und wäre dann den ganzen Sommer lang verreist. Hubert lag auf dem Sofa in seinem Arbeitszimmer und beklagte Maggies Mangel an Noblesse. Es war Siestazeit, und sein Zimmer war verdunkelt. Hubert beschloß, mit Maggie über eine Klimaanlage zu sprechen. Doch dieser Entschluß verdroß ihn. Man sollte sich gar nicht in der Lage befinden, dachte er, fragen, auf eine Gelegenheit warten zu müssen, praktische Angelegenheiten mit einer Frau zu besprechen, die ein geregeltes Leben nicht kennt. Jeden Moment konnte sie blendend aussehend, ohne Vorwarnung in der Gegend auftauchen. Sie besaß keinen Sinn für Noblesse; eine vornehme Gönnerin hätte nicht zugelassen, daß er wegen kleiner Dinge von ihrer persönlichen Großzügigkeit abhängig war; Maggie hätte eine feste Regelung treffen sollen. Nicht einmal das Haus, dachte er, während er unter dem Hitzeansturm jenes letzten Sommers auf dem Sofa lag, ist auf den eigenen Namen eingetragen, sondern auf Maggies. Auf nichts hat man Anspruch. Maggie konnte etwas zustoßen, und dann hatte man keinerlei Rechte. Sie konnte bei einem Flugzeugunglück ums Leben kommen. Hubert starrte zur Decke hinauf und zupfte sich ein Haar aus dem Bart. Der stechende Schmerz bestätigte den Gedanken und beruhigte ihn seltsamerweise zugleich. Es war unwahrscheinlich, daß Maggie etwas zustoßen würde. Sie war unzerstörbar.

Zweites Kapitel

Miss Thin«, sagte Hubert, »ich wünschte, Sie würden nicht versuchen, Ihre Intelligenz zu gebrauchen. Sie haben so wenig davon. Tun Sie nur das, was ich sage. Sortieren Sie sie nach dem Datum.«

»Ich dachte, Sie würden die persönlichen von den geschäftlichen getrennt halten wollen«, erwiderte Pauline Thin kriegerisch. »Das wäre jedenfalls logisch.«

»Für mich gibt es da keinen Unterschied«, sagte Hubert und blickte mit Abscheu, der mit Pauline Thin in keinerlei Zusammenhang stand, auf die riesigen Mengen alter Briefe, die noch durchgesehen werden mußten. Es hat etwas sehr Aufwühlendes, alte Briefe zu betrachten, von denen jeder eine Welt vergangener Trivialitäten oder auf ewig ungelöster Leidenschaften enthält. Die Überraschung über einst überlesene Worte und neu erkannte Bedeutungen, die Erinnerung an unbezahlte oder zu hoch bezahlte Schulden, an ungelohnte Langeweile oder auf immer verlorene Süße stiegen aus den offenen Kisten zu Hubert auf.

»Ordnen Sie sie chronologisch«, sagte Hubert. »Ein Bündel für jedes Jahr. Unterteilen Sie jedes Bündel nach Monaten. Mehr brauchen Sie nicht zu tun. Lesen Sie sie nicht immer wieder durch, das ist eine Vergeudung von Arbeitszeit.«

»Na, es ist nicht meine Sache, über das Warum nachzudenken«, meinte Pauline und zog einen Stapel Briefe zu sich heran, den sie auf den Tisch gelegt hatte.

»Es ist Ihre Sache«, sagte Hubert. »Sie können nachdenken, soviel Sie wollen, wenn Sie wissen, wie man das macht. Sie haben ebenso die Freiheit wie ich, über alles nachzudenken. Nur behalten Sie Ihre Gedanken für sich. Verschwenden Sie nicht meine Zeit. Fragen Sie mich nicht nach den Gründen. Sortieren Sie die Briefe einfach dem Datum nach.«

Hubert ging zur Tür und trat auf die schattige Veranda, von der aus man den See überblicken konnte. Für März war es ein warmer Tag. Der Frühling war bereit. Er dachte, es wäre vielleicht besser zu versuchen, sich mit dem Mädchen gutzustellen und anzufangen, sie Pauline zu rufen. Sie nannte ihn bereits Hubert, ohne dazu aufgefordert worden zu sein. Seine Nerven waren flattrig, seit von Jahresbeginn an eine Serie finanzieller Mißgeschicke auf ihn niedergeprasselt war, unerwartet, Schlag auf Schlag. Hubert sah diese Rückschläge als ›sonderbar‹ und ›unerwartet‹ an; dabei waren sie, wie er sich gleich überlegen sollte, nicht eigentlich unvorhersehbar gewesen, weniger auf sonderbare Zusammentreffen zurückzuführen als vielmehr auf Maggies Scheidung und Wiederverheiratung mit einem wahrscheinlich eifersüchtigen italienischen Adeligen, auf den Verfall des Geldes im allgemeinen und den Zusammenbruch eines dubiosen Unternehmens in der Schweiz, in das Hubert, in der Hoffnung, ein Vermögen zu machen, einen Teil seines eigenen Geldes gesteckt hatte. Er wußte nicht recht, was er tun sollte. Aber ein Mittel blieb ihm. Die Art seiner Anwendung allerdings war noch nicht klar, trieb in seinem Hirn einsam wie eine Wolke, und inzwischen war er knapp bei Kasse.

Allein das Panorama von Nemi, mit dem See, der üppigsten Vegetation der Erde, der Szenerie, die die Phantasie Sir James Frazers zu Beginn seines umfassenden Werks zur vergleichenden Religion, *Der goldene Zweig*, angeregt hatte, diese ganze magische Eindruckskraft und Kulisse, die nie zuvor in all den Jahren, seit er diesen Ort kannte, und in den Monaten, seit er hier lebte, ihre Wirkung verloren hatte, war plötzlich zu teuer. Ich kann mir den Blick nicht leisten, dachte Hubert und kehrte ins Zimmer zurück.

Der Anblick Paulines, die die Papiere bündelte, schenkte ihm einen leicht euphorischen Moment. Dort unter den Briefen und Dokumenten seines Lebens hatte er jenes geheime Mittel, und er hatte beschlossen, es zu gebrauchen. Maggie konnte ihm Nemi niemals wegnehmen, weil das Gebiet von Nemi im spirituellen Sinn, wenn schon nicht im realen, das seine war.

Tatsächlich gehörte ihm natürlich nicht einmal das Haus. Maggie war... Maggie hatte... Maggie, Maggie...

Pauline Thin las gerade einen der Briefe. Manchmal, wenn einer undatiert war, mußte sie ihn lesen, um einen Anhaltspunkt zu finden, auf welchem der diversen Stapel von Korrespondenz, die auf dem Tisch ausgelegt waren, er seinen rechtmäßigen Platz hatte. Doch Pauline las mit lustvollem Interesse, und Hubert war sich nicht sicher, ob er sich Paulines Spaß an ihrer Arbeit leisten konnte, da sie schließlich stundenweise bezahlt wurde. Er war sich deshalb nicht sicher, weil sie einerseits sehr wenig pro Stunde bezahlt bekam, ferner höchst vertrauenswürdig war und er sich jetzt mehr denn je auf sie verließ; andererseits aber war er sich nicht einmal sicher, ob er sie sich überhaupt leisten konnte, weil er ihr überdies den Lohn für viele Arbeitsstunden schuldete und sich die Schuld jede Stunde in dem Maß erhöhte, wie sich die Wahrscheinlichkeit verringerte, daß er sie je begleichen würde.

Hubert blickte wieder auf Pauline mit ihrem kleinen Gesicht und dem lockigen Haar und empfand jetzt die Abwesenheit von Ian, dem Jungen aus Inverness, und von Damian, dem kleinen Armenier mit dem merkwürdigen Nachnamen Runciwell, der, als Sekretär, der beste Sekretär gewesen war; und ihm fehlten auch die beiden anderen mit ihrer Launenhaftigkeit und ihren Ansprüchen, mit ihren Kochkünsten oder ihrem Designergeschmack, mit ihren Ohrringen und Halsketten, den hautengen Blue jeans und den kleinen, apfelförmigen Hintern. Er empfand ihre Abwesenheit ohne spezifisches Bedauern; es war ihre Gattung, die ihm fehlte. Ihr Fortgehen war eine Tatsache, die ihn immer noch lähmte, gehörte einer Zeit an, die so nahe war und doch so endgültig letzter Sommer, Vergangenheit.

In den Morgennachrichten hatte man den Tod Noël Cowards gemeldet. »Das Ende einer Ära«, hatte man es genannt. Alles seit Maggies plötzlicher Scheidung und ebenso plötzlicher italienischer Heirat im vergangenen Jahr war für Hubert das Ende einer Ära gewesen. Äras enden eben, dachte Hubert. Sie enden jeden Tag. Er war niedergeschlagen. Er lebte auf. Er war wieder niedergeschlagen.

Er sah erneut zu Miss Thin hin. Sie hatte die Lektüre des anscheinend fesselnden Briefes beendet. Sie saß mit dem Rücken zu ihm und beugte sich über den Tisch, um säuberlich die Bündel von Unterlagen aufeinanderzustapeln. Sie hatte ein ausladendes Gesäß, zu breit. Wo ist die Poesie meines Lebens? dachte Hubert. In ihm hielt sich hartnäckig eine Ahnung, daß die Poesie noch da war und wiederkommen würde. Wordsworth definierte Poesie als »sich in Stille erinnerten Gefühls«. Hubert nahm eine Beruhigungstablette, eine ganz milde, die Mitigil hieß, und er wußte, daß er sich in etwa zehn Minuten wohler fühlen würde. Zur Sicherheit nahm er noch eine. Inzwischen bog ein bekannter weißer Wagen in die Auffahrt ein und hielt an, ehe er die Tür erreichte.

»Ach, du lieber Gott, der!« sagte Hubert und rief, sich Pauline zuwendend: »Miss Thin, das ist ein lästiger Mensch. Bitte bleiben Sie in der Nähe und stören Sie mich immer wieder mit Briefen, die ich unterschreiben muß. Erinnern Sie mich mit Nachdruck daran, daß ich heute abend zum Essen verabredet bin. Ich biete ihm einen einzigen Drink an. Dieser Mann ist eine pathologische Plage.«

Pauline kam heraus, um nachzusehen, wer angekommen war. Ein mittelgroßer, dünner Mann im Anzug eines Geistlichen war aus dem Wagen gestiegen, hatte die Tür zugeschlagen und kam lächelnd und winkend auf sie zu.

»Er ist ein Jesuit aus Milwaukee«, sagte Hubert.

»Ich kenne ihn«, erwiderte Pauline. »Er fällt jedem lästig.«

»Ich weiß«, sagte Hubert und fand Miss Thin plötzlich sehr nett. Er trat ein wenig vor, um den Priester zu empfangen.

»Ach, Hubert, wie schön, Sie anzutreffen«, sagte der Priester mit einer Stimme, die wie eine einsaitige Gitarre klirrte. »Ich bin extra aus Rom hergefahren, weil ich mit Ihnen sprechen wollte.«

»Guten Tag«, sagte Hubert höflich. »Leider ist meine Zeit ein wenig knapp bemessen. Wenn Sie mich angerufen hätten, dann hätten wir einen Tag vereinbaren und Sie hätten zum Abendessen herauskommen können.«

»Oh, Sie gehen aus ...?«

»Gegen sieben«, antwortete Hubert und setzte ein schwaches Lächeln auf. Es war gerade gegen sechs. »Ich muß mich gleich umziehen.« Hubert deutete auf seine alten Sachen. »Kennen Sie Pauline Thin? – Pauline, das ist Pater Cuthbert Plaice.«

»Ach, ich glaube, ich kenne Sie, Pauline«, sagte der Priester, während er ihr die Hand reichte und versuchte, sie in seinem sozialen Gedächtnis ausfindig zu machen.

»Ich habe für Bobby Lester in Rom gearbeitet«, half ihm Pauline.

»Ach, natürlich. Und jetzt sind Sie hier?«

»Ja, jetzt bin ich hier.«

»Hubert, ich habe unten im Wagen einen befreundeten Jesuiten sitzen«, sagte der Priester, »mit dem ich Sie gern bekannt machen würde. Er studiert die alten ökologischen Kulte und hat sogar einige Bandaufnahmen moderner Naturkultler gemacht, die Sie unbedingt hören müssen. Es gibt da die Bewußten und die Unbewußten. Faszinierend. Ich dachte eigentlich, wir könnten zusammen essen, aber ich hole ihn auf jeden Fall herauf, und wir können ein Glas trinken. Ich wollte Ihnen nur sagen, ehe Sie mit ihm zusammentreffen, daß Sie beide dieselbe Wellenlänge haben.«

Der Priester eilte zum Wagen, einen Arm hinter sich ausgestreckt, als zöge Hubert am Ende einer unsichtbaren Schnur von ihm weg.

»Verdammte Brut«, sagte Hubert zu Pauline. »Wie komme ich dazu, ihnen meinen Alkohol zu geben? Er weiß – ich habe es ihm gesagt –, daß ich mir diese üppigen Einladungen nicht mehr leisten kann. Und Essen! Zum Abendessen wollte er mit seinem Freund bleiben! – Er marschiert herein, und schon gehört einem das eigene Haus nicht mehr. Priester können sehr rauhe Burschen sein. So was Lästiges!«

»Der hier ist gräßlich lästig«, meinte Pauline. »Bobby Lester konnte ihn nicht ausstehen.«

Pater Cuthbert kehrte mit einem jüngeren Jesuiten gleicher Größe zurück, auf den er eifrig einredete.

»Hubert«, sagte er, als er die Veranda erreichte, »ich möchte Sie mit Pater Gerard Harvey bekannt machen. Gerard betreibt Studien über ökologischen Paganismus, und ich habe ihm ausführlich von Ihnen erzählt. Ach, das ist Pauline Thin. Sie arbeitet für Hubert. Ich kenne Pauline von früher. Sie –«

»Kommen Sie herein und trinken Sie ein Glas«, sagte Hubert.

»Wir können doch gleich auf der Terrasse bleiben. Ich möchte, daß Gerard die Aussicht sieht. Was für ein prachtvolles Wetter! Das ist der Vorteil an Italien. Man kann im März im Freien sitzen und –«

Hubert ließ sie auf der Terrasse sitzen und ging hinein, um die Getränke zu holen. Pauline folgte ihm.

»Soll ich bei ihnen bleiben?« fragte sie.

»Ja, machen Sie sich lästig. Lungern Sie um sie herum und machen Sie ein dümmliches Gesicht, damit sie nicht ungestört reden können. Erinnern Sie mich daran, daß ich mich in einer halben Stunde ungefähr für das Abendessen fertigmachen muß. Diesen Leuten muß man Anstand beibringen.«

Pauline ging auf die Terrasse hinaus und setzte sich zu den beiden Männern.

»Sind Sie schon lange in Italien?« fragte sie den jüngeren der beiden.

»Ich bin seit sechs Monaten hier.«

Sie sah auf die Uhr. »Hubert muß sich bald umziehen. Er hat eine lange Fahrt vor sich und soll um acht dort sein. Vorher muß er mir noch ein paar Briefe unterschreiben.«

»Ach, wohin fährt er denn?« fragte Pater Cuthbert.

»Das fragt man nicht«, erwiderte sie.

»Aber hören Sie mal, das ist doch keine Art!« sagte Cuthbert mit verblüffter Miene.

»Sie ist wahrscheinlich nicht katholisch«, meinte Gerard beschwichtigend.

»Doch, ich bin katholisch«, sagte Pauline. »Aber das hat damit nichts zu tun. Man erzählt den Leuten nicht alles über die eigenen Angelegenheiten und die seines Arbeitgebers.«

Hubert erschien mit dem Tablett. Die Whiskyflasche war zu einem Drittel gefüllt, in der Ginflasche war etwas weniger. Außerdem standen noch ein Behälter mit Eis und eine Flasche Mineralwasser auf dem Tablett.

»So etwas ist Terrorismus«, sagte Pauline.

»Was denn?« fragte Hubert, während er das Tablett abstellte.

»Priester«, antwortete Pauline. »Sie sind Terroristen. Sie erpressen einen.«

Die Jesuiten blickten einander entzückt an. Dies war ein

Gebiet, auf dem sie sich heimisch fühlten; Priester waren ja ihr Lieblingsthema.

»Die Zeiten haben sich geändert«, sagte Hubert zu Pauline, »seit Sie im Sacred Heart zur Schule gingen.«

»So lange ist es gar nicht her«, sagte Pauline, »daß ich noch zur Schule ging. Die letzten Jahre war ich in Cheltenham.«

»Und was ist in Cheltenham?« fragte Pater Gerard.

»Ein College für junge Damen«, erklärte Hubert. »Wenn Sie genau hinsehen, können Sie es ihr am Gesicht ablesen.«

»Was haben Sie gegen uns?« fragte Pater Cuthbert und rutschte unruhig in seinem Sessel hin und her, als wäre er sexuell ebenso wie seelsorgerisch erregt.

»Mir scheint es nicht gerade gastfreundlich«, wandte sich Hubert unsolidarisch gegen Pauline, »dieses Gespräch fortzusetzen.« Sein Mitigil hatte zu wirken begonnen. Er gab Eis in die Gläser. »Was trinken Sie?« fragte er die Gäste.

»Whisky«, antworteten die beiden Priester wie aus einem Mund.

Hubert warf einen traurigen Blick auf seine Whiskyflasche, hob sie hoch und goß ein.

»Hubert«, sagte Pauline, »das ist unser ganzer Whisky.«

»Ja«, erwiderte Hubert. »Ich nehme Gin. Und Sie, Miss Thin?«

»Tonic pur«, antwortete Pauline.

Der jüngere Priester schlürfte seinen Drink und blickte über den stillen See in seinem tiefen Krater und über die dichte Waldwildnis in der fruchtbaren Erde von Nemi.

»Tolle Ökologie!« sagte er.

»Sie meinen die Aussicht?« fragte Pauline.

Hubert saß in seinem Sessel, dem großartigen Panorama den Rücken kehrend, und seufzte. »Ich muß es aufgeben«, sagte er. »Es ist nicht zu ändern. Das Haus gehört nicht mir, und Maggie hat sich seit ihrer neuen Heirat sehr verändert. Sie besteht darauf, von mir Miete zu verlangen. Eine hohe Miete. Ich muß gehen.«

»Denken Sie an Ihre Verabredung zum Abendessen«, sagte Pauline. »Und, Hubert, würden Sie mir bitte noch einige Briefe unterschreiben?«

»Verabredung zum Abendessen . . .?« echote Hubert.

Seit Maggies Heirat, die der Heirat ihres Sohnes Michael gefolgt war, und seit dem Verdruß mit seinem Geld in der Schweiz war er immer seltener eingeladen worden. Er starrte in seinen kleinen Tropfen Gin, während Pater Cuthbert bei dem Zweifel über das Abendessen einhakte.

»Sie gehen zum Abendessen aus?«

»Das haben wir Ihnen bereits gesagt«, erinnerte Pauline.

»Oh, ich war mir nicht klar, ob es Ihr Ernst war«, erwiderte der Priester.

Hubert, der sich jetzt erinnerte, sagte: »O ja, ich gehe aus. Ich muß mich gleich umziehen. Diese Leute essen zeitig.«

»Was für Leute?« fragte Pater Cuthbert. »Kenne ich sie? Könnten wir vielleicht mitkommen?«

Sein Gefährte, der Ökologe, wurde nun langsam verlegen.

»Nein, nein, Cuthbert«, sagte er. »Wir können nach Rom zurückfahren. Wirklich, wir dürfen nicht so stören. So unerwartet. Wir müssen . . .« Er stand auf und blickte nervös zum Wagen, der auf halbem Weg in der Auffahrt stand.

»Warum besuchen Sie nicht Michael?« schlug Hubert vor. Er meinte Maggies Sohn, dessen Haus in der Nähe war.

Pater Cuthbert machte ein begieriges Gesicht.

»Wissen Sie, ob er zu Hause ist?«

»Sicher«, antwortete Hubert. »Sie sind im Moment beide in Nemi. Er hat selbst vor kurzem geheiratet. Die Ehe scheint tatsächlich ein Luxus zu sein, der den Reichen vorbehalten ist. Ich bin überzeugt, sie werden entzückt sein, Sie zu sehen.«

Während Hubert dem aufgeregten Priester erklärte, wie man mit dem Wagen dorthin kam, blickte Pater Gerard sich um und über den See hinweg.

»Diese Umgebung!« sagte er. »Das ist ein landschaftlich wunderschönes Gebiet.«

»Es ist wirklich Ihre Pflicht, Michael und Mary zu besuchen«, drängte Pauline. »Sie geben verschwenderische Diners. Es war ein Schock für sie, als Maggie sich scheiden ließ und wieder heiratete, wissen Sie. Die Radcliffes waren wie vor den Kopf geschlagen. Ihr neuer Mann ist ein Schwein.«

»Haben sie denn keinen Kontakt mit seinem Vater?«

»Oh, gewiß doch«, antwortete Hubert. »Radcliffe war Maggies zweiter Mann. Der neue ist der dritte. Aber es kam so plötzlich. Finanziell geht es der Familie natürlich gut. Aber ich muß sagen, ich bin dadurch schwer in die Klemme geraten, um ehrlich zu sein.«

Als die Priester abgefahren waren, ging Hubert mit Pauline in die Küche. Er öffnete eine Dose Thunfisch, während sie Kartoffelsalat machte. Dann setzten sie sich an den Küchentisch, schweigend und nachdenklich.

Es schien, als hätte Hubert die Priester vergessen. Und als läge ihr viel daran, daß er nicht eine Episode vergaß, die sie einander nähergebracht hat, sagte Pauline nachhakend: »Diese Priester...«

Zunächst reagierte er nicht auf den winzigen Anstoß. Er sagte nur träumerisch: »Es geht wohl nicht zu weit, sich zu fragen, ob sie es nicht ein bißchen zu weit treiben«, und schob einen Bissen in den Mund.

»Aber so aufdringlich, so unerträglich anmaßend«, sagte Pauline, womit sie Hubert zur Zustimmung ermunterte, die er ihr auf freundschaftlich vertraute Art gab.

»Es ist eine bemerkenswerte Tatsache«, sagte er, »daß genau in dem Moment, wo man am Ende seiner Weisheit ist, immer die Leute auftauchen, die man als letzte auf der Welt sehen möchte; immer sind sie überzeugt von ihrer eigenen Wichtigkeit und verlangen ungeteilte Aufmerksamkeit. Immer sind es die ganz besonders lästigen, die in einem ganz besonders schwierigen Moment hereinplatzen. Können Sie sich vorstellen, daß es einmal eine Zeit gab, als ein Jesuit ein Gentleman war, wenn Sie diesen altmodischen Ausdruck verzeihen wollen?«

Pauline reichte ihm den Kartoffelsalat. Er war mit Zwiebeln und Mayonnaise angemacht.

»Vergessen Sie sie, Hubert«, sagte sie, unverkennbar mit der Absicht, daß er genau das nicht tun sollte.

Doch Hubert lächelte. »Miss Thin«, sagte er, als er ihr die Salatschüssel aus der Hand nahm, »in mir sitzt ein Lachkobold, ohne den ich eingehen würde.«

Drittes Kapitel

Dämonen bevölkerten diese Wälder, Beschützer der Götter, Nymphen und Dryaden bewohnten den Ort. Haben Sie die Überreste vom Tempel der Diana dort unten gesehen? Er ist ganz schrecklich überwachsen, und die Ausgrabungen sind alle zugeschüttet, aber es gibt da eine Menge mehr zu sehen, als man glauben möchte.«

»Nein, ich habe ihn nicht gesehen«, sagte Mary und verschränkte ihre langen Beine, um sich im Schneidersitz auf einem Kissen auf dem Pflaster der Terrasse niederzulassen. Sie war eine junge, langhaarige, blonde Frau aus Kalifornien. Frisch verheiratet mit Michael Radcliffe. Die Priester fand sie ungeheuer unterhaltend. Sie wollte nicht, daß sie gingen, und drängte sie, zu einem späten Abendessen zu bleiben. Michael war nach Rom gefahren und würde erst um neun zurückkommen.

»Er hat neun gesagt, aber höchstwahrscheinlich bedeutet das zehn«, sagte sie.

»Pius der Zweite«, bemerkte Pater Gerard, »sagte, als er durch diese Gegend kam, daß Nemi das Heim von Nymphen und Dryaden war.«

»Tatsächlich?«

Ein italienischer Diener, jung und dunkelhäutig, in einem weißen Jackett mit glänzenden Knöpfen und pompösen Epauletten, brachte ein Tablett mit belegten Brötchen und Nüssen, das er auf den Terrassentisch neben die Flaschen stellte. Mit einem Ausdruck des Wiedererkennens sah er Pater Cuthbert an, der, ohne den Diener anzublikken, eine Handvoll Nüsse nahm, genau wie Pater Gerard. Das Eis klirrte in den Gläsern, und sie bedienten sich selbst, als ihre Gläser leer waren; füllten auch Marys Glas auf. Sie waren Amerikaner, die im Ausland lebten, und zeigten das unbekümmerte Benehmen von Leuten derselben Nation, die gewisse Erfahrungen teilen, wenn es auch nur wenige sind.

»Ich habe Sozialwissenschaften studiert«, sagte Mary, die in Kalifornien aufs College gegangen war.

»Waren Sie früher schon einmal in Italien?« fragte Pater Gerard.

»Nein, nie. Ich habe Michael in Paris kennengelernt. Dann haben wir uns hier niedergelassen. Ich finde es herrlich.«

»Wie steht es mit Ihrem Italienisch?« erkundigte sich der andere Priester, vergnügt strahlend – und wer strahlte nicht nach zweimonatigem ununterbrochenen Aufenthalt im tristen Priesterheim in Rom, das so anonym ist und in seinen Gesetzen so lebensfremd?

»Ach, mein Italienisch macht sich. Ich habe an einem Intensivkurs teilgenommen. Ich denke, es wird nach und nach besser werden. Wie steht es bei Ihnen?«

»Gerards Italienisch ist recht gut«, antwortete Pater Cuthbert. »Er hat nur nicht genug Übung. Es leben natürlich Italiener im Haus, aber wir unterhalten uns nur mit den Amerikanern. Oder manchmal mit den Franzosen. Sie wissen, wie das ist.«

»Cuthbert spricht fast perfekt Italienisch«, erklärte Pater Gerard. »Er ist mir eine große Hilfe, wenn ich mit den Einheimischen auf dem Lande über ihre Legenden und ihren Volksglauben spreche.«

»Gerard«, sagte Pater Cuthbert, »arbeitet an einer Studie über heidnische Ökologie.«

»Tatsächlich? Ich dachte, die Italiener wären größtenteils alle Katholiken.«

»Oberflächlich gesehen, ja, aber unter der Oberfläche gibt es noch ein großes Gebiet heidnischer Überreste zu erforschen, die vom Christentum aufgesogen wurden. Ein sehr reiches Feld.«

»Hm«, meinte das Mädchen. »Ich weiß nicht, ob Sie sich darüber schon mit Hubert Mallindaine unterhalten haben...«

Hubert war ein ganz neues Thema, das unbedingt erörtert werden mußte. Die Priester begannen wie aus einem Munde zu sprechen, fragten und antworteten, und das Mädchen unterbrach mit lachenden Einwürfen und Ausrufen, bis schließlich Pater Cuthberts Stimme, die höchste und erregbarste, sich Gehör verschaffte. Der Diener lehnte an der Terrassentür, die Augen auf sie gerichtet, und wartete, daß er gebraucht werden würde. Mary streckte ihre schönen, langen, sonnengebräunten Beine aus und hörte zu.

»Wir kamen heute abend an«, sagte Cuthbert, »ohne ihm vorher Bescheid gegeben zu haben. Aber das ist nichts Neues. Als ich ihn das letztemal vor ungefähr sechs Wochen in Rom sah, sagte er: ›Sie können jederzeit zum Abendessen kommen. Klar, Mann, bringen Sie einen Freund mit, Sie sind immer willkommen. Sie brauchen mich nicht anzurufen. Ich gehe nie aus. Steigen Sie einfach in den Wagen und kommen Sie.‹ Das hat er gesagt. Nun, heute abend kamen wir – nicht wahr, Gerard?«

»Ja, wir kamen«, bestätigte Gerard.

Jemand mit einem scharfen Ohr hätte die Richtigkeit von Cuthberts Bericht vielleicht mit der Begründung in Zweifel gezogen, daß Hubert, der kein Amerikaner war, wohl kaum eine Wendung wie ›Klar, Mann, bringen Sie einen Freund mit‹ gebraucht hätte. Doch es schien wirklich, als hätte der Priester die Gewohnheit gehabt, von Zeit zu Zeit einfach bei Hubert hereinzuschneien, ob er willkommen war oder nicht. Offensichtlich betrachtete er es als sein Recht, das überall zu tun.

»Es war mir Gerards wegen peinlich«, sagte Cuthbert. »Besonders, da dies sein erster Besuch war, wissen Sie. Er hatte eine gräßliche Sekretärin da, ein Mädchen, das für einen anderen Bekannten von mir in Rom gearbeitet hat. Ein schreckliches –«

Hier schaltete sich Gerard ein, dann auch Mary. Als sie damit fertig waren, sich über Pauline aufzuregen, fuhr Cuthbert fort: »Ich glaube, sie hat Probleme. Dann erinnerte sie Hubert ständig daran, daß er zum Essen weg müßte, was bestimmt nicht wahr war, nach der Art, wie es gesagt wurde, wissen Sie.«

Er trank sein Glas aus, und der Diener kam aus dem Schatten, um es aufzufüllen. Diesmal erkannte Cuthbert das Gesicht des Mannes, wußte aber nicht gleich, wo er es unterbringen sollte.

Der Diener hob das Glas mit gut bezahlter und routinierter Höflichkeit und lächelte.

»Ich kenne Sie, nicht wahr?« sagte Cuthbert zu ihm.

»Das ist Lauro«, sagte Mary. »Er war im letzten Sommer einer von Huberts Sekretären.«

»Ach, Lauro, in der Uniform habe ich Sie gar nicht erkannt!« Der Priester schien verwirrt, da ihm klar wurde, daß der Mann ihre Unterhaltung verstanden haben mußte.

Lauro antwortete in ungezwungenem Englisch mit italienischem Akzent.

»Sie sind überrascht, mich hier zu sehen? Ich habe meine Stellung bei Hubert verloren und war dann in einer Bar in der Via Veneto. Danach kam ich nach Nemi zurück, um für Mary und Michael zu arbeiten.«

»Lauro nennt uns beim Vornamen«, sagte Mary. »Die Botschaftsclique ist schockiert. Aber uns ist das gleich.«

Lauro lächelte und glitt wieder in seine Türnische.

»Lauro könnte Ihnen über Hubert alles erzählen, was Sie wissen wollen«, sagte Mary.

Lauros schattenhafte Gestalt beugte sich vor, um eine Rose in einer Vase aufzurichten. Cuthbert sah Mary aufmerksam an, als wollte er ergründen, was sie mit ihren Worten wohl hatte sagen wollen; doch sie hatte offensichtlich weit weniger sagen wollen, als sie vielleicht hätte sagen können.

»Ach, ich habe Hubert gern, mißverstehen Sie mich nicht«, sagte Cuthbert und blickte zu Gerard hin, der seinerseits die Meinung äußerte, daß Hubert sehr sympathisch gewirkt hätte.

»Hm, ich hatte ihn früher auch gern«, sagte Mary. »Und ich habe ihn immer noch gern. Aber als Maggie und ihr Ehemann Nummer drei dann auf ihn böse wurden, mußten wir ihre Partei ergreifen; schließlich ist sie Michaels Mutter.

Was kann man da tun? Seit Maggie sich in diese Ehe gestürzt hat, gibt es zwischen den Häusern böses Blut. Sie möchte, daß Hubert geht. Er sagt, es fällt ihm nicht ein und er kann keine Miete zahlen. Sie will ihn hinaussetzen. Die Möbel gehören Maggie auch. Aber sie hat Schwierigkeiten. Die Gesetze in diesem Land... Da kann Hubert womöglich bis in alle Ewigkeit Lücken finden.«

Kurz nachdem Marys Mann Michael eingetroffen war, setzten sie sich zum Abendessen. Die meiste Zeit sprachen sie von Hubert. Hubert war ein Thema, das ihnen genügend naheging, um ihnen täglich neue Spannung zu liefern, ohne daß sie davon dank ihres Wohlstands zu tief berührt wurden. Hubert selbst war, seit das junge Paar aufgehört hatte, ihn zu besuchen, ein anderer geworden. Er war nicht mehr der aus dem vollen lebende, wortgewandte alte Freund, den sie gekannt hatten, als er Maggies Günstling war. Jetzt, wo Maggie sich von ihm abgewandt hatte, war er, in ihren Augen, ein Parasit der Gesellschaft.

»Er ist gar nicht mehr der alte Hubert«, sagte Michael. »Etwas hat ihn verändert.«

»Mir graut davor, ihm eines Tages im Dorf in die Arme zu laufen«, bemerkte Mary. »Ich wüßte nicht, was ich sagen sollte.«

Erst bot der eine Jesuit, dann der andere guten Rat an, wie diese Eventualität zu meistern wäre. Der dunkle, ziemlich kleine, aber auf seine Art so blendende Lauro servierte, von einer gutaussehenden Hausangestellten unterstützt, das Essen. Die Frühlingsnachtluft von der Terrasse umhegte sie wie ein weiterer, allgegenwärtiger Diener, der ihnen hin und wieder einen Hauch schweren Dufts von einer Kletterpflanze zufächelte. Den Wein hatte Maggies neuer Ehemann von seinem eigenen Weingut im Norden geschickt.

»Hubert«, sagte Michael, »ist natürlich der Ansicht, ein direkter Nachkomme der Göttin Diana von Nemi zu sein. Er ist der Ansicht, daß er im mystischen und spirituellen Sinn, wenn auch nicht tatsächlich, ein Recht auf dieses Gebiet hat.«

»Allen Ernstes«, sagte Gerard.

»Allen Ernstes«, bestätigte Mary. »Das glaubt Hubert. Es ist eine Familienüberlieferung. Alle Mallindaines haben es immer geglaubt. Michael und ich lernten in Paris eine Tante von ihm kennen. Sie war auch überzeugt davon. Aber ich glaube, sie war nicht ganz gesund.« – »Sie war alt«, sagte Michael.

»Nun«, meinte Gerard, »ich sollte dieser Geschichte für meine Forschungsarbeit nachgehen.«

Der andere Jesuit sagte: »Ich dachte immer, wissen Sie, die Mythologie der Diana wäre nur ein Hobby von ihm. Ich wußte nicht, daß es in der Familie liegt. Wir müssen ihn wieder besuchen.«

Eine der Geschichten, die man bei den alten Historikern des kaiserlichen Rom lesen kann, besagt, daß der Kaiser Caligula sich sexueller Beziehungen zur Göttin Diana von Nemi erfreute. Tatsächlich hat man zwei römische Prunkschiffe, die jahrhundertelang im See versunken lagen, in neuerer Zeit geborgen, und es blieb unklar, ob sie kaiserlichen Orgien auf dem Nemisee oder der Abhaltung von Gottesdiensten zur Verehrung der Diana gedient hatten.

Diese Schiffe wurden in wiederherstellbarem Zustand an Land gebracht, nur um im Zweiten Weltkrieg von irgendwelchen deutschen Soldaten zerstört zu werden. Das jedoch, was von ihrer Einrichtung übrigblieb, bestätigte den Eindruck, daß rituelle Zeremonien sich bis in christliche Zeiten hinein an Bord abspielten, obwohl die Verehrung der Diana in Nemi in die mythologische Kindheit der Menschheit zurückreicht. Huberts Vorfahren ...

Doch jetzt ist der Moment gekommen, Hubert an diesem Frühlingsabend näher in Augenschein zu nehmen; schließlich hatte er ergiebigen und interessanten Gesprächsstoff für die kleine Gesellschaft drüben im anderen Haus geliefert, wo die Offenheit mit der Stimmung wuchs, Lauro im Schatten erglühte und Mary, mit ihrem goldenen, kalifornischen Teint, ihren dunklen, blauen Augen und weißen Zähnen, so weit angeregt wurde, daß sie eine neuere Redensart von Maggie wiederholte: »Die Göttin Diana erbittet mit freundlicher Empfehlung die Gesellschaft ihres Verwandten, Mr. Hubert Mallindaine, beim Jagdball in Nemi ...«

Hubert sah Pauline Thin beim Geschirrspülen zu. Er trug ihren Kaffee durch den Salon auf die Terrasse hinaus.

»In meinem Alter«, verkündete er, »sollte ich abends keinen Kaffee mehr trinken. Aber, Miss Thin, es lohnt nicht, immer daran zu denken, was man trinken oder nicht trinken sollte. Alles hat seine Grenzen.«

»Das sehe ich«, sagte Pauline und blickte auf den herrlichen See hinaus.

»Miss Thin«, sagte Hubert, »ich habe meinen Entschluß gefaßt. Ich werde dieses Haus nicht verlassen.«

Hubert hatte, kurz nachdem er von Maggies Scheidung

im vergangenen Jahr, im Dezember 1972, gehört hatte, seinen Bart abgenommen. Dann, eine Woche nachdem er im folgenden Januar erfahren hatte, daß sie den Marquis aus dem Norden geheiratet hatte, nahm er sich auch seinen Schnurrbart ab. Nicht, daß er gefunden hätte, dies stünde in irgendeinem Zusammenhang mit Maggies Handlungen. Auf dunkle Art und Weise jedoch scheint es, daß er mit diesen beiden Rasuren irgendeine Reaktion auf ihre Scheidung und ihre Heirat ausdrückte oder, was wahrscheinlicher ist, sich auf etwas vorbereitete, eine Schicksalsprüfung vielleicht, die klare Züge erforderte.

Er sah jetzt jünger aus. Pauline Thin, die in diesem Februar angefangen hatte, bei ihm zu arbeiten, hatte ihn nie mit seinem behaarten Maestrogesicht gesehen. Sie schilderte ihn ihrer besten Freundin in Italien, einer Engländerin, die in Rom arbeitete, als »tollen Mann«.

Hubert war jetzt fünfundvierzig. Sein im allgemeinen gutes Aussehen wechselte von Tag zu Tag. Manchmal, wenn Pauline nach Rom zum Einkaufen fuhr und mit ihrer Freundin zu Mittag aß, beschrieb sie ihn als »ein bißchen schwul«. Wie dem auch sei, Hubert sah zweifellos gut aus, besonders, wenn er Seelenqualen litt. Dank eines Systems von Panikmaßnahmen, das in Kraft trat, sobald er Übergewicht bekam, war es ihm gelungen, sich eine gute Figur zu erhalten. Das Paniksystem, das aus totalem Fasten über eine hinreichende Anzahl von Tagen bestand – niemals aber mehr als zwölf –, um ihn gründlich abzumagern und untergewichtig zu machen, gestattete es ihm dann, ruhigen Gewissens zuzunehmen und beim Essen und Trinken Genüssen zu frönen, die er sich sonst nicht hätte gönnen können.

Viel früher in seinem Leben schon hatte man Hubert gesagt, daß diese Lebensweise irgendwann einmal seine Gesundheit ruinieren würde; doch das war nie eingetreten. Tatsächlich war der größte Teil seines Lebens von Panikmaßnahmen bestimmt, und in den Zwischenzeiten träumte er gern oder regte sich auf oder genoß einfach das süße Leben. Eine dieser Zwischenperioden neigte sich gerade ihrem Ende zu; dies war die Erklärung für die besonders attraktive Wirkung seines gequälten Gesichts. Er war ziemlich dunkelhäutig, mit hellen, blauen Augen und sandgrauem Haar. Einzeln betrachtet hatten seine Züge nichts Besonderes, aber sein Gesicht und die Art, wie sein Kopf auf seinem Körper saß, übten eine gewisse Wirkung aus. Recht häufig war er sich seiner physischen Vorzüge bewußt; doch noch häufiger vergaß er sie einfach.

Dieses Haus, das von Maggies drei Häusern in der Gegend die beste Aussicht hatte, war luxuriös eingerichtet. Da es erst ein Jahr bewohnt wurde, hatte es noch das Flair des Neuen. Selbst die Antiquitäten, wie sie da waren, waren neu. Aus einer hochgelegenen Wohnung auf der Ostseite von Manhattan hatte Maggie große Mengen vielgereister europäischer Möbelstücke und Bilder über das Wasser zurückgebracht. Das Mobiliar im Salon war Louis Quatorze. Ursprünglich waren es sechs edle Sessel gewesen, im Moment nur fünf; einer befand sich in einer kunstfertigen kleinen Werkstatt in der Via di Santa Maria dell'Anima in Rom und wurde dort gerade mit Emsigkeit kopiert. Hubert war knapp bei Kasse, und da er beinahe sicher war, daß es Maggie zumindest gelingen würde, die Möbel aus dem Haus zu entfernen, traf er angemessene Vorkehrungen für seine Zukunft. Der neue Sessel war fast fertig; nur die Polsterung des Originals mußte noch sorgfältig entfernt und in die Kopie eingepaßt werden, ehe Pauline beordert werden konnte, nach Rom zu fahren und den Sessel zu holen. Ihr war nur gesagt worden, daß er repariert wurde. Das Original würde eine Zeitlang zu Huberts Verfügung in Rom bleiben. Wie Geld auf der Bank. Hubert spielte mit dem Gedanken, eventuell noch einige Gegenstände auszutauschen und zu verwandeln, wenn Zeit blieb, vielleicht noch einen Sessel. Maggie hatte auf den Boden des Salons einen Teppich aus dem siebzehnten Jahrhundert gelegt, einen Isfahan. Hubert grübelte darüber nach: ausgeschlossen, ihn erstklassig zu kopieren. Er benutzte den Salon in diesen Tagen nicht viel; er hatte die Freude daran verloren.

Maggies Rückzug von Hubert war ganz langsam vor sich gegangen. Nur ihm schien er abrupt gekommen zu sein. Er sah darin das unbeabsichtigte Nebenprodukt der Launen einer allzu reichen Frau oder die Auswirkung des Einflusses ihres neuen Ehemanns, der ebenfalls reich war. Doch Huberts Erinnerung war ungenau. Wie wir gesehen haben, beklagte er schon im vorhergehenden Sommer im stillen Maggies Mangel an Noblesse. Seine Gönnerin hatte sogar noch früher angefangen, sich von ihm zurückzuziehen. Sie hatte ihm erlaubt, das neue Haus zu bewohnen, wie jemand, der stillschweigend einen schlechten Handel einhält; das Haus war drei Jahre vor seiner Fertigstellung nach seinem Geschmack in Auftrag gegeben worden. Doch schon während dieser mehr als drei Jahre des Hausbaus hatte sie allmählich aufgehört, sich ihm anzuvertrauen, und vielleicht sogar noch früher hatten für Maggie die Ernüchterung und die Langeweile in dieser Freundschaft eingesetzt.

Im Grunde hatte sich Hubert viel länger, als er jetzt zugab, wenn er an Maggie dachte oder von ihr sprach, in seiner Position unsicher gefühlt. »Wie viele andere verwöhnte Geldsäcke hat sie sich meiner bedient, als sie mich brauchte, und dann hat sie mir plötzlich befohlen zu gehen, aus ihrem Haus und ihrem Leben zu verschwinden. Alle meine Pläne basierten auf ihren Versprechungen. Wir hatten eine Abmachung ...« So dramatisierte er es kurz und bündig, zuerst sich selbst und dann Pauline Thin gegenüber.

Pauline vermutete, daß da eine Liebesbeziehung bestanden hatte; bis er eines Abends aus reinem Mangel an besserer Gesellschaft, der er von sich selbst hätte erzählen können, bemerkte: »Ich habe nie eine Frau angerührt. Ich liebe die Frauen, aber ich bin nie einer nahegekommen. Das hätte den Zauber gebrochen. Es ist da etwas Magisches – Frauen sind magisch. Ich kann nicht leben, ohne Frauen um mich zu haben. Sex kommt mir, was Frauen angeht, gar nicht in den Sinn.«

Das hatte Pauline verwirrt. Eilig hatte sie ihre Vorstellungen neu geordnet und war im Geist der Missionare von ehedem, die den Grundsatz vertraten, daß Bekehrung nur eine Frage der Enthüllung der wahren Lehre ist, am Ende zu der Überzeugung gelangt, daß er eben einer wahrhaft betörenden, treuen Frau noch nicht begegnet war. Sie hatte deshalb beschlossen, mehr denn je gerade in diesen schwierigen Tagen zu Hubert zu halten.

Viertes Kapitel

Ha, Nemi! –
Tief in wald'ge Höhn versenkt,
So daß der Sturm, der Eichen niederschlägt,
Empört aus seiner Bahn den Ozean lenkt
Und peitschend seinen Schaum gen Himmel fegt,
Kaum dein ovales Spiegelbett erregt, –
Kristallner See, der stumm sich selbst genügt,
Des stillgenährten Hasses Aussehn trägt,
Tief, kalt und unerschüttert ruhig liegt
Und wie die Schlange schläft,
Rund in sich selbst geschmiegt!«

»Es ist eine vollendete Beschreibung«, sagte Nancy Cowan, die englische Privatlehrerin. »Können Sie sich vorstellen, was Byron mit ›calm as cherished hate‹ meinte? – Es ist geheimnisvoll, nicht wahr? – Und doch vollkommen zutreffend. Man kann sehen, daß in der Vergangenheit, dem historischen ›Es war einmal‹, etwas Böses unter dem Spiegel des Sees verborgen war. Vielerlei Böses wahrscheinlich. Die heidnischen Bräuche waren grausam. ›Cherished hate‹ ist jedenfalls etwas sehr Böses.«

Ihre Schüler sannen nach, vielleicht, weil sie wirklich spürten, daß sie das Wesentliche nicht verstanden hatten. Letizia, ein Mädchen von achtzehn, war nicht recht sicher, was die Wendung bedeutete.

»Haß«, erklärte die Privatlehrerin, »der verborgen gehalten worden ist, geheim, der sich hinter seinem stillen Gesicht nie ausgedrückt hat. Deshalb schrieb der Dichter ›calm as cherished hate‹.«

»Es ist sehr gut«, sagte Pietro. Er war zwanzig.

Beide, Letizia und Pietro, paukten für die Aufnahmeprüfung an amerikanische Universitäten.

Die Villa in Nemi, wo sie im Frühsommer mit der englischen Lehrerin saßen, bot überhaupt keine Aussicht auf den See. Von einem Fenster aus konnte man lediglich den Schloßturm erspähen. Es war dies das dritte von Maggies Häusern, das restaurierte, das vor kurzem an die Familie vermietet worden war. Letizia, eine leidenschaftliche italienische Nationalistin mit einer Begeisterung für Folklore und freiwillige Hilfsaktionen zur Rettung junger Rauschgiftsüchtiger, nahm die Tatsache, daß ihr Vater das Haus von einer Amerikanerin gemietet hatte, sehr übel. Sie war gegen die ausländische Eigentümerschaft an italienischem Grundbesitz, vertrat die Ansicht, daß die Jugend Italiens von den Ausländern verdorben wurde, besonders was Drogen betraf, und erhob Anspruch darauf, mit ihrer hellen Haut und ihrem hellen Haar, ihrer grobknochigen, athletischen Formlosigkeit und ihrem Atheismus eine Vertreterin des neuen, jungen Italien zu sein. Der Vater, von der Mutter geschieden, war sehr reich. Sie hatte überhaupt keine Lust für die Aufnahme an eine amerikanische Universität zu lernen, und hatte Miss Cowan, die Privatlehrerin, fast schon zu ihren Ansichten bekehrt. Ihr Bruder Pietro, dunkeläugig, mit langen Wimpern und bleichem, ovalem Gesicht, hätte sehr gern in einem Film mitgespielt und später selbst einmal Regie geführt; seine freie Zeit verbrachte er unter den Höflingen berühmter Filmregisseure, raste bei Tag und bei Nacht in seinem Porsche, das Medaillon des heiligen Christophorus auf der Brust, die Schnellstraßen entlang, den ganzen italienischen Stiefel hinauf und hinunter, nur um mit irgendeiner Gruppe junger Leute zusammen sein zu können, die sich um den Regisseur scharten, wo immer der Film gerade gedreht wurde. Italien ist eine Gegend, wo man sehr zum Hofhalten neigt. Wenn Pietro nicht gerade an diesem oder jenem Hof weilte, so war er jetzt zu Hause glücklicher als in den letzten Jahren, und das war der Gegenwart Nancy Cowans zu danken.

Sie war sechsunddreißig, ziemlich dünn, langnasig, gutherzig gegen jeden, der sich gerade in ihrem Gesichtskreis befand, und wußte viel. Sie war auf eine Anzeige in der »Times« gekommen, hatte ihre englische Art mitgebracht, ihre bläßlichen Sommerkleider, ihren Sinn für *fair play* und andere fremdartige Dinge. Letizia war anfangs entzückt gewesen festzustellen, daß man die englische Privatlehrerin in intellektuellen Dingen so leicht überrollen konnte; es war, als hätte Nancy Cowan keine festen Ansichten über die Gesellschaft oder politische Standpunkte und würde einfach das vertreten, was man von ihr wünschte. Manchmal aber argwöhnte sie, daß Nancy Cowan sich einfach nicht die Mühe machte, ihre eigene Meinung zu äußern; manchmal schien es sogar fast, als stimmte Nancy dem Bruder oder der Schwester einfach deshalb zu, weil beide ihr sehr wenig bedeuteten. Wenn dieses Gefühl Letizia überkam, dann pflegte sie ihre Ansichten um so heftiger zu vertreten und sagte so unverblümt ihre Meinung, daß es fast beleidigend war. Pietro fand Nancys Beeinflußbarkeit sehr feminin, und mit einem intuitiven künstlerischen Sinn für Ökonomie legte er es darauf an, bei seinen Studien bei ihr voll auf seines Vaters Kosten zu kommen. Es schien wahrscheinlich, daß der Vater bereits mit ihr schlief. Es wäre möglich gewesen, sich darüber Gewißheit zu verschaffen, doch Pietro fühlte sich zu jung und unerfahren, um sich der Anstrengung zu unterziehen; es wäre morbide gewesen, unanständig; doch eines Abends, als sie den Kaffee nach dem Essen im Garten nahmen, kam Pietro, weil Nancy so empfänglich schien für den Zauber der Nacht, zu dem Schluß, daß sein Vater sie umworben und gewonnen hatte. Sie sah im Mondschein auch besser aus, richtig schön, wie in einem Film. Auch das Verhalten, das Clara, das dicke, weinerliche Zimmermädchen, Nancy gegenüber an den Tag legte, sagte Pietro etwas. Er vermutete, daß es auch Letizia etwas sagte, doch er erwartete von Letizia nicht, daß sie solche unbestimmten Tatsachen über ihren Vater oder ihre englische Privatlehrerin anerkennen würde. Es entsprach jedoch ganz Papas Art, darauf zu achten, bei Nancy Cowan voll auf seine Kosten zu kommen, genauso wie sie es darauf anlegte, alles aus ihrer Stellung herauszuholen.

Bruder und Schwester saßen mit Nancy im schattigen Garten, wenige Meter vom Haus entfernt und lasen Byron. Es war sechs Uhr nachmittags. Um Letizia entgegenzukommen, behandelte Nancy in ihren Englischstunden Sagen der Umgebung. Ein armer geretteter Drogensüchtiger, ein Wrack von zwanzig Jahren, putzte unter der Anleitung des Gärtners und der dicken Clara das Schwimmbecken. Dieses simple Unternehmen lieferte eine unüberhörbare Geräuschkulisse. Clara sprach ausschließlich in weinerlichem Tonfall, während der Gärtner, bemüht dem geretteten Hirn des Jungen einfache Anweisungen zu geben, ihn behandelte, als sei er schwerhörig. Der junge Mann, der an diesem Morgen von Letizia aus Rom hergebracht worden war, würde, ehe er zum Wohlfahrtszentrum zurückbefördert wurde, für seine Dienste eine Mahlzeit und eine alte Hose von Pietro erhalten. Etliche solcher Gartenarbeiten wurden auf diese Weise erledigt; und nur Gartenarbeiten, da Letizia diese fremden Menschen nie ins Haus brachte, aus Angst davor, daß sie sich verleiten lassen könnten, das, was sie dort sahen, mitzunehmen oder von Freunden abholen zu lassen. Ihr Vater betrachtete Letizias Schützlinge mehr oder weniger als das, was früher die Zigeuner gewesen waren. In den Augen von Nancy Cowan waren sie junge Rauschgiftsüchtige genau wie die in London. Letizia bezeichnete sie als »unser neues Gesellschaftsphänomen«, und das war seltsamerweise die Titulierung, die ihnen am meisten zusagte; sie schienen auf Letizia anzusprechen, auf ihre Statistiken und ihren Soziologenjargon, die ihnen offenbar einen festen Status im Leben gaben, und es kam selten vor, daß einer von ihnen versuchte, sie über Gebühr auszunutzen oder Geld von ihr zu erbitten. Meist zeigten sie eine Abneigung gegen Pietro mit seiner Bulgari Stahluhr, den Gucci-Schuhen und -Gürteln, dem teuren Haarschnitt und dem Porsche, der ununterbrochen von dem jungen Hausmeister im Overall geputzt wurde.

Die dicke Clara schlurfte vom Schwimmbecken zum Haus hinauf, die Hand auf ihr Herz gepreßt. Sie war noch keine Fünfzig, doch sie sah viel älter aus, benahm sich aber wie ein zwölfjähriges Kind, als das sie sich offenbar auch noch fühlte.

»Kopfschmerzen«, sagte sie in ihrem babyhaft weinerlichen Ton. »Es ist zu heiß. Das Schwimmbecken muß ein Fachmann saubermachen. Der hier versteht das mit dem Chlor nie. Ich habe Kopfweh. Er ist schwer von Begriff. Da braucht man einen Mann, einen richtigen Mann. Der hier lernt es nie.«

Letizia sprang von ihrem Platz neben Nancy Cowan auf, mühelos imstande mit Clara in ihrer Muttersprache fertig zu werden. Letizias junge Haut schimmerte rosig im Spätnachmittag, ihre blassen Augen traten hervor wie die eines Fischs. In ihrem Folklorerock, ihren roten Clogs mit Plateausohle und ihrer gesmokten Bluse wirbelte sie herum und gestikulierte mit kräftigen Armen. Letizia war mit ihren achtzehn Jahren abgerundet und fertig; da war schon letzte Hand angelegt, war kein Raum mehr für weiteren Kampf zwischen Charakter und Körper, war jetzt nur noch Raum für Verschleiß. Sie war im großen und ganzen so, wie sie immer sein würde; sie dachte im großen und ganzen so, wie sie immer denken würde; und sie sah jetzt nicht viel anders aus, als sie mit achtundvierzig aussehen würde.

Nachdem die murrende Angestellte abgefertigt war, kehrte Letizia mit einem Lächeln, das ihre gesunden Zähne sehen ließ, zu ihrem Gartenstuhl neben ihrem Bruder und Nancy zurück.

Nancy Cowan streckte die Hand nach dem Byron-Band aus, den Pietro genommen hatte, um ihn sich anzusehen.

»Er muß im Winter hier gewesen sein«, sagte Pietro, »da er vom Wind schreibt, der die Eiche rüttelte.«

Letizia beugte sich zu Nancy Cowan hinüber, um die Zeilen zu studieren.

»Er sagte, der Winter verschont den See, und das ist wahr. Nemi ist ein sehr geschützter Flecken. War Byron dann also im Winter in Nemi?«

»Sie müssen sich schon eine Byron-Biographie besorgen –«

»Ich glaube, Papa hat eine. Pietro, weißt du's?«

»... etwas, worüber Sie Bescheid wissen sollten. Byron war immer –«

»Er war ein lahmer Lord ...« Pietro hatte Nancy das Buch aus der Hand genommen und las laut aus dem biographischen Vorwort zu den Gedichten vor: »... ein Verschwender und ein Wüstling ...«

»Was ist das – ein Wüstling?« Pietro griff nach dem Lexikon.

Nancy Cowan begann, über Byron zu sprechen, währenddessen wurde die Luft kühler, das Licht über dem Rasen verblich und Letizia erinnerte sich plötzlich aus früheren Schultagen an Bruchstücke aus Byrons Lebensgeschichte.

Gerade da wurde Letizia zum Telefon gerufen. Auf italienisch fluchend ging sie ins Haus.

Nancy ertappte Pietro dabei, wie er sie aufmerksam ansah, und sie drehte den Kopf, um ihm ins Gesicht zu blicken.

»Wäre es Ihnen peinlich, wenn ich Ihnen eine Frage stelle?« sagte er.

»Sie haben soeben schon eine peinliche Frage gestellt«, erwiderte sie, um ihm zuvorzukommen, und sollte nie erfahren, wie Pietros zweite peinliche Frage lautete; denn Letizia kehrte durch die Küchentür zurück, um zu melden: »Papa hat unsere Vermieterin zum Abendessen eingeladen. Sie hat Papa im Büro angerufen. Sie hieß Mrs. Radcliffe, aber sie hat wieder geheiratet, einen Italiener. La Radcliffe möchte uns besuchen.«

»Wie ist sie?« fragte Nancy.

»Wir haben sie nie zu Gesicht bekommen. Sie vermietet das Haus über einen Makler. Sie ist eine reiche Amerikanerin, Madame Radcliffe, und jetzt ist sie außerdem eine Marchesa, mit einem Adeligen aus dem Norden verheiratet. Ich hasse Papa dafür, daß er das Haus in unserem eigenen Land von einer Amerikanerin mietet. Es müßte umgekehrt sein. Warum kauft Papa nicht eine Villa?«

»Es gibt auch Italiener, die Grundbesitz in England haben«, sagte Nancy.

»Das ist etwas anderes. Sie haben sich schon vor zwei, drei Generationen dort niedergelassen. Sie waren arm.« Letizia sah zornig aus, unfähig, ihre Gedanken zu artikulieren, wenn ihre Gefühle überhaupt in Gedankenform existierten. Sie hatte das korrekte Englisch nicht mehr ganz im Griff. »Es geben viele Gründe«, sagte sie. »Hier in Italien die Ausländer nimmt alles.«

»Vielleicht haben Sie recht«, erwiderte Nancy. »Ich habe früher wirklich noch nicht darüber nachgedacht.« Sie dachte jetzt darüber nach und blickte scheinbar besorgt in die Ferne.

»Das hier war eine alte italienische Villa. Die Fundamente sind altrömisch«, sagte das Mädchen, das sich ein wenig beruhigte. »Und plötzlich kreuzt eine Amerikanerin mit dem nötigen Geld auf. Sie restauriert das Haus. Sie hat noch andere Häuser, überall in Nemi, alle von Ausländern bewohnt. Wir sind die einzigen Italiener und zahlen ihr Miete. Papa zahlt eine horrende Miete. Wir mußten unten einen Salon einbauen. Vorher gab es unten keinen Salon. Wir mußten auf Papas Kosten die Garage umbauen lassen. Papa gefällt das Haus, also zahlt und zahlt er.«

Das dicke Dienstmädchen kam mit einem Tablett mit Getränken und Eis heraus. Sie machte ein trauriges Gesicht. Nancy lächelte ihr zu, doch das veranlaßte Clara nur, die Augen zuzudrücken, als litte sie Schmerzen.

»Du solltest in Nancys Gegenwart nicht die Ausländer kritisieren«, sagte Pietro.

Gerade zu dieser Zeit hoffte er, eine Rolle in einem ausländischen Film zu bekommen, und wenn es auch unwahrscheinlich war, daß ihre englische Hauslehrerin viele Bekannte unter den Tausenden von Ausländern in Italien hatte, geschweige denn unter den Amerikanern, die den Film machten, so fand er doch, er hätte nichts zu verlieren, wenn er seine Schwester ein wenig dämpfte.

»Aber Papa bezahlt sie doch, damit sie uns mit unserem Englisch hilft, und wir sprechen ja englisch«, antwortete Letizia. »Und heute abend müssen wir für unsere Vermieterin beim Abendessen englisch sprechen.«

Man konnte den Wagen ihres Vaters die Auffahrt heraufkommen hören. Nancy Cowan lächelte. Ein Refektoriumstisch aus dem sechzehnten Jahrhundert und antike Stühle aus der Toskana erwarteten in einem mit grünem Damast ausgeschlagenen Speisezimmer die Gesellschaft. Grün-goldenes Porzellan, das nach etwas Besonderem aussah, stand auf Regalen in vier von Scheinwerfern angestrahlten Nischen. Die Kerzen in den silbernen Leuchtern warteten darauf, angezündet zu werden, der Tisch war für sechs gedeckt, und das bedeutete, daß die Stühle doppelt so weit voneinander entfernt standen wie nötig. Letizia musterte mürrisch den Tisch, sagte kein Wort zu dem wartenden Diener, ging dann durch die Falttür, die in den Salon führte, aus dem Zimmer. Der Diener ging durch eine andere Tür hinaus, um zu melden, es gäbe offenbar keine Beanstandungen.

Im Salon saß Letizias Vater zufrieden zurückgelehnt mit seinem Drink auf einem Sofa. Nancy Cowan saß neben ihm, hielt sich zaghaft und kerzengerade auf der Kante. Letizia, die aus dem Speisezimmer kam, sagte: »Wir hätten im Nordzimmer essen sollen. Das grüne Eßzimmer ist für sechs viel zu steif.«

Der Vater, Dr. Emilio Bernardini, von vornehmer Schlankheit, mit blasser Haut und recht schönen, sehr dunklen Augen hinter einer Gelehrtenbrille, schwarzglänzendem Haar und scharf gezeichneten Augenbrauen, hatte etwas von den Porträts der Monarchen aus dem Hause Stuart. Er war Wirtschaftsanwalt, und seine Tätigkeit bewegte sich zwischen Rom, Mailand und Zürich; tatsächlich befaßte sich ein gut Teil seiner Arbeit mit Immobilien, und der Grund, weshalb er seine eigene Villa noch nicht verkauft und es vorgezogen hatte, jene, in der er sich jetzt befand, von Maggie Radcliffe zu mieten, war vermutlich nur ihm selbst bekannt. Das ärgerte zwar seine Tochter, doch sie kannte die Regeln der Geschäftswelt Italiens zu gut, um zu glauben, sie könnte ihren Vater überreden, lieber zu kaufen als zu mieten. Ganz gleich, was für einen Grund er hatte, er war bestimmt in seinem eigenen Interesse.

Er antwortete nachlässig auf italienisch, daß das Speisezimmer für den Besuch ihrer Vermieterin am besten geeignet wäre. Pietro teilte inzwischen Nancy mit, daß er ihr Kleid bewunderte.

Nancy erwiderte in korrektem Italienisch, es wäre neu.

»Nach meinem ersten längeren Aufenthalt in Italien«, fügte sie hinzu, »als ich sah, wie die Italiener sich kleiden, fand ich mich in meinen Londoner Sachen nicht richtig angezogen. Deshalb kaufe ich immer ein paar Kleider für den Abend, wenn ich für länger hierherkomme.«

»Wollen Sie damit sagen, daß wir übertrieben angezogen sind?« fragte das charmante Familienoberhaupt.

»In England wären wir jetzt für diese Gelegenheit absolut übertrieben angezogen.«

Der Vater betrachtete seine Kinder und dann sie mit Zufriedenheit.

»Ich finde, wir sehen alle sehr elegant aus«, sagte er. »Ich bin froh, daß wir übertreiben. Es ist noch nicht lange her, da übertrieben wir es weit mehr.«

Ein neuer junger Mann, den Letizia in Eile zum Abendessen herbeizitiert hatte, um auf eine gerade Zahl zu kommen, wurde hereingeführt. Er wenigstens hatte es mit dem Anziehen nicht übertrieben; er trug einen schmuddeligen, grauen Baumwollpullover mit rundem Kragen und eine dunkle Hose, die viel zu eng war. Er war klein und rundlich, mit Fettröllchen unter den Armen, über dem Bauch, eigentlich überall; er hatte sich anscheinend nie auch nur im geringsten darum gekümmert, wie er aussah. Letizia stellte ihn als Marino Vesperelli vor und fügte für ihren Vater hinzu, daß er Psychologieprofessor wäre. Dr. Bernardini nahm ihn freundlich auf, zeigte mit der Hand zu einem Sessel hin, stand auf und fragte, was er trinken wolle. Darauf schaltete sich Letizia ein, und der junge Mann folgte ihr zu dem Wagen mit Flaschen und Eis am anderen Ende des Raums. Emilio Bernardini murmelte, zu Nancy gewandt: »Der Gedanke, daß dieser Mensch mit meiner Tochter Händchen hält, ist mir furchtbar.«

»Vielleicht ist er nur ein Bekannter.«

»Wo liest sie sie nur auf?«

»Ich nehme an, dieser hier arbeitet bei ihrer Fürsorgetätigkeit mit ihr zusammen.«

»Er hat selbst Fürsorge dringend nötig«, sagte der Vater.

Doch sobald der junge Psychologe sich mit seinem Drink gesetzt hatte, bemühte sich Dr. Bernardini, ihn in ein Gespräch über seinen Beruf zu ziehen. Der junge Mann gab kurze Antworten und stellte keine Gegenfragen; offenbar war er der Ansicht, seine merkwürdig anmutende Erscheinung wäre sozialer Beitrag genug für diesen Abend; und das war sie gerade in ihrer Merkwürdigkeit auch.

»Jetzt kommt ein Wagen. Das muß sie sein«, sagte Pietro.

Maggie Radcliffe hatte schon so lange die Gewohnheit, bei ihrem Erscheinen alle um sich herum in einen Taumel staunender Bewunderung zu versetzen, daß ihr dies auch jetzt gelang. Sie wirkte wie Ende Vierzig, doch das genaue Alter war unwichtig für den Effekt, der absolute Aufmerksamkeit forderte. Und was mehr war, Maggie brachte diesen Effekt ganz unbekümmert zustande. Sie kümmerte sich allein und eingehend um das, was um sie herum vorging.

Nachdem sie allen im Zimmer die Hand gereicht hatte, begann sie Bernardinis Gemälde zu bewundern, deren Maler sie durchweg erkannte. Wie die tropfenweise Eingabe eines Herzmittels ließ sie ihren Auftritt wirken. Sie wandte sich an den Besitzer der Bilder und erinnerte ihn daran, daß der Klimt über dem Kaminsims beinahe in der österreichischen Sammlung geblieben wäre; auf diese Weise stellte sie zu ihm jene auf einem gehobenen Lebensstil basierende Gemeinsamkeit her, wie sie zwischen Reichen besteht.

Nancy Cowan stand da und wartete, daß der besondere Gast sich setzen würde. Durch ihr Kleid hindurch zog sie ihre Strumpfhose hoch wie ein Schulmädchen. Dann fuhr sie sich mit dem Finger unter das Haar im Genick.

Maggie setzte sich. Die Männer setzten sich. Auf die Frage, was sie trinken wolle, wandte sich Maggie dem unansehnlichen jungen Psychologen zu und fragte, was er tränke.

»Sherry on the rocks«, antwortete er.

Maggie lachte lautlos und warf einen vergnügten, verständnisinnigen Blick auf ihren Gastgeber. Sie sagte, sie würde einen Wodka-Tonic nehmen. Sie war auf sehr geschmackvolle Weise übertrieben angezogen, trug ein hauptsächlich weißgrundiges gemustertes Kleid, das sich leuchtend von ihrer schimmernden Sonnenbräune abhob. Ihr Haar war silbern gesträhnt, ihre Augen strahlten groß und hell. Sie wirkte wie von Scheinwerfern angestrahlt.

Die Klimaanlage wurde vor dem Essen ausgeschaltet, da der Abend kühl war. Die Fenster des Speisezimmers wurden geöffnet, um die Brise hereinzulassen, die von den Albaner Bergen herüberwehte. Sie saßen weit auseinandergerückt an dem langen Eßtisch, tauschten murmelnd höfliche Worte, während sie darauf warteten, bedient zu werden.

Emilio Bernardini, am Kopf der Tafel sitzend, hatte Maggie zu seiner Rechten, Nancy Cowan zu seiner Linken. Letizia saß ihm gegenüber, links von ihr Pietro, während ihr Freund zu ihrer Rechten auf seinem Stuhl hockte.

»Wie finden Sie ihre Villa, Marchesa, jetzt, wo wir darin wohnen?«

»Sie haben sie bezaubernd eingerichtet, reizvoller, als ich sie in Erinnerung hatte«, erwiderte Maggie.

»Wir haben einiges geändert«, sagte Letizia. »Wir mußten extra Arbeiter kommen lassen. Eine der Garagen ist jetzt ein Salon. Sonst wäre kein –«

»Ich weiß«, sagte Maggie. »Mein Makler erwähnte es.«

»Die Marchesa muß es sich später ansehen«, erklärte der Vater.

»Ja, unbedingt«, sagte Maggie.

»Wenn wir schon englisch sprechen, warum sagst du dann ›Marchesa‹?« erkundigte sich Letizia. »Auf englisch heißt es ›Marchioness‹.«

»Weil es hübscher klingt«, antwortete Pietro.

»Ja, das stimmt«, bestätigte Maggie und legte ihren kleinen Löffel aus der Hand, um etwas Wasser zu trinken. »Und ›Signora‹ wäre noch besser. Bei ›Mrs.‹ und ›Miss‹ muß man für das ›ms‹ den Mund schließen, bei ›Signora‹ und ›Signorina‹ schließt man ihn nicht. Bei Missis und Miss verzieht sich der Mund zu einem breiten Grinsen, während er bei Signora und Signorina ein Zischen formt.«

Marino, der Psychologe, war verwirrt. Er beugte sich vor, als könnte er so erfassen, worauf Maggie hinauswollte.

Die anderen lachten, während Letizia ihm leise in sprudelndem Italienisch die Pointe erklärte.

»Aber warum ist denn ein Zischen besser als ein Grinsen?« fragte er.

»Es ist eben besser«, erwiderte der Vater.

»Auf jeden Fall«, erklärte Maggie, »ist Signora für mich absolut richtig, da ich jetzt mit einem Italiener verheiratet bin und Italien eine Republik ist.«

»Die Signora ist natürlich die Marchesa di Tullio-Friole«, sagte Dr. Bernardini mit seiner kühlen Wohlerzogenheit und setzte damit gleichzeitig den Schlußstrich unter ein langweiliges Gesprächsthema, das Maggie angeschnitten hatte.

»Ach, Marchesa ist so förmlich. Das paßt mir nur, wenn ich mit meinem Mann zusammen bin.«

»Ich habe mit seinem Sohn Pino die Schule besucht«, sagte Dr. Bernardini. »Ich erinnere mich noch sehr gut an Ihren Mann. Ich war häufig in der Villa oben in Venetien zu Gast. Dort bin ich auf die Jagd gegangen.«

»Dann müssen Sie aber wiederkommen«, sagte Maggie. »Er ist jetzt gerade dort und kümmert sich um den Umbau meines Badezimmers.«

Die Kerzen flackerten. Das Spinatsoufflé, die panierten Kalbsschnitzel und der Salat wurden aufgetragen, dann das Zitroneneis und das Obst, und Maggie erzählte derweil von den beiden anderen Häusern, die sie in der Gegend besaß, dem ihres Sohnes und Hubert Mallindaines.

»Das von Mallindaine ist neu«, sagte Letizia scharf. »Aber das Haus Ihres Sohnes ist ein Bauernhaus aus dem sechzehnten Jahrhundert.«

Pietro sagte, er hätte das alte Bauernhaus immer schon bewundert. Das Verhalten seiner Schwester schien ihm Unbehagen zu verursachen.

»Es gehört in italienische Hände«, erklärte Letizia. »Unser nationales Erbe.«

»Es hat ein Vermögen gekostet, es in Ordnung zu bringen«, erwiderte Maggie.

Der Vater fing Letizias vorhersehbare Reaktion ab, indem er sagte, er hätte schon gehört, daß Maggie das alte Haus wunderschön restauriert hätte und auch das neue Haus sehr schön geworden sei.

Pietro, schien es, kannte die jungen Radcliffes und war in ihrem Haus gewesen.

»Ach, das sind die Amerikaner, von denen du gesprochen hast?«

Das war wieder Letizia, und so typisch Letizia, daß ihr Freund lachte.

»Was ist daran so komisch?« fragte Letizia, als sie sah, daß die anderen lachten.

»Die Art«, antwortete Maggie, »wie Sie eben ›Amerikaner‹ sagten.«

»Letizia, sei nicht kindisch«, mahnte der Vater.

»Sollen wir den Kaffee draußen trinken, Papa?« fragte Letizia. Als sie durch die Flügeltür zur oberen Terrasse vorausging, sagte sie: »Ich glaube an Italien für die Italiener.«

»Letizia!« rief Emilio.

»Du bist so unhöflich«, sagte ihr Bruder.

»Und die Engländer?« fragte Nancy. »Sind wir auch unerwünscht hier?«

»Mit den Engländern ist es genau das gleiche«, antwortete Letizia, während sie darauf wartete, daß alle Platz nahmen.

Der Vater erklärte es Maggie: »Es ist nur ein Spielzeuggewehr, mit dem sie da spielt, oder, zumindest, ein Gewehr, das mit Platzpatronen geladen ist.«

»Oh!« sagte Letizia protestierend.

»Ich stimme ihr zu, wirklich«, behauptete Maggie. »Ich glaube, bald können es sich die Amerikaner nicht mehr leisten, in Italien zu leben. Wissen Sie, seit ich einen Italiener geheiratet habe, fühle ich mich selbst als Italienerin.«

Der junge Psychologe sagte zum Vater: »Sie sprechen von Gewehren, Dr. Bernardini. Vom Spiel mit Gewehren. Das ist interessant.«

»Das ist ein sexuelles Symbol«, sagte Maggie, und alle außer Letizia und ihrem Freund lachten.

Letizia setzte sich, und der Kaffee wurde zum Terrassentisch gebracht. Letizia begann einzuschenken, während Nancy die Tassen herumreichte.

»Und das dritte Haus?« fragte Letizia.

»Ein Engländer«, antwortete Maggie. »Er ist übrigens mein Problem, Dr. Bernardini. Er ist das Problem, über das ich mit Ihnen sprechen wollte.«

»Es ist ein schönes Haus«, sagte der Vater. »Es muß eine herrliche Aussicht haben.«

»Es hat die beste Aussicht von allen drei Häusern«, erklärte Maggie und sah der Reihe nach ihre Ringe an. »Und die Möbel gehören mir. Jedes Stück. Ich habe ihm gekündigt.«

»Aber er gehört zu Nemi«, sagte Letizia.

»Wer gehört zu Nemi?« fragte Pietro.

»Der Mieter. Der Engländer. Er hat durch seine Ahnen einen Anspruch auf Nemi.«

Emilio Bernardini rief nach dem Brandy und den Likören.

»Er muß gehen«, sagte Maggie. »Mein Mann besteht darauf.« Sie wandte sich an Emilio. »Sie wissen, wie die Italiener der alten Schule sind. Sehr konservativ. Und wirklich, ich bewundere das.«

»In unserem Land ist es schwierig, Mieter hinauszusetzen«, meinte Emilio, nicht erpicht darauf, gegen einen so nahe wohnenden Mieter die Partei der Vermieterin zu ergreifen. »Sehr, sehr schwierig.«

»Er zahlt keine Miete«, erklärte Maggie. »Er war ein Jahr lang Gast, und jetzt hat er seine Gastrolle ausgespielt.«

»Ich bin nicht sicher, daß wir Ihnen da helfen können«, sagte Emilio, als hätte er den Rest der Gesellschaft zur Verstärkung im Rücken.

»Ich dachte, wir könnten vielleicht eine Nachbarschaftsinitiative auf die Beine bringen«, entgegnete Maggie, ebenfalls prompt mit ihrem ›wir‹. Sie fügte hinzu: »Mein Sohn und meine Schwiegertochter sind natürlich –«

»Das gäbe einen Skandal«, erklärte Pietro.

»Aber er ist doch selbst eine ganz skandalöse Person«, erwiderte Maggie. »Sie müssen doch gehört haben –«

»Von einer Sekretärin, aber nicht von einem Skandal. Miss Cowan kennt sie, nicht wahr, Nancy?«

»Nun, ich würde nicht sagen, daß ich sie kenne«, meinte Nancy. »Ich glaube, ich bin ihr einmal in Rom im Haus englischer Bekannter von mir begegnet. Sie hatte eine Stellung in Rom.«

»Nun«, sagte Maggie, »vor ihr waren es junge Männer.«

»Das ist in Mittelmeerländern Usus und in Italien kein Verbrechen«, erklärte der Gastgeber. »Ich verstehe Sie, Marchesa, aber eine Petition ...« – er breitete die Hände aus – »... eine Petition, einen Mann wegen junger Männer aus seinem Haus zu vertreiben ... Der Skandal würde entschieden auf uns zurückfallen, wie Pietro sagt.«

»Was meint denn Ihr Anwalt?« fragte der Psychologe.

»Ach, er befaßt sich damit«, erwiderte Maggie etwas vage und ohne sonderlichen Enthusiasmus für ihren Anwalt.

»Aber Mr. Mallindaine hat einen Anspruch auf Nemi«, sagte Letizia. »Seine Vorfahren reichen bis in die Antike zurück. Er kann es beweisen.«

»Sie kennen ihn gut?« fragte Maggie.

»Nein, ich kenne ihn gar nicht, aber ich habe gehört –«

»Aber ich«, sagte Maggie und neigte kummervoll den Kopf, »kenne ihn gut.« Seit die Rede auf das Thema Hubert gekommen war, schien sie unerwartet in die Rolle einer unwillkommenen Bittstellerin gedrängt worden zu sein; ihre Erscheinung schien die aufsehenerregende Ausstrahlung verloren zu haben.

Als sie in dieser Nacht im Bett lagen, sagte Emilio Bernardini zu Nancy: »Sie ist ein animalisches Geschöpf.«

»Sie sah blendend aus, als sie hereinkam.«

»Tiere können durchaus atemberaubend aussehen. Ich möchte wissen, warum sie mich wirklich sprechen wollte. Sie rief mich heute nachmittag im Büro an und sagte, sie würde mich gern sprechen. Ich lud sie zum Abendessen ein. Ich möchte wissen, ob sie nur sehen wollte, was wir aus ihrem Haus gemacht haben.«

»Ich glaube, sie wollte deine Hilfe, um den anderen Mieter hinauszuwerfen.«

»Er war wahrscheinlich ihr Liebhaber.«

»Nein. Nein, das war er nicht. Er mag junge Männer.«

»Er könnte es ja außerdem mit Frauen treiben.«

»Nein, sie hatten eine lange Beziehung, aber Sex spielte da nicht mit«, sagte Nancy, die in der Kühle der Sommernacht neben ihm unter dem dünnen, weißen Leintuch lag.

»Ich glaube es nicht. Wer würde das glauben?«

Nancy schob ihre Hälfte des Leintuchs weg und streckte ihren Körper. Ihre unterentwickelte Magerkeit und Knochigkeit war, wenn man sie nicht als Mangel betrachtete, etwas Besonderes an ihr; so daß sie sich, ohne Kleider, in Emilios Augen von einem Niemand in einen Jemand wandelte.

»Woran denkst du?« fragte sie ihren Liebhaber.

»Ich bewundere deine Un-Figur«, sagte Emilio. »Du siehst so sehr danach aus, als brauchtest du ein gutes Essen.«

»Ich hatte ein gutes Essen«, erwiderte sie. »Ich sehe vielleicht nicht sehr liebenswert aus, aber das ist mir gleich.«

»Wie selten verliebt man sich in das Liebenswerte«, sagte er. »Wie selten . . . kaum je.«

»Woran merkt man, wenn man verliebt ist?« fragte sie.

»Der Verkehr in der Stadt ist erträglicher, und die Lebenshaltungskosten scheinen einem sehr niedrig.«

Fünftes Kapitel

Ein typischer Geschäftsmann, ungefähr dreiundvierzig, ziemlich eingebildet, denke ich mir«, sagte Maggie, »mit einem Sohn, der wie ein Gigolo aussieht, und einer Tochter vom Pfadfinderinnentyp. Ich konnte das Mädchen nicht ausstehen. Dann war noch eine unterwürfige englische Privatlehrerin da und der Freund des Mädchens, ein gräßlicher kleiner Kerl. Das einzig Gute an ihnen war ihr Haus, das nicht ihnen gehört, sondern mir.«

»Oh, aber ich kenne Pietro, und Michael mag ihn gern«, erwiderte ihre Schwiegertochter.

»Ich gebe zu, der Sohn war der Beste von allen«, meinte Maggie, »aber das besagt nicht viel. Sehr bürgerlich; natürlich hatten sie Todesangst davor, auch nur einen Finger zu rühren, um mir zu helfen, Hubert hinauszusetzen.«

»Ich werde tun, was ich kann, um dir zu helfen«, versprach Mary eifrig.

Ihr lag furchtbar viel daran, aus ihrer Ehe einen Erfolg zu machen, wie sie es zu formulieren pflegte; ihr Vater war ein erfolgreicher Mann, und ihre Mutter hatte in der Werbebranche eine erfolgreiche Karriere gemacht, obwohl sie es keineswegs nötig hatte zu arbeiten; zudem war Marys ältere Schwester eifrig damit beschäftigt, aus ihrer Ehe einen Erfolg zu machen. Mary war mit Erfolg erzogen worden, weder zu wenig noch zu sehr verwöhnt. Und deshalb war Mary, noch immer halb berauscht von dem Betäubungsmittel ihrer vergangenen Jahre, nicht geneigt, Maggie so kritisch zu betrachten, wie sie es getan hätte, wäre Maggie nicht ihre Schwiegermutter gewesen; das gehörte dazu, wenn sie aus ihrer Ehe einen Erfolg machen wollte.

»Solange ich hier an Ort und Stelle bin, Maggie«, sagte Mary, »werde ich mein Bestes tun.«

»Ich weiß, es war dumm von mir, es so weit kommen zu lassen«, erklärte Maggie. »Das ist mir klar. Aber als ich mit Ralph Radcliffe verheiratet war, habe ich mich eben so gelangweilt, daß ich in verschiedenen Städten verschiedene Künstler und Intellektuelle in meinen Kreis aufgenommen habe, und ich war eben ... Nun, Hubert war natürlich wirklich in gewisser Hinsicht jemand. Ich habe ihm wirklich geholfen, das zu werden, was er war, aber so ein toller Typ ist er nun auch wieder nicht. In Paris ist er natürlich bekannt oder, besser gesagt, war es vor ein paar Jahren – nach ›Ce Soir Mon Frère‹, diesem Stück, du weißt schon –«

»O ja! Hat Hubert das inszeniert?« fragte Mary.

»Nein, Hubert hat es geschrieben. Ich habe mich –«

»War es ein Erfolg?« fragte Mary.

»Nun, in Paris jedenfalls. Ich habe mich mehr und mehr seiner angenommen. Er schrieb dieses Stück. Und nach zwei Jahren schrieb er noch eines. Ich habe ihm viel geholfen, mit Geld und so weiter, mit der Miete. Manchmal hat er mir beim Bilderkauf ein paar Ratschläge gegeben, wenn wir die Galerien besuchten, in New York und Paris. Dann, nun ja, er beriet mich bei Möbeln und Teppichen. Er hat Geschmack und versteht etwas davon, aber darauf allein kommt es natürlich nicht an. Und dann, weißt du, dann hat er gewissermaßen mein Leben an sich gerissen; sogar wenn ich weg war, fühlte ich mich abhängig, ich fühlte mich gefangen, und Michaels Vater war mir als Ehemann überhaupt keine Stütze; nein, Ralph Radcliffe ließ das völlig kalt. Natürlich war Huberts Freundschaft mit mir rein platonisch.«

»Ja, was hast du dann davon gehabt?« fragte Mary.

»Genau. Das habe ich mich schließlich auch gefragt. Aber wer würde das glauben, wenn es zu einem Skandal käme? Und weißt du, die Häuser hier in Nemi, es war Huberts Einfall, auf diese Weise Kapital anzulegen; er machte zwei Häuser für mich ausfindig, und natürlich wollte er dort auf dem Grundstück eines für sich. Ich bereue es nicht, die Häuser gebaut zu haben; sie sind alle gute Vermögensanlagen und steigen im Wert, aber Hubert muß raus, raus, raus. Als ich mich wieder verheiratete, erzählte ich Berto, daß Hubert noch immer in einem meiner Häuser lebt, und mit meinen besten Möbeln darin. Berto sagte: ›Du bist verrückt, Maggie, verrückt. Er ist ein Schmarotzer. Wirf ihn hinaus. Sag ihm, er soll gehen.‹ Aber das ist schwierig, weißt du.«

»Hubert hat Nerven«, sagte Mary. »Nerven hat der! Ich habe gehört, daß er das Haus im letzten Sommer voller Schwuler hatte.«

»Ja, aber ich habe kein Geld mehr geschickt. Als ich Berto heiratete, sagte er: ›Hör auf, Geld zu schicken. Mach den Überweisungsauftrag bei der Bank rückgängig.‹ Ich wußte nicht, was ich tun sollte. Es hat wirklich eine hypnotische Wirkung, wenn man einmal in jemandes Klauen geraten ist. Berto sagte: ›Warum zögerst du? Wovor hast du Angst? Schreib und teile ihm mit, daß er kein Geld mehr bekommt.‹ Berto sagte, er würde selbst schreiben, wenn ich das wünschte. Ich sagte: ›Nun ja, Berto, er weiß, daß du das Geld nicht brauchst, und ich auch nicht, und ich gebe ihm ja nicht sehr viel.‹ Und so –«

»Darum geht es doch nicht«, warf Mary ein.

»Richtig. Genau das sagte Berto auch. Darum geht es nicht. Aber jetzt, wo Hubert sich so stur stellt, möchte ich keinen Skandal, besonders da ihr hier lebt, Michael und du, und es euch so gut gefällt. Es ist schon ein Problem.«

»Es ist ein sehr, sehr großes Problem«, erklärte Mary, eifrig darauf bedacht, ganz auf Maggies Seite zu stehen. »Es ist ein ungeheures Problem.«

»Und dann lebt auch noch diese lesbische Sekretärin bei ihm«, sagte Maggie.

»Ist sie lesbisch?«

»Ich denke schon. Was soll sie sonst sein?«

»Da hast du wahrscheinlich recht«, meinte Mary.

»Sie kann gar nicht normal sein, sonst würde sie doch nicht mit ihm leben.«

»Es könnte ja platonisch sein wie vorher bei dir, als du mit ihm befreundet warst«, sagte Mary, »aber das ist es wahrscheinlich nicht.«

»Eine Lesbe«, sagte Maggie und fügte hinzu, als wäre dies für sie der wahrhaft springende Punkt: »Eine völlig mittellose Lesbe.«

Nachdem Maggie sich so weit Luft gemacht hatte, begann sie nun, Kleinigkeiten an Hubert zu loben, und brachte Mary, die ebenfalls einige angenehme Erinnerungen an Hubert hatte, dazu, ihr unaufrichtig zuzustimmen.

»Er hat auf die Möbel achtgegeben«, sagte Maggie. »Er weiß gute Möbel zu schätzen und versteht etwas davon. Er hat mir sogar beim Aussuchen geholfen. Und jetzt höre ich, daß er die Louis-Quatorze-Sessel zu einem Antiquitätenfachmann in Rom schickt, damit sie regelmäßig angesehen und in Ordnung gebracht werden, wenn etwas locker ist oder abgewetzt ist, weißt du, und vielleicht das Holz behandelt werden muß. Das hörte ich erst neulich. In mancher Hinsicht war Hubert mir gegenüber sehr aufmerksam.«

»Das ist teuer, die Instandhaltung von Antiquitäten«, sagte Mary. »Die von meinem Vater –«

»Oh, ich weiß. So knapp bei Kasse kann er also gar nicht sein, oder?«

»Ich werde herausfinden, was ich kann«, erwiderte Mary.

»Nicht, daß es für mich von Bedeutung ist«, sagte Maggie. »Ich meine nur, so schlecht kann es ihm nicht gehen, wenn er sich um meine Möbel kümmert, oder?«

»Nein, bestimmt nicht.«

»Dem Beamten, den mein Anwalt mit der Kündigung zu ihm schickte, hat er nicht aufgemacht. Er tat so, als wäre er nicht da.«

»Aber *dich* müßte er doch hineinlassen«, meinte Mary. »Warum gehst du nicht selbst hin und stellst ihn? Eine Konfrontation ist immer das beste.«

»Findest du?«

»Hm, vielleicht. Ich weiß nicht. Ich meine, meistens ist eine Konfrontation gesund, wenn eine Beziehung schief geht.«

»Die Beziehung ist in Ordnung«, sagte Maggie. »Von meiner Seite ist alles wie immer. Ich möchte ihn nur nicht weiter aushalten, das ist alles. Eine Erklärung ist nicht nötig. Ich mag einfach nicht mehr.«

»Ich höre, er hat an allen Türen die Schlösser austauschen lassen.«

»Wer hat dir das erzählt?« fragte Maggie.

»Pietro, der Bernardini-Sohn. Er erzählte uns, ihre Privatlehrerin hätte es von Huberts Sekretärin gehört. Sie haben alle Schlösser ausgetauscht, damit deine Schlüssel nicht passen.«

»Nicht im Traum würde es mir einfallen«, rief Maggie erregt, »ohne seine Erlaubnis in das Haus einzudringen. Wofür hält er mich? So übel ist er doch gar nicht.«

»Sicher, er hat seine guten Seiten. Sehr, sehr gute Seiten.«

»Es wäre angenehm«, sagte Maggie jetzt mit leiser Stimme, »sich sagen zu können, daß es ihm wenigstens am Essen nicht fehlt. Ich hoffe, er hat genug zu essen.«

»Er könnte sich keine Sekretärin leisten, wenn er nicht genug zu essen hätte«, erwiderte Mary ebenfalls leise.

»Na, ich weiß nicht«, meinte Maggie, »und es macht mich nachdenklich. Es gibt junge Sekretärinnen, die sind verrückt genug, umsonst für einen Mann zu arbeiten, wenn sie an ihn glauben. Und Huberts Sekretärin, so flüchtig ich sie sah, als sie da in seinem Kombi vorbeifuhr, nur das eine Mal, und da nur für eine Sekunde, nun, ich weiß nicht ... Vielleicht hat sie Pläne für die Zukunft.«

»Aber sie ist doch lesbisch«, sagte Mary.

»Wer weiß? Auch lesbische Frauen angeln sich gern einen Mann, weißt du. Sex ist nicht alles. Vielleicht braucht sie das als Tarnung. Und er auch.«

»Nun, wenn er nicht genug zu essen hat, wird er ausgehungert«, erklärte Mary.

»Strom, Gas und Telefon, das will alles bezahlt sein. Es wird einfach abgestellt, wenn die Rechnungen nicht bezahlt werden«, sagte Maggie, und ihre Stimme hatte sich jetzt zu einem Flüstern gesenkt, als brächte es Unglück, solche Dinge auszusprechen.

»Dann ist ja dein Problem gelöst«, meinte Mary. »Dann muß er gehen.«

»Glaubst du an den bösen Blick?« fragte Maggie, immer noch sehr leise sprechend.

»Äh – nein«, antwortete Mary, in den Flüsterton einstimmend, »ich glaube nicht, daß ich daran glaube.« Sie neigte sich näher zu Maggie.

»Wenn es so etwas gibt«, hauchte Maggie, »dann ist es möglich, daß Hubert den bösen Blick hat. Sein Name, Mallindaine, ist angeblich von einer alten französischen Form abgeleitet, ›malline‹, das heißt böse, und von ›Diane‹, wobei das ›I‹ und das ›A‹ umgestellt wurden. Er hat mir das einmal erzählt, und wie er es erklärte, stellte die Familie die Buchstaben zur Verschlüsselung um, weil die Kirche natürlich die ganze Familie liquidiert hätte, wenn ihre Abstammung von einer heidnischen Gottheit bekanntgeworden wäre. Und sie haben die Diana immer verehrt. Es war offenbar eine Familientradition.«

»Das klingt sehr nach Aberglauben«, sagte Mary leise.

»Ich würde Hubert nicht für böse halten – du?« flüsterte Maggie.

»Nein, ich auch nicht. Ich halte ihn für einen Schnorrer, das ist alles«, sagte Mary und setzte sich ein wenig anders in ihren Gartenstuhl, während die Baumwipfel am Hang unterhalb des Hauses in einem plötzlichen, warmen Luftzug raschelten und der dunkle See, still, von steilen Ufern geschützt, sich zwischen den Zweigen zeigte.

»Der Gedanke ist mir unbehaglich«, sagte Maggie. »Kannst du ein Geheimnis für dich behalten?« Sie rückte ihren Stuhl ein wenig näher zu ihrer Schwiegertochter.

»Klar.«

»Auch ohne Michael etwas zu sagen?«

»Na ja, wenn es nicht unsere Ehe betrifft...« meinte Mary.

»Das sicher nicht, es geht ja nur Hubert und mich an«, flüsterte Maggie.

»Aber klar kann ich ein Geheimnis für mich behalten«, flüsterte das Mädchen eifrig zurück, als könnte ihm sonst das Vertrauen ganz entzogen werden.

»Ich möchte Hubert von Zeit zu Zeit etwas Geld schikken. Aber er darf nicht wissen, daß es von mir kommt«, erklärte Maggie. »Ich muß auch an meine Ehe denken. Berto besteht darauf, daß ich Hubert hinauswerfe. Nun, ich muß es eben weiter versuchen, und in gewisser Weise will ich das auch.«

»Du brauchst doch Berto nicht alles zu sagen, oder?«

»Er will alles wissen«, sagte Maggie. »Er ist der altmodische Italiener, darin liegt zum Teil der Charme.«

»Das verstehe ich«, meinte das Mädchen.

»Wie kann ich Hubert dieses Geld zukommen lassen, ohne daß er errät, wer dahintersteckt?«

»Ist es viel Geld?«

»Nun, wenn ich mich für einen Betrag entschließe...

genug, daß er weiterhin in Nemi leben kann, während ich versuche, ihn aus dem Haus zu kriegen.«

»Ich glaube, ich kann da nicht ganz folgen«, sagte Mary. »Aber ich verstehe irgendwie, was du meinst.«

»Es ist paradox«, gab Maggie zu. »Aber Hubert darf nicht wissen, wie ich denke.«

»Er würde glauben, du hast Angst vor ihm.«

Im Flüsterton sprachen sie bis in den tiefen Nachmittag hinein.

»Wir reden und reden, aber wir kommen nicht weiter«, sagte Maggie, als die Luft kühler wurde.

»Ich wollte, ich könnte es mit Michael besprechen.«

»Nein, Michael würde da sofort einen Riegel vorschieben.«

»Ja, wahrscheinlich. Ich werde versuchen, mir etwas einfallen zu lassen.«

»Du mußt mir helfen.«

»Ich helfe dir, Maggie.«

Sie blickten hinunter auf das unglaublich fruchtbare Land unter ihnen. Die Landbewohner kamen und gingen, und hin und wieder war zwischen den Bäumen ein Kopf zu sehen, oder ein Gesicht blitzte hervor; einer von ihnen, der sich auf einem Pfad durch das dicht bewaldete Land näherte, entpuppte sich unverkennbar als der zurückkehrende Lauro. Bald war er sichtbar, bald unsichtbar, wurde ständig größer, schien mit jedem Mal ein Stück mehr aus den Bäumen aufzutauchen. Ein wenig nach Norden zu war eine Ecke von Huberts Dach zu sehen, und unter dem Felshang darunter, an einer Stelle, wo die Ufer des Sees sich weniger steil zu einer kleinen ebenen Fläche streckten, lagen die kultivierten, gefurchten und bepflanzten kleinen Blumenfelder und das dunkle, dichte Grün des Waldes, der jenes Gebiet umfaßte, das Frazer in *Der goldene Zweig* als »Ort der Tragödie« beschrieb.

Der Ort der Tragödie lag direkt, aber weit unterhalb von Huberts Haus, und derweil hielten die Sterne mit ihm Zwiesprache. »Da ich hoffe, das Erdreich zu besitzen«, sagte er, »erkläre ich mich für schwach.«

Diese Tragödie war nur im klassischen und dramatischen Sinn eine Tragödie; die Beteiligten befanden sich in vollendetem Einverständnis. Im historischen Sinn war sie eine erbärmliche, habgierige Angelegenheit. Die immer wiederkehrende Aufführung der Tragödie hat ihren Ursprung in der Mythologie, wiederholte sich aber beharrlich bis in die uns bekannte Geschichtsschreibung.

Der Tempel der Göttin Diana war seit der Antike ein berühmter Wallfahrtsort. Um ihr Heiligtum zu schützen, hatte Diana Nemorensis, die Diana des Waldes, einen Hof von Gefolgsleuten, über die ein mächtiger Hoherpriester herrschte. Legenden und alte Aufzeichnungen haben diese Gestalt beschrieben, und auf sie konzentrierte sich J. G. Frazers große Neugier. Hier ist Frazers berühmter Bericht über die Priester der Diana und ihre »Tragödie«:

> »In diesem heiligen Haine wuchs ein bedeutungsvoller Baum. In seiner Nähe konnte man zu jeder Stunde des Tages und auch wohl bis tief in die Nacht hinein eine düstere Gestalt umherstreifen sehen. Die Hand des Mannes umklammerte ein blankes Schwert, und immer wieder

hielt er vorsichtig Umschau, als erwarte er jeden Augenblick einen feindlichen Überfall. Er war ein Priester und Mörder zugleich, und der Mann, nach dem er ausschaute, sollte ihn über kurz oder lang ermorden, um die Priesterwürde an seiner Statt zu übernehmen. So sah die Regel des Heiligtums es vor. Wer nach der Priesterwürde strebte, konnte sein Amt nur antreten, wenn er den derzeitigen Priester ermordete. Hatte er diese Tat vollbracht, so blieb er so lange im Amte, bis er selbst von einem Stärkeren oder Geschickteren getötet wurde.
Mit dem Amte, das der Priester nach dieser gefahrvollen Sitte innehatte, war der Königstitel verbunden. Doch hat wohl kein gekröntes Haupt je unsicherer geruht, ist von böseren Träumen heimgesucht worden als das seine. Denn jahraus, jahrein, Sommer und Winter, bei heiterer wie bei trüber Witterung mußte er auf einsamer Wacht stehen, und fand sein Auge einmal unruhvollen Schlummer, so geschah es unter Gefahr seines Lebens. Das geringste Nachlassen seiner Wachsamkeit, die kleinste Beeinträchtigung seiner Körperkraft oder Fechtkunst stürzte ihn ins Verderben; ergrauendes Haar konnte sein Todesurteil besiegeln ... Eine Geschichte erzählt, die Verehrung der Diana in Nemi sei durch Orest eingeführt worden, der, nachdem er Thoas, den König des Taurischen Chersones (Krim) getötet hatte, mit seiner Schwester nach Italien geflohen sei und das Bildnis der taurischen Diana in einem Reisigbündel verborgen mitgebracht habe. Nach seinem Tode seien seine Gebeine von Aricia nach Rom überführt und vor dem Tempel des Saturn auf dem Kapitol beigesetzt worden. Der blutige

Ritus, den die Legende der taurischen Diana zuschreibt, ist klassisch gebildeten Lesern bekannt. Man sagt, jeder Fremde, der am Gestade landete, sei auf ihrem Altare geopfert worden. Nach Italien verpflanzt, nahm der Ritus jedoch eine mildere Form an. In dem Heiligtum von Nemi wuchs ein Baum, von dem kein Zweig abgebrochen werden durfte. Nur einem entlaufenen Sklaven war es erlaubt, einen einzigen Zweig abzubrechen, wenn es ihm gelang. Der erfolgreiche Versuch gab ihm das Recht, im Einzelkampf mit dem Priester zu fechten. Erschlug er diesen, so regierte er an dessen Statt mit dem Titel des Königs der Wälder (rex Nemorensis). Im Glauben der Alten war jener bedeutungsvolle Ast der ›Goldene Zweig‹, den Äneas auf der Seherin Geheiß brach, bevor er die gefahrvolle Reise ins Reich der Toten unternahm. Die Flucht des Sklaven versinnbildlichte, wie man sagte, die Flucht des Orest; sein Kampf mit dem Priester war eine Reminiszenz an die Menschenopfer, die man einst der taurischen Diana brachte. Die Bestimmung der Nachfolge durch das Schwert wurde bis in die Zeiten des Kaiserreichs hinein aufrechterhalten, denn in einer seiner Launen bestellte Caligula, weil er meinte, der Priester von Nemi habe lange genug sein Amt innegehabt, einen kräftigen Schläger, um ihn zu töten; und ein griechischer Wanderer, der Italien zur Zeit des Antoninus durchzog, berichtet, daß damals noch die Priesterwürde der Siegespreis im Einzelkampf gewesen sei.«

Starr und kalt, wie die Statue der Jägerin Diana war, wurde sie dennoch zur Göttin der Fruchtbarkeit personifiziert.

Aber wie, pflegte Hubert seine Zuhörer zu fragen, wie hatte der irre Kaiser Caligula sexuellen Verkehr mit einer Statue? Eine Orgie auf einem Schiff: Da mußte mehr gewesen sein als eine bloße Statue. Caligula brachte Suetonius zufolge die Diana in der von ihr angenommenen Gestalt des Vollmonds an Bord seines Schiffs. Diana, die Göttin, erklärte Hubert, besaß die Gabe, den Menschen zusätzliche Lebensjahre aufzubürden – so hatte sie es mit ihrem Liebhaber Hippolytus gemacht. Sie gebar dem total verliebten Kaiser ein Kind, fügte dem Leben des Säuglings Jahre hinzu, so daß er auf der Stelle erwachsen wurde, und dieser junge Mann war es, nicht ein römischer Söldling, den Caligula entsandte, den herrschenden König des Waldes, den Priester der Diana, zu ersetzen.

Hubert stammte demnach vom Kaiser, von der Göttin und von ihrem Waldpriester ab; in Wirklichkeit war das nichts weiter als seine Synthese einer sich hartnäckig haltenden, aber viel vageren kleinen Geschichte, die von zwei verdrehten Tanten genährt wurde. Sie waren in das Autoren-Image Sir James Frazers verliebt und von einem jener Pseudo-Genealogen irregeführt worden, die in spätviktorianischer Zeit und um die Jahrhundertwende blühende Geschäfte machten und die auch heute noch, wenn sie ihr Gewerbe aufnehmen, unweigerlich großen Erfolg haben.

Das moderne Nemi, Ende des letzten Jahrhunderts, und mehr noch die neuere Zeit, als Hubert Mallindaine sich dort niederließ, schien Frazer auf eigenartige Weise ein Abbild des Italien alter Zeit zu sein, »als das Land noch spärlich bevölkert war mit Stämmen wilder Jäger oder wandernder Hirten«. Dianas Tempel war von der Kirche gefürchtet gewesen. Die langen Mauern hoher, bogenförmiger Nischen, früher einmal Teil des Tempellebens, hatten die Antike überlebt und waren später die »Teufelsgrotten« genannt worden. Wenn Hubert sich an den Reihen übriggebliebener Felskapellen entlang durch das Unterholz schlug, stieß er häufig auf die Überreste traditioneller Respektlosigkeit und wurzellosen Landstreicherlebens. Ein Abfallhaufen mit den Rückenlehnen gelber Plastikstühle, mit Benzinkanistern, schmutzigen Stiefeln und weggeworfenen Lumpen türmte sich in jenen gewaltigen römischen Votivalkoven, die sich in steinerner Würde über ihre Entweihung erhoben. Und aus dieser Sicht war das Plateau schön; es schloß den rechteckigen Raum des Allerheiligsten selbst ein, der jetzt mit Erde aufgefüllt und mit Chrysanthemen bepflanzt war.

Sehr wenige Menschen suchten diesen Ort des Tempels wegen auf. Hubert hatte in einem kürzlich erschienenen Artikel gelesen, daß er, »für den Durchschnittstouristen noch immer verloren« war. »Kein Einheimischer«, klagte der Verfasser des Artikels, »scheint zu wissen, wo er ist.« Was für Ortsansässige aber ganz natürlich war. Chrysanthemen erfreuten sich in Italien nur an einem Tag des Jahres kommerzieller Popularität, am Tag der Toten nämlich; ansonsten betrachtete man sie als unheilbringend.

Der Platz des rechteckigen Allerheiligsten war unauffällig durch einen verdorrten Baum an einer Ecke markiert. Der Rand der Tempelmauer ragte auf drei Seiten noch einige Zoll aus dem Boden hervor. Der Grund dafür, daß die Bauern erneut den Boden über der späten Ausgrabung bebaut hatten, war, wie einer von ihnen Hubert erklärte, daß »für die Arbeiten kein Geld mehr zur Verfügung gestellt wurde«.

Eines Frühlings, als er den Bau des Hauses überwacht hatte, das Maggie für ihn vorgesehen hatte, war Hubert den Felsweg hinunterspaziert und hatte mit einem Mann gesprochen, der auf dem Gelände von Dianas Tempel einen Birnbaum beschnitt. Der Mann war ungefähr zweiundvierzig. Er erinnerte sich an die Ausgrabungen, sagte er, er war damals noch ein Junge. Sehr schön. Rotes Ziegelpflaster. Eine Feuerstelle. Ja, sagte Hubert, die war für die vestalischen Jungfrauen; es war eine ewige Flamme. Der Mann wandte sich wieder dem Beschneiden des Baums zu. Meine Vorfahrin, Diana, wurde hier verehrt, sagte Hubert. Der Mann fuhr in seiner Arbeit fort, zweifellos der Meinung, Huberts Italienisch wäre fehlerhaft.

Als er an einem Wintertag wieder einmal allein unter den kahlen, rauschenden Ästen jener dichten Wälder stand und auf das gefurchte Rechteck hinunterblickte, wo vor langer Zeit die Göttin verehrt worden war, rief er laut vor großer Begeisterung: »Es gehört mir! Ich bin der König von Nemi! Es ist mein göttliches Recht! Ich bin Hubert Mallindaine, der Abkömmling des Kaisers von Rom und der Wohltätig-Bösen Diana des Waldes ...«

Und ob er nun aufrichtig war oder nicht; oder ob er nun tatsächlich oder nicht bis zum wahnsinnigen Caligula zurückreichte – und wenn er von irgendwelchen Göttern der Antike abstammte, wer dann, rein statistisch gesehen, nicht? –, auf jeden Fall waren dies die Worte, die Hubert ausrief.

Sechstes Kapitel

Mary hatte sich bisher noch nicht an die italienische Nachmittagsruhe gewöhnt. Ihre Zeit war die angelsächsische, von acht Uhr morgens bis Mitternacht mit zweistündiger Mittagspause. Die Tatsache, daß Maggie sich zwischen drei und fünf Uhr nachmittags zu Bett legte, schrieb sie Maggies Alter zu. Die Tatsache, daß fast alle Italiener während dieser Tageszeit ruhten, schrieb sie romanischer Faulheit zu. Was ihr Mann in Rom während dieser Stunden tat, hatte sie sich noch nie überlegt, hätte sie es getan, so hätte sie angenommen, daß er regelmäßig nach dem Mittagessen in sein Büro zurückkehrte und in einsamer Rechtschaffenheit die amerikanische Zeiteinteilung einhielt. Tatsächlich hatte Michael in Rom eine Geliebte, in deren Wohnung er die Ruhestunden verbrachte; es war nicht unüblich für italienische Geschäftsleute, die langen, freien Stunden der Mittagszeit und der Nach-Mittagszeit bei ihren Geliebten zuzubringen; doch wenn Mary vermutet hätte, daß Michael diese Gewohnheit schon so früh in ihrem Eheleben angenommen hatte, so hätte sie ihre Ehe als irreparablen Mißerfolg betrachtet.

Maggie schlief gut an diesem Nachmittag. Mary hatte, mit einigen Skrupeln, denn sie war eine Frau voller Skrupel, ihre Schwiegermutter mit Weißwein abgefüllt. Sie hatten zusammen auf der Terrasse zu Mittag gegessen und von der nächsten Woche gesprochen. Dann hatte Maggie Mary den eleganten Schmuckkasten aus schwarzem Kalbsleder gegeben, etwas breiter als eine Schuhschachtel, der, wie sich beim Öffnen zeigte, vollgepackt war mit Goldmünzen verschiedener Größen, Daten und Nationalitäten – aufregend und sehr schön.

»Es sind keine absoluten Sammlerstücke«, erklärte Maggie. Ihre beiden Köpfe – Maggies silbern schimmernd und Marys blond – neigten sich über den glitzernden und klimpernden Schatz. »Aber«, sagte Maggie, »die Sammlung als Ganzes ist natürlich mehr wert als ihr Gewicht in Gold. Das ist bei Münzen immer so. Meine richtige Sammlung ist sehr viel wert.«

Marys lange Finger schoben die Münzen hin und her. Sie hob eine hoch, betrachtete sie aufmerksam, legte sie nieder, nahm eine andere, dann wieder eine andere.

»Queen Victoria Half-Sovereign, King Edwards Sovereign, südafrikanischer Sovereign – wessen Kopf ist das?«

»Krügers«, antwortete Maggie.

»Krügers. Sie sind also viel Geld wert?«

»Nun ja«, meinte Maggie, »ob sie das sind, hängt davon ab, wer man ist.«

Die Münzen klingelten in Marys Händen. Als sie dann hörte, daß der Kaffee gebracht wurde, schloß sie den Kasten, stellte ihn auf ihren Schoß und blickte über ihre Schulter. Lauro kam, die Augen fest auf das Tablett gerichtet, obwohl er den schwarzen Kasten auf Marys Schoß gesehen haben mußte.

Als er gegangen war, sagte Maggie: »Hubert darf keine Ahnung haben, wer sie geschickt hat.«

»Ich sehe wirklich nicht ein«, erwiderte Mary, »warum er die alle haben soll.«

»Ich habe meine eigene bedeutende Sammlung«, sagte Maggie, »und ich kann mir noch mehr beschaffen. Jederzeit.«

»Ich weiß. Aber es ist Wahnsinn –«

»Ja, es ist Wahnsinn. Aber es ist ein Weg, wie ich ihn innerlich loswerden kann.«

»Oh, das verstehe ich.«

»Ein Scheck würde ihn noch mehr an mich binden. Da könnte ich ihn nie loswerden.«

»Ja, das verstehe ich. Er würde glauben, er wäre wieder in deiner Gunst. Aber der Goldwert steigt, nicht wahr?«

»So eine verdammte Frechheit«, sagte Maggie. »Ich hasse ihn.«

Später, in Maggies Zimmer, zählten sie die Münzen und stellten eine Liste auf. Es war Marys Einfall, eine Liste zu machen. Sie machte von allem Listen. Ein Großteil des Morgens wurde täglich mit Listenmachen zugebracht. Sie hatte Einladungslisten und Einkaufslisten. Sie führte Listen über ihre Kleider, ihre Ausgaben und ihre Korrespondenz. Sie registrierte ihre Bücher und Platten und Möbel in Listen. Sie schrieb sie mit der Hand und tippte sie später in alphabetischer oder chronologischer Reihenfolge, je nach Bedarf. Manchmal legte sie eine Kartei an, wenn es sich um ein komplexes Gebiet handelte, wie zum Beispiel die Diners der Wintersaison; dann vermerkte sie, mit wem sie gegessen und wen sie eingeladen hatte, was sie angehabt hatte und wann. Jetzt machte sie eine Liste der Münzen, während Maggie sich auszog und für die Nachmittagsruhe ins Bett ging. Als Maggie einschlief, trug Mary ihre unvollendete Liste und den Münzkasten leise aus dem Zimmer, und nun war sie in ihrem eigenen Zimmer und sortierte und schrieb gewissenhaft. Sie kam sich nützlich vor. Obwohl es vor Michael geheimgehalten werden sollte, war es beinahe so, als helfe sie Michael, indem sie Maggie half. Daß Maggie im Nebenzimmer schlief, war fast das gleiche, als hielte Michael dort ein Nachmittagsschläfchen.

»Q. Vict.«, schrieb sie, »1/2 sov. 1842.«

Sie begriff rasch, daß keine numismatischen Raritäten darunter waren; der Wert der Münzen war zum großen Teil kommerzieller Art. Trotzdem summierten sie sich zu einem ansehnlichen Betrag. Es waren hauptsächlich englische Half-Sovereigns, früh- und spätviktorianisch, mit dem jungen Kopf der Königin und mit ihrem alten Kopf. Mary fand einen Sovereign aus der Regierungszeit Georgs IV. und fragte sich, da sie seinen besonderen Wert erkannte, ob Maggie ihn irrtümlich dazugelegt hatte. Sie schob die Münze beiseite. Als ihr dann einfiel, Maggie könne das als Kritik auffassen oder sie für geizig halten, legte sie sie wieder in den Kasten und verzeichnete sie auf ihrer Liste. In erster Linie kam es darauf an, Maggie gefällig zu sein und ihr zu zeigen, daß sie ihre Lage verstand. Maggie ging schließlich sehr taktvoll mit Hubert um. Mary überlegte sich, wie man den Schatz überbringen könnte, ohne seine Herkunft zu verraten. Als ihr klar wurde, wie unmöglich es für sie war, einfach selbst zum Haus hinüber zu fahren oder zu laufen und ihn ihm auszuhändigen, verspürte sie eine Sehnsucht wie ein heimatloses Kind, genau das zu tun; für einen kurzen Augenblick sah sie sich aus der Welt der Heiterkeit und Eleganz ausgestoßen, die sie in den wenigen Monaten, als Hubert noch in Maggies Gunst gestanden hatte, kennengelernt hatte. Gleichzeitig mißbilligte sie ihn als Zumutung in Maggies Leben. Er hatte wirklich kein Recht auf dieses goldene Vermögen. Ihre Stimmung schlug um, und sie stellte sich mit Befriedigung eine dramatische kleine Szene vor, wie Hubert von der Polizei aus Maggies Haus geworfen wurde.

Ihre Liste war fertig. Sie klappte den Kasten zu und stand auf. Vom Fenster aus sah sie unten im Grün einen glänzenden schwarzen Kopf. Sie erkannte Lauro, und im selben Moment kam ihr der Gedanke, daß selbstverständlich Lauro die geeignete Person war, diesen Kasten zu Hubert zu bringen. Sie war überzeugt von seiner Verschwiegenheit, und schließlich hatte er einmal für Hubert gearbeitet.

Den Kasten an sich gedrückt, lief Mary unverzüglich zu Maggies Zimmer. Maggie schlief noch. Ihr Mund stand offen, und sie schlief geräuschvoll. Das Mädchen bekam ein schlechtes Gewissen, als es diesen unschönen Schlaf beobachtete. Wenn Maggie geweckt wurde, würde sie wissen, daß sie beobachtet worden war. Mary zog sich zurück. Sie beschloß, auf eigene Faust zu handeln, sie war sicher, daß Maggie sehr zufrieden sein würde, wenn sie beim Erwachen feststellte, daß ihr Plan ausgeführt war; sie würde sich innerlich frei fühlen, Hubert hinauszusetzen und ihm die Hölle heiß zu machen, und sie würde wissen, daß er wenigstens nicht zu hungern brauchte. Schon war Mary auf dem Weg zu Lauro. Sie verließ das Haus durch die Hintertür. Sein weißes Jackett hing über der Lehne eines Küchenstuhls. Mary rannte mit ihren langen braunen Beinen und Sandalen den heißen, gewundenen Pfad hinunter, und als sie unter sich wieder Lauros schwarzen Kopf erblickte, rief sie: »Lauro!«

Sie erwartete, daß er unverzüglich aufstehen würde; doch er ließ einen Moment verstreichen, ehe er es tat. Er lächelte, als genösse er die Einsamkeit des Ortes und als gehörte der Wald ihm. Sie fühlte sich seltsam befangen wie nie zuvor, wenn sie mit ihm allein im Haus oder im Wagen gewesen oder mit ihm in die Läden in der Dorfstraße gegangen war.

Sie sprach rasch, als gäbe sie irgendwelche Haushaltsanweisungen, während sie mit ihren Gedanken, wie das ja hätte sein können, bei wichtigeren Dingen war.

»Es geht um ein Geheimnis, Lauro«, sagte sie. »Ich habe hier etwas für Mr. Mallindaine, aber er darf nicht wissen, von wem es kommt.«

»Okay«, erwiderte Lauro.

»Bringen Sie diesen Kasten zu Mr. Mallindaines Haus. Er darf Sie nicht sehen, da er ja nicht wissen darf, woher der Kasten gekommen ist. Lassen Sie ihn irgendwo, wo er ihn auf jeden Fall finden muß. Kennen Sie sich im Haus aus?«

»Klar. Ich kenne das Haus gut. Ich habe den ganzen letzten Sommer dort gewohnt. Was ist denn bitte in dem Kasten, Mary?«

Mary öffnete ihn zitternd.

»Es sind alte Münzen«, sagte sie. »Ich habe eine Liste gemacht.«

Sie zeigte das üppige Durcheinander von Gold mit einem Ausdruck, der sowohl ihre Naivität als auch ihr Vergnügen daran, vor dem Jungen zu prahlen, widerspiegelte.

Der Anblick einer solchen Menge goldenen Geldes in

den Händen der reichen, sehr reichen großen Frau erregte augenblicklich seine sexuellen Gelüste. Er packte den Kasten und zog sie ins dichte Grün. Er zog sie zu Boden und hätte sie, während neben ihnen das Gold aus dem Kasten rollte, vergewaltigt, hätte sie nicht nach dem ersten unterdrückten Schreckenslaut nachgegeben; und wenn sie auch heftig wimmernd protestierte, wobei ihre Augen aus Angst, sie könnten gesehen werden, das grüne Dickicht durchforschten, so setzte sie sich letztendlich doch nicht zur Wehr.

»Das war nicht gut, weil Sie verkrampft waren«, sagte Lauro, während sein satyrhaftes Gesicht sich dem ihren näherte und seine Augen hypnotisch glänzten, wie er sich das, nachdem er es von Kindesbeinen an im Kino und im Fernsehen so gesehen hatte, angeeignet hatte.

Mary zerrte an ihren wenigen Kleidungsstücken und völlig atemlos und unter Tränen stammelte sie: »Mein Mann bringt Sie um.«

»Eher bumst er mich«, sagte Lauro.

»Das werde ich ihm auch sagen«, sagte sie. »Ich würde Sie ins Gesicht schlagen, wenn Sie nicht ein Bediensteter wären.«

Er sprang auf; mit funkelnden Augen schaute er ihr ins Gesicht und umfaßte ihre bloßen Arme mit festem Griff, als wäre er sowohl Regisseur als auch Hauptdarsteller des Films.

»Das nächste Mal entspannen Sie sich«, sagte Lauro und lächelte so, daß man seine Zähne sah. »Das erste Mal, nicht gut.«

Mary preßte die Lippen zusammen und strich ihr Haar

zurück, als sei nichts gewesen. Er drehte sich um und hob den Schmuckkasten auf, dessen Inhalt zur Hälfte auf der Erde verstreut war, und mit ihrer Hilfe sammelte er das Gold ein. Er lachte, als wären die Münzen Pfänder eines Gesellschaftsspiels, während Mary, immer noch zitternd und weinend, aufstand; sie zupfte an ihren Kleidern und strich sich über das Haar; sie sagte: »Geben Sie mir den Kasten.«

»Ich bringe ihn zu Hubert«, erwiderte er und ging in der Richtung davon.

Mary lief ihm nach.

»Finden Sie auch die richtige Stelle, wo Sie ihn hinterlegen können? Er gehört nicht mir. Er gehört Maggie. Hubert darf es nicht wissen.«

Er näherte sich lächelnd ihrem Gesicht.

»Überlassen Sie das nur mir, Mary«, sagte er.

Er klemmte den Kasten unter den Arm, als wäre das Männersache, und machte ein Gesicht, als gehöre der Inhalt ihm.

Sie wandte sich um und rannte ins Haus zurück. Sie war sich nicht klar darüber, inwieweit sie schuldig war oder was sie als nächstes zu tun hatte. Sie wurde unsicher, ob man Lauro die Münzen anvertrauen konnte. Sie war verwirrt über die Beziehung, in der sie jetzt zu Lauro stand, und vor allem konnte sie es nicht erwarten zu duschen.

Hubert zählte in diesem Moment einige Münzen, die er auf seltsame Art um sechs Uhr an diesem Nachmittag gefunden hatte.

Pauline war in Huberts Kombi nach Rom gefahren und

hatte einen zweiten, in Sackleinen eingehüllten Louis-Quatorze-Sessel von Maggie mitgenommen, der in die Via di Santa Maria dell'Anima gebracht werden sollte, wo die Kopien angefertigt wurden. Von diesen Transaktionen wußte Pauline nichts; sie dachte, die Sessel würden nur begutachtet und repariert und die Rechnung für diese Dienstleistung würde dann an ihre geheimnisvolle, alles beherrschende Eigentümerin Maggie geschickt werden. Pauline hatte Maggie nie gesehen; aber ihr Name erfüllte Huberts Haus und Leben.

Sie übergab den Sessel in seinem Büßergewand aus Sackleinen, das mit fest gewickelter Schnur um die edlen Beine befestigt und über Sitz und Rückenlehne gespannt war, und befahl dem Mann, der ihn die Treppe hinauftrug, vorsichtig zu sein, sehr vorsichtig. Sie ließ den Sessel in seiner Obhut, während sie davonfuhr, um einen Parkplatz für den Wagen zu finden. Als sie zurückkehrte, befand sich der Mann in Gesellschaft eines jüngeren Mannes, hochgewachsen, in Blue jeans und einem modischen Hemd; der Sessel war bereits von seiner Verhüllung befreit, und sie besahen ihn mit Stolz.

Als Pauline sich näherte, verschwand der jüngere Mann in einem Hinterzimmer, aus dem er einen Sessel brachte, der ganz genauso aussah wie der, den Pauline abgegeben hatte. Sie hatte den Auftrag, diesen ins Haus zurückzubringen; scheinbar war es der erste von Maggies guten Sesseln, der zur Inspektion und Überholung weggegeben worden war, und scheinbar war er jetzt in perfektem Zustand. In Wirklichkeit war es eine neu angefertigte und sehr geschickte Fälschung; eines der Beine war alles, was von Maggies früherem Sessel geblieben war. Die meisten dieser geschickten Fälschungen waren mit einem Teil des Originals versehen, und auf diese Weise war der Händler berechtigt, oder fühlte sich berechtigt, sie als Louis-Quatorze zu erklären. Pauline war es ziemlich gleichgültig, welcher Periode der Sessel angehörte. Sie hatte ihre Anweisung, ihn abzuholen, und sie wollte unbedingt rasch zu Hubert zurück. Sie bat die Männer, den Sessel sorgsam zu verpacken, was sie ordnungsgemäß taten. Neue Lumpen und viel Watte wurden über die glänzende grüne Seide der Sitzfläche gebreitet. Der Sessel wurde zum Wagen getragen.

»Sagen Sie Mr. Mallindaine, er möchte Anfang nächster Woche vorbeikommen«, sagte der junge Mann in den Blue jeans.

»Er verläßt Nemi im Moment selten«, erwiderte Pauline, die daran dachte, daß Hubert Angst hatte, aus dem Haus zu gehen, für den Fall, daß Maggie während seiner Abwesenheit kommen und es wieder in Besitz nehmen sollte.

Doch der Mann wiederholte seinen Auftrag.

Inzwischen zählte Hubert in Nemi die Goldmünzen, die er um sechs Uhr gefunden hatte. Es war seine gewohnte Teezeit, und er war in die Küche gegangen, um den Tee zu kochen. Als er die Kanne vom Regal nahm, hörte er in ihrem Inneren ein merkwürdiges Klirren. Er nahm den Deckel ab. Drinnen entdeckte er das Gold. Er setzte sich an den Küchentisch und spähte in die Teekanne. Dann sah er sich in der Küche um, um festzustellen, ob sonst noch etwas nicht stimmte. Nichts schien anders als sonst. Er wünschte, Pauline würde zurückkehren. Er hatte die Goldmünzen auf den Tisch geschüttet und zählte sie jetzt.

Tatsächlich waren es weit weniger Münzen, als Lauro anvertraut worden waren, der den schwarzen Kasten und mehr als die Hälfte des Goldes behalten hatte. Ja, in seine Überlegungen bei der Ausführung von Maggies Auftrag mischte sich das Gefühl, daß es sogar wohltätig von ihm war, überhaupt etwas von dem Gold in Huberts Teekanne gelegt zu haben. Er hatte nicht vergessen, daß Mary ihm gesagt hatte, sie hätte eine Liste der Münzen gemacht. So etwas zu tun schien ihm sowohl sinnlos als auch mißtrauisch, ein Angriff auf seine Ehre.

Zu der Zeit, als Hubert zu seiner gewohnten Teestunde verwundert über den Münzen saß und sie nochmals zählte, war Lauro schon wieder im Haus der Radcliffes und hatte sich in sein elegantes Hausdienerjackett geworfen. Er füllte die Eiskübel, stellte Flaschen und Gläser zurecht, rückte die Terrassenmöbel herum und wartete dann, während er in der Speisekammer mit der Köchin schwatzte, auf die Cocktailstunde.

Nachdem Mary ins Haus zurückgekehrt war und gründlich geduscht hatte, hatte sie, ehe sie zum Abendessen hinunterging, lange Zeit in ihrem Zimmer gesessen, den Kopf in die Hände gestützt, und weiß der Himmel was gedacht. Dann sprang sie auf und zog sich einen langen Rock und eine Bluse an. Sie nahm ihre Münzenliste vom Schreibtisch und legte sie wieder hin. Sie setzte sich an den Tisch und zog ein frisches Blatt ihres Listenpapiers heraus. Oben auf den Bogen schrieb sie »Michael«, und darunter schrieb sie »Lauro«. Sie ließ es bei der Überlegung bewenden, daß sie Michael sowieso nicht ihr Leben lang hätte treu bleiben können, aber sie fand, es wäre zu früh, es war noch nicht einmal ein Jahr seit der Heirat vergangen. Doch dann bedachte sie, daß sie ja nicht selbst die Episode mit Lauro geplant hatte. Irgendwie also schaffte sie Ordnung in ihrem Kopf, stellte die Kosmetikfläschchen auf dem Toilettentisch in Reih und Glied und verschloß das Papier, auf das sie eben Lauros Namen zusammen mit dem Michaels geschrieben hatte, mit der Münzenliste, ihren Gästelisten und anderen Listen in ihrem Schreibtisch. Dann tupfte sich Mary das Gesicht mit einem Papiertuch ab und ging hinunter, wobei sie auf der Treppe Michael begegnete, der vom Büro nach Hause gekommen war.

Maggie saß schon auf der Terrasse und wartete, daß ihr Mann eintreffen und ihr Sohn herunterkommen würde. Lauro trat vor und wartete beflissen, daß sie ihm sagen würden, was sie trinken wollten.

»Ach, Lauro«, sagte Mary sehr hochnäsig, »haben Sie an Ihren Auftrag gedacht?«

»Ja, Mary«, erwiderte er in seinem gewohnt freundlichen Ton. »Wie hätte ich das vergessen sollen?«

Mary wandte sich an Maggie und sagte mit völlig normaler Stimme: »Er hat den Kasten abgeliefert. Weißt du, Lauro kennt das Haus so gut, daß ich ihn geschickt habe.«

»Oh!« sagte Maggie. »Aber dann erfährt Hubert, woher der Kasten kommt und wer ihn geschickt hat, und –«

»Er hat mich nicht gesehen«, sagte Lauro. »Ich bin durch das Badfenster eingestiegen, während er oben schlief. Ich habe den Kasten neben die Teekanne gestellt, damit er ihn auch bestimmt findet, wenn er herunterkommt, um sich Tee zu machen.«

»Brillant. Lauro, Sie sind brillant«, sagte Maggie. »Mary,

Liebling, du bist brillant. Ich bin so erleichtert, daß er jetzt wenigstens nicht verhungern muß, denn du weißt ja, daß ich ihn aus dem Haus hinausbekommen muß. Wie ich in der Vergangenheit zu Hubert war, ist kein Maßstab dafür, wie ich in Zukunft sein werde.«

»Hol die Polizei und laß ihn hinauswerfen«, sagte Mary ziemlich ungeduldig. »Lauro, einen Campari-Soda, bitte.«

»Nun, in unserer Position können wir uns einen Skandal nicht leisten. Du weißt, wie die italienischen Zeitungen sind, und diese Kommunisten alle«, sagte Maggie.

»Wir machen es diskret«, sagte Lauro.

»Richtig, Lauro. Einen Gin und Tonic. Lauro hat die richtigen Einfälle. Lauro, Sie sind brillant.«

Nachdem Hubert die Münzen gezählt und seinen Tee gekocht hatte, trug er ihn auf die schöne Terrasse hinaus, ließ seinen Blick über das Panorama schweifen und dachte nach. Dann inspizierte er das Haus und gelangte zu dem Schluß, daß man durch eines der Erdgeschoßfenster eingedrungen war. Es gab ein schmales Fenster zur Speisekammer und eins zum Badezimmer. Das Badfenster war offen. Er beschloß, die Erdgeschoßfenster vergittern zu lassen. Er machte einen Rundgang durch das ganze Haus, öffnete Schubladen und Schränke. Nichts war in Unordnung, nichts fehlte; es schien Hubert, als sei der Einbruch aus reinem Wohlwollen ihm gegenüber geschehen. Es war schade, daß man die Fenster vergittern lassen mußte. Nichts hätte offensichtlicher als ein persönliches und recht rührendes Geschenk gedacht sein können als diese Goldmünzen in seiner eigenen Teekanne. Zum ersten Mal seit fast einem Jahr fühlte Hubert sich unschuldig und glücklich.

Im späten strahlenden Sonnenlicht breitete er die Münzen auf dem Terrassentisch aus: Königin Viktoria mit noch straffem, jugendlichem Profil und hochgedrehtem Chignon auf der Münze mit der Jahreszahl 1880, obwohl sie 1819 geboren war. St. Georg und der Drache, 1892, auf der anderen Seite jetzt eine Viktoria mit Ansatz zum Doppelkinn, einem kleinen Diadem und einem Schleier. Gulielmus IIII D:G: Britanniar: Rex F:D:, Hängebacken, ein dicker Hals, eine gedrehte Stirnlocke, 1837. Wer, dachte Hubert, liebt mich so, daß er mir all diese glitzernden Münzen sendet? Und hier ist Nero mit einem Lorbeerkranz, der in seinem Nacken mit einem hübschen Band gebunden ist, oder, vielmehr, es ist Georgius IIII D:G: Britanniar: Rex F:D:1833. Und jetzt, Sub. Hoc. Signo. Militamus – ein Zehn-Escudo-Stück der Malteserritter, 1961. Wieder eine appetitliche junge Viktoria D:G: Britanniar:Reg:F:D: – goldige Viktoria, 1880, und auf der Rückseite der arme niedergemachte Drache. Gebet dem Kaiser, was des Kaisers ist, und ich frage mich, dachte Hubert, welch überaus reizender Herr mir dies gegeben hat. Ihm kam der Gedanke, daß der Überbringer der Münzen wahrscheinlich kaum der Spender selbst war. Hubert hatte sofort eine Vorstellung von der Größe des Spenders, wenn auch nur der des Herzens gemacht; er war gewiß reich und hatte höchstwahrscheinlich junge Männer zu seiner ständigen Verfügung. Nur ein Mensch, der jung und schlank war, hatte so leise und behutsam durch das Badezimmerfenster schlüpfen können. Es war also jemand, der Huberts Gewohnheiten kannte und der das Haus kannte. Jemand, der reich war. Wer? Er schaufelte mit den Händen die vielen Dutzende von Münzen zusammen und trug sie in die Küche, wo er sie auslegte und von neuem betrachtete.

Pauline kam mit dem gefälschten Sessel zurück, den sie in den Salon stellten und bewunderten.

»Sie möchten bei ihm vorbeikommen. Fahren Sie lieber bald«, sagte Pauline. »Hoffentlich ist es nicht wegen der Rechnung.«

»Hoffentlich nicht«, sagte Hubert. »Maggie bekommt die Rechnungen für die Reparaturarbeiten ihrer Sachen. Aber wenn Sie hier die Stellung halten, fahre ich sehr bald einmal zu ihm. Sie müssen immer die Stellung halten. Lassen Sie keinen Menschen ins Haus. Ich überlege mir, ob ich die rückwärtigen Erdgeschoßfenster nicht vergittern lassen soll; mir scheint, da könnte leicht jemand ins Haus eindringen. Und wenn sie erst einmal drin sind, dann können sie das Haus in Besitz nehmen, und wir haben das Nachsehen.«

Es war sowieso seine Absicht, den Möbelrestaurateur aufzusuchen und die Zahlung für die echten Teile des Louis-Quatorze zu kassieren. Eine beträchtliche Summe. Hubert blickte Pauline verträumt an, während er überlegte, wie er ihr den üppigen Vorrat an Getränken und Nahrungsmitteln erklären sollte, den er aus Rom mitzubringen gedachte. Sie hatte ein Hühnchen und etwas Fleisch und Wein aus Rom mitgebracht, das gute Kind; sie hatte ihr eigenes Geld ausgegeben und wollte eben mit den Vorbereitungen für ein ganz besonderes Abendessen anfangen.

Nach einem Glas Wein hatte er das Bedürfnis, ihr von den Goldmünzen zu berichten.

»Meiner Meinung nach«, sagte er, »sind die Geister meiner Ahnen Caligula und Diana dafür verantwortlich.« Er gab Pauline zwei Sovereigns.

Sie nahm sie nach kurzem Zögern an.

»Sie könnten gestohlen sein«, meinte sie.

»Nun, wir haben sie jedenfalls nicht gestohlen. Sie waren in meiner Teekanne, folglich gehören sie eindeutig mir. Meine Liebe, der Topf ist unser, und wir haben das Ende des Regenbogens erreicht.«

»Jemand muß ins Haus eingedrungen sein.«

»Durch das Badfenster«, sagte Hubert. »Deshalb veranlassen wir morgen, daß die Fenster vergittert werden.«

»Dann können Ihre Ahnen nicht mehr herein«, meinte Pauline und starrte auf ihre Sovereigns.

»Die gelten nicht als Entlohnung«, sagte Hubert. »Den Lohn zahle ich später, und zwar in angemessener Weise. Mir gefällt dieser Anflug von Skepsis in Ihrer Stimme nicht. Denken Sie daran, daß meine Ahnin Diana sehr lebendig ist, und sie liebt es nicht, wenn man über sie spottet. Aber wenn Sie natürlich zweifeln wollen und sich wie eine französische Dorfatheistin benehmen –«

»Es könnte einer der Jungen gewesen sein, die im letzten Sommer für Sie gearbeitet haben«, meinte Pauline, während sie auf den Haufen Gold auf dem Tisch blickte und von Zeit zu Zeit die Münzen zaghaft berührte.

»Nie im Leben«, sagte Hubert.

»Es ist jemand, der Ihnen helfen möchte«, sagte Pauline. »Ein Gönner. Warum hat er Ihnen nicht einen Scheck geschickt?«

Hubert war plötzlich verärgert über dieses Gerede. Ihr

Kindergärtnerinnenton, dachte er. Diese ganze Mittellosigkeit, dachte er, hat meine Maßstäbe heruntergedrückt. Ich sollte bessere Gesellschaft haben, witzige, scharfe Geister um mich scharen. Ich finde einen Haufen Sovereigns in der Teekanne, und alles, was die alberne Ziege dazu sagen kann, ist: »Jemand möchte Ihnen helfen. Warum hat er Ihnen keinen Scheck geschickt?«

Er nahm die Zeitungen und Wochenzeitschriften, die sie mit hereingebracht hatte, ließ die Goldmünzen auf dem Küchentisch verstreut liegen und ging in sein Arbeitszimmer, um zwei Tranquilizer zu nehmen und sich zusätzlich mit den derzeitigen amerikanischen Regierungsskandalen einzuschläfern, die in jenem Sommer an die verborgenen anarchistischen Neigungen der Leute rührten.

Lauro fuhr am folgenden Morgen sehr früh mit seiner Einkaufsliste für den Supermarkt nach Rom. Das erste Mal jedoch machte er vor einem der kleinen, höhlenähnlichen Läden im Dorf halt, wo es die saftigsten Früchte, die üppigsten Pflanzen und Schnittblumen gab. Es war vielleicht ungewöhnlich, aber nicht so sehr, daß es auffiel, daß er den Wagen abschloß, als er ihn vor der Tür auf der Dorfstraße stehenließ. Lauro ging in den Laden und wartete, bis er an der Reihe war.

Feigen, Pfirsiche, Erdbeeren – lauter einheimische Früchte, mit Stolz ausgewählt. Nicht ein Stück minderwertigen Obstes war zu sehen. Die Blumen gehörten größtenteils der Familie der Astern an, groß, mittelgroß und kleiner, in weiß, gelb, lila und rosa. Zwischen ihnen steckten einige kleine Rosen in tiefen Farben und eine bunte Auswahl von Farnen und Grünpflanzen. Die Frau, die bediente, und die, die eben bedient worden war, sahen Lauro mit einer Neugier an, die auf die Gesichter von Menschen tritt, die nicht viel erleben, und die auf Leute, die ein abwechslungsreiches Leben führen, wie Feindseligkeit wirkt. Die Radcliffes hatten ihre eigenen Obstplantagen und kauften selten hier ein.

Doch die Einheimischen wußten sehr wohl, wer Lauro war, und sie wußten auch von seiner kürzlich erfolgten Versetzung aus Huberts geheimnisumwittertem Haus in Mary Radcliffes von Reichtum prunkendes Heim. Lauro in seinen modischen Kleidern, dem durchsichtigen, beigefarbenen Hemd und der rosaroten Hose mit den Nadelstreifen, wollte mit einem Anflug von Hochachtung behandelt sein. Was wünschte er? Trauben, Pfirsiche, ganz frisch heute morgen, schöne Tomaten?

Lauro wünschte ein paar kräftige, dauerhafte Pflanzen mit Wurzel.

Was für Pflanzen? Was rieten die Gärtner bei den Radcliffes?

»Aber nein«, sagte Lauro ziemlich ungeduldig, fast als wollte er ausdrücken, daß es nicht irgendeine Wurzel, nicht irgendeine Pflanze sein könnte. »Sie sind für das Grab meiner Mutter. Ich fahre zum Friedhof.«

Die Frau, die bedient worden war, machte, obwohl sie ihr Wechselgeld erhalten hatte, keine Anstalten zu gehen, sondern mischte sich in die Diskussion ein. Die Radcliffes hatten doch gewiß Pflanzen in Mengen, von denen sie einige entbehren konnten ...

»Für Mama«, schnauzte Lauro die beiden Frauen mit

männlich dröhnender Hochmütigkeit an, »ziehe ich es vor zu bezahlen.« Und er kaufte vier Chrysanthemen, die noch nicht blühten, und ließ sein Geld klimpern, während die Blumen sorgsam in Zeitungspapier eingeschlagen und in eine orangefarbene Plastiktüte gestellt wurden. Er ging, von Blicken begleitet, zu seinem Wagen. Erst als er den leeren Wagen aufsperrte, der da auf der harmlosen Straße stand, schaute er sich um und sah, wie die beiden Frauen Blicke tauschten. Mit Bedacht spie er auf den Boden. Dann stieg er in sein Auto und fuhr zu schnell davon. Diese neugierigen, fetten alten Kühe! Was spielte es schon für eine Rolle, ob sie wußten, was er vorhatte, und er wußte, daß sie wußten, daß er wußte, daß er, wenn er wirklich wollte, mit Leichtigkeit ebenso viele zutreffende Vermutungen über ihr Tun und Lassen anstellen konnte wie sie über das seine. Gerade aus diesem Grund hatte er sich nicht einmal die Mühe gemacht, vorsichtshalber seine Pflanzen in Rom zu kaufen. In Rom kosteten sie das Doppelte, wogegen sie in Nemi billig waren, und ihm konnte es ja gleich sein, was die Leute dachten. So endete eine jener telepathischen Begegnungen, die sich unter Landsleuten, in deren Mitte sich Ausländer befinden, ständig zutragen.

Als Lauro in Rom ankam, ging er zuerst zum Friedhof. Er ging zum wohlgepflegten, sauberen Grab seiner Mutter mit dem schwebenden Marmorengel und der kleinen eingelegten Fotografie. Hier war auch noch Platz für seinen Vater; die fünf Kinder würden später ihre eigenen Grabplätze im neuen Friedhof kaufen, da dieser bis dahin voll belegt sein würde. »Cara Mama«, sagte Lauro. Er hatte seine Pakete in der grellen orangefarbenen Plastiktüte vom

Wagen mitgenommen. Er hatte die gesunden Pflanzen ausgepackt, die kräftige kleine Gartenkelle und ein weiteres, in Zeitungspapier eingeschlagenes Päckchen, in dem der schwarze Lederkasten mit dem Großteil der Münzen war, den Mary ihm am Nachmittag zuvor gegeben hatte.

Einige Leute kamen vorüber, alte Leute auf dem Weg zu ihren Toten. Sie grüßten Lauro mit einem gedämpften »Buon giorno« und neigten die Köpfe mit freundlicher Pietät. Lauro, der auf den Knien lag und voll Ehrerbietung im Blumenbeet seiner Mutter grub, blickte auf und erwiderte den Gruß in sehnsuchtsvoller Wiederholung, ein stilles »Buon giorno« für jede der drei vorüberkommenden Gestalten. Er war in ihren Augen ein netter Junge, und so fühlte er sich auch als netter Junge, während er grub. Die Gestalten, eine dicke Frau in Schwarz, ein magerer Mann und eine zweite, weniger dicke Frau, die nur mit Mühe gehen konnte, gingen an ihm vorbei.

Als er genug gegraben und einige der Blumen und Pflanzen, die er dabei entwurzelte, auf den Grasrand gelegt hatte, schlug er die Zeitungsblätter auseinander, unter denen der schwarze Kasten verborgen war. Beinahe hätte er den Kasten weggeworfen und nur die Münzen behalten, doch es war ein so solide gefertigter, ein so edler Kasten, ähnlich jenen, die Lauro manchmal in den Geschäften und Boutiquen von Rom sah, und er war jetzt so fest verbunden mit den begehrenswerten Münzen und der von ihrem ererbten Reichtum geprägten, lässigen und exklusiven Art Marys und Maggies, daß er beschlossen hatte, den Kasten mit den Münzen zu vergraben, auch wenn es Umstände machte. Er klappte den Kasten auf, zog die Papiertaschentücher heraus, die er hineingestopft hatte, um zu verhindern, daß die Münzen klirrten, ließ einige der schönen goldenen Plättchen durch seine braunen Finger rieseln, packte sie rasch wieder ein und steckte den schwarzen Kasten zum Schutz in die orangefarbene Plastiktüte. Nachdem er sich vergewissert hatte, daß er gut eingehüllt war, vergrub er ihn tief. Darüber pflanzte er einige der kurzen Stauden, die er ausgegraben hatte.

Er begann die neuen Chrysanthemen zu setzen, die er gekauft hatte. Er arrangierte sie rund um das Grab herum, geschmackvoll nach Farben geordnet, und machte die Ränder sauber. Es waren schon einige Kressepflanzen da, Astern in rosa und violett und einige dunkelgrüne Schößlinge, bei denen sich erst im Herbst herausstellen würde, welcher Gattung sie angehörten. Da er schon einmal dabei war, grub er zwei gutverpackte Päckchen aus, von denen das eine einen Ring mit riesigem Saphir und das andere ein Paar Manschettenknöpfe mit Monogramm enthielt; diese Gegenstände hatte er irgendwann aus zwei früheren Perioden und Begegnungen seines jungen Lebens mitgenommen. Er besah sie eingehend und legte sie wieder in ihr Versteck.

Als das Grab fertig war, stand Lauro auf und betrachtete das Bild seiner Mutter, die er als verdienstvoll und energisch in Erinnerung hatte. Ihre mächtige Stimme hatte bis zu ihrem Tod kommandiert. Ohne zu lächeln blickte sie mit ihren unerschrockenen Augen aus dem Bild, und ihr kurzes Haar glänzte wie frisch vom Friseur. Der kostspielige Engel, der über ihrem kleinen ovalen Bild die Flügel ausgebreitet hielt, wirkte ängstlich, und die niedergeschlagenen Augen dieses bleichen, kirchenfrommen, gefiederten Anhängers des Neumodischen Testaments schienen Angst zu haben, denen des lebenden Lauro zu begegnen.

Niemand außer der Familie durfte das Grab berühren. Lauro hatte diese Arbeit allein auf sich genommen; die übrigen Mitglieder der Familie, von denen er sowieso nichts zu fürchten hatte, waren alle andernorts viel zu beschäftigt, um sich darum zu kümmern. Sein Vater hatte wieder geheiratet und lebte in Mailand; seine beiden Schwestern waren verheiratet, hatten Kinder und lebten in Turin. Ein Bruder war in Amerika verheiratet, und der andere, der bei seinem Vater in Mailand lebte, studierte. Einmal im Jahr, Anfang November, am Tag der Toten, besuchten jene Familienmitglieder und ihre Ehepartner, die nicht in Amerika oder, wie das vorkommen konnte, gerade im Kreißsaal waren, Lauros Mutter auf dem Friedhof und brachten große Sträuße langblättriger weißer und gelber Chrysanthemen mit. Diese wurden dann auf das Grab gehäuft. Die Angehörigen standen um das Grab herum und weinten, manche heftig, manche nur ein paar Tränen zerdrückend. Sie sagten dann, wie schön Lauro das Grab instand hielt, wie nett es von ihm war, daß er ihnen die Ausgaben für einen Gärtner ersparte. Sie küßten Mamas Bild, berührten aber das Grab nicht und stellten keine Fragen, nicht einmal sich selbst. Sie meinten, Lauro hätte es recht weit gebracht, und bewunderten seine Kleider. Nach dem Friedhofsbesuch am Tag der Toten pflegte die Familie mit Tausenden anderer Ahnenbesucher davonzugehen; man stieg in die Autos und fuhr zu einer Trattoria, wo man einen langen Tisch für ein Familienessen mit fünf Gängen bestellt hatte. Einmal im Jahr.

Lauro sah sich auf dem Friedhof um, der jetzt, Anfang

August, nahezu verlassen war. Nur hier und dort bewegte sich hinter einem Grabstein ein Kopf. Lauro wickelte den Blätterabfall in ein Stück Zeitungspapier und die Schaufel in ein anderes. Ein Aufseher kam vorüber und wünschte ihm einen guten Morgen. Lauro blickte sich mit Vergnügen um. Welche Geheimnisse lagen in diesen kleinen, länglichen Grundbesitzen der Toten verborgen!

Siebtes Kapitel

Lieber Hubert,
wir fahren nächste Woche nach Sardinien – weg von dieser schrecklichen Hitze! Ich nehme an, Du hast bereits Pläne, an die See zu fahren. Nach Sardinien plane ich, mit Mary in die USA zurückzukehren, um einige Zeit an unseren schönen atlantischen Stränden zu verbringen. Berto (mein Mann – er freut sich darauf, Dich gelegentlich einmal kennenzulernen!) plant, einige Wochen mit mir an der Costa Smeralda zu verbringen, dann fährt er nach Le Touquet zu seinem Bruder. Sie planen, sich einige Pferde anzusehen, die er zu kaufen plant. Ich plane, mich in Rom mit ihm zu treffen, dann, am 1. Oktober, eine Woche Nemi, und danach führen unsere Pläne uns wieder nach Venetien zurück.

Ich schreibe Dir in erster Linie, um Dich zu bitten, Deine Pläne so zu legen, daß Du das Haus im Lauf des Sommers räumen kannst, damit wir vom 1. Oktober an darin wohnen können, wie wir es geplant haben. Würdest Du mir bitte Bescheid geben? Richte Deinen Brief bis Ende August an:

La Marchesa Adalberto di Tullio-Friole
Villa Stazzu
Liscia di Vacca
Costa Smeralda
Sardegna.

Danach bis Ende September meine New Yorker Adresse (schreibe bitte an Mrs. Maggie Radcliffe, da die Wohnung noch unter meinem alten Namen läuft). Bitte gib den

Schlüssel bei Marys Mädchen Agata ab, wenn du im August ausziehst. Agata kommt jeden Tag, um die Katze zu füttern und Staub zu wischen. Im September ist Lauro wieder da, laß also den Schlüssel bitte bei ihm, wenn Du erst im September ausziehen solltest. August wäre besser, da ich dann die Inneneinrichtungsarbeiten für September einplanen könnte und das Haus instand wäre, wenn wir kommen.

Ein kleines Vögelchen hat mir zugezwitschert, daß Du Dich um meine guten Sessel gekümmert hast. Das war aufmerksam von Dir und sehr, sehr simpatico. Die Kosten berechnest Du mir selbstverständlich. Die Instandhaltung ist ja so sehr, sehr wichtig.

Wenn all die lästigen Kleinigkeiten des Alltags erledigt sind, wirst Du, hoffe ich, eines Tages mich und Adalberto besuchen und uns von Deinem großen Projekt erzählen, das Du sicher schon planst. Ich hoffe, es entwickelt sich gut!

Einen schönen Sommer!

Wie immer alles Liebe,

Maggie.«

Hubert nahm einen großen Whisky und zwei Mitigil. Er las den Brief noch einmal, wobei er weniger auf das achtete, was Maggie tatsächlich sagte, als auf den Ton und das, was zwischen den Zeilen stand. Eine Masse von Gedanken durchzog sein Hirn und machte ihn ganz benebelt. Erst später am Tag, nach dem Mittagessen, gelang es ihm, den Keim zu isolieren: Maggie war es, die ihm vor zwei Tagen die Goldmünzen hatte in die Teekanne legen lassen. Der Grund: schlichtes Schuldgefühl. Doch warum sich auf so exotische Art loskaufen?

Und warum hatte sie, wenn sie es ihm wirklich leichtmachen wollte, das Haus zu verlassen, so relativ wenig geschickt? Denn wenn sich der Wert der Münzen auch auf ein kleines Vermögen belief, so besaßen sie doch kaum Wert und Umfang dessen, was man als Abfindung bezeichnen würde.

Eine Abfindung. Das Haus würde er sowieso nicht um alles Geld der Welt verlassen.

Noch einmal las er den Brief. Beim Mittagessen hatte er ihn Pauline Thin vorgelesen.

»Redet sie immer so viel von ihren Plänen?« fragte Pauline.

»Im Gespräch nicht so viel wie in ihren Briefen. In ihren Briefen kommt ein hysterisches Bedürfnis nach Stabilität und Ordnung zum Ausdruck. Im Gespräch verläßt sie sich darauf, daß ihre ungewöhnliche Erscheinung ihre unmittelbare Umgebung in eine Art von Harmonie bannt. Den Begriff des Planens hat sie auf dem College gelernt, denke ich. Das ist in der amerikanischen Erziehung ein nützliches Wort. Aber sie begreift nie irgendwelche Regeln, und ihre emphatische Verwendung des Wortes ›planen‹ in ihren Briefen ist nichts weiter als ein Mittel der Selbstbeschwichtigung. Natürlich wird sie sich nicht an ihre Pläne halten. Wenn sie überhaupt nach Sardinien fährt, dann bleibt sie wahrscheinlich nur eine Nacht. So ist Maggie.«

»Wenn man die Dinge von ihrem Standpunkt aus betrachtet«, meinte Pauline, »dann fragt man sich, warum sie nicht ihren Anwalt beauftragt, die Räumung durchzusetzen.«

»Sie möchte keinen Skandal, und es ist schwierig, eine gerichtliche Räumung zu erreichen.« Hubert, der immer unduldsam war gegen andere, die seiner sprunghaften Logik nicht folgen konnten, zeigte jetzt Ungeduld.

Pauline bedauerte plötzlich das Auftauchen der Goldmünzen; während der Wochen gemeinsamen Darbens war Hubert netter gewesen.

»Auf jeden Fall sollten wir weiterhin sehr vorsichtig sein«, sagte Pauline. »Es ist vielleicht ein Trick, um uns zur Sorglosigkeit zu verleiten. Wir dürfen das Haus nicht unbewacht lassen, sonst greifen sie plötzlich zu und reißen es an sich.«

Hubert ließ sich das durch den Kopf gehen.

»Sie sind ein kluges Mädchen«, sagte er.

»Und mit dem Geld sollten wir sorgsam umgehen. Wollen Sie die Münzen verkaufen?«

»Morgen«, antwortete Hubert, »fahre ich nach Rom und verkaufe einige. Und Sie bekommen auch noch ein Geschenk.«

»Aber nein«, sagte Pauline.

»Warum nicht?« fragte Hubert. Seine Gedanken waren bei dem Geld, das er für die Sessel einstreichen würde. Er würde früh nach Rom abfahren müssen, um Zeit zu haben, das Geld in Ruhe zu kassieren und, falls man nicht bar bezahlen sollte, den Scheck einzulösen, ehe die Banken schlossen. Es war ein ungewöhnlich heißer August. Er mochte Rom in der Hitze nicht. »Ich fahre am frühen Morgen los«, sagte Hubert.

»Dann bügle ich Ihre Hemden«, erwiderte sie, ganz wie eine Ehefrau.

»Hemden? Ich habe Hemden in Mengen«, erwiderte

Hubert zerstreut. Er hatte den Kopf gehoben, um dem Geräusch eines Wagens zu lauschen, der die Auffahrt heraufkam. Ein grüner Volkswagen, den er nicht kannte, hielt gleich darauf vor der Tür.

»Das ist die Bernardini-Tochter«, sagte Pauline. Sie stellte sich neben Hubert hinter die abgeschlossene Glastür zur Terrasse.

»Die Leute, die in einem von Maggies anderen Häusern wohnen?«

»Ja, sie ist die Tochter. Letizia.«

Letizia hatte offenbar einen Freund mitgebracht. Sie stieg vor dem Haus aus dem Wagen und ging zur Beifahrertür. Zum Teil mit Überredungskunst, zum Teil mit Gewalt zog sie vor Huberts und Paulines Augen vom vorderen Sitz einen hochgewachsenen, schlaksigen jungen Mann mit einem an eine Riesenchrysantheme erinnernden rötlichen Lockenschopf, unter dem ein kränkliches, graues Gesicht hervorsah. Er zitterte und schwankte und war offensichtlich in schlechter Verfassung.

»Das ist Kurt Hakens«, sagte Hubert.

»Wer?«

»Einer meiner Sekretäre vom letzten Sommer.« Hubert sperrte die Terrassentür auf. »Er sieht aus, als stünde er unter Drogen, und mein Lachkobold, der irgendwo in einem Inneren hockt, hat aufgehört zu lachen.«

Er trat von der Glastür zurück. »Lassen Sie sie herein«, sagte er. »Fragen Sie, was sie wollen. Sagen Sie ihnen, daß ich zu tun habe und nicht gestört werden kann.«

Die Sekretäre des vergangenen Sommers waren für Hubert nicht von besonderer Bedeutung. Es hatte andere Sekretäre und andere Sommer in Hülle und Fülle gegeben. Und andere Winter.

Einmal, bei einem Sylvesterfest in jenen Tagen, als Maggie durch ihn die Wunder des Bohemienlebens entdeckte, hatte einer seiner Sekretäre absichtlich Maggies Hand angesengt, die rechte Hand, mit der sie die Schecks zu unterschreiben pflegte, so großzügige und zahlreiche Schecks. »Halten Sie das mal«, hatte der junge Mann gesagt, der, wie sich Hubert überlegte, während er sich die Szene ins Gedächtnis zurückrief, inzwischen dreißig sein mußte und vielleicht selbst einen Sekretär hatte. »Halten Sie das mal«, hatte er draußen auf der Terrasse der anderen Villa jener Tage gesagt. Es war ein Feuerwerkskörper: Er drückte ihn Maggie in die Hand und zündete ihn an; es war die Zündkapsel des Feuerwerkskörpers, die sie in der Hand hielt. Sie ging in ihrer Handfläche in Flammen auf, ehe sie sie fallen ließ. Sie blickte dem jungen Mann in das lächelnde Gesicht und die zornigen Augen. »Er hat meine Hand verbrannt!« schrie sie über die dunkle Terrasse zu Hubert hin. »Er hat es absichtlich getan. Es tut entsetzlich weh.« Sie krümmte sich vor Schmerz. Hubert tanzte zum Geläut der fernen Glokken. Er schien sein Herz an das Neue Jahr verloren zu haben. Ein anderer Sekretär führte Maggie weg, um ihre Hand mit irgendeiner Salbe zu behandeln. Hilflos hatte Maggie nach ihrem Chauffeur verlangt. Ein weiterer junger Mann gesellte sich zu ihnen. Beide Sekretäre erklärten, der Chauffeur schliefe in einem der Personalzimmer. Sie weigerten sich, den Chauffeur zu rufen. So wurde es Hubert später zuerst von Maggie berichtet und dann von den beiden jungen Männern, die ihr geholfen hatten, die Verbrennungen zu verbinden.

»Wo warst du, Hubert?« hatte Maggie gefragt. »Warum hast du mir nicht geholfen?«

»Ich wußte nicht, was passiert war. Ich dachte, du hättest einen Temperamentsausbruch«, antwortete Hubert. »Warum bist du nicht selbst in die Küche gegangen und hast deinen Chauffeur geholt, wenn du nach Hause fahren wolltest?«

»Ich konnte nicht. Ich war wie gelähmt. Irgend etwas hat mich einfach daran gehindert.«

Maggie hatte in Huberts Bett geschlafen. Man hatte ihr eine starke Tablette gegeben. Sie hatte geschlafen, bis das Fest morgens um fünf vorüber war; dann war sie mit ihrer bandagierten Hand in den Wagen gestiegen, ohne Hubert irgendwo gesehen zu haben. In den Zimmern standen schmutzige Gläser und überquellende Aschenbecher herum. Hubert war lange zuvor in das Bett eines anderen gestiegen.

Als er später diese Geschichte hörte, sah er die ganze Sache sogleich von Maggies Standpunkt aus; er dachte nach über ihr alptraumhaftes Erlebnis, sich nicht aus eigener Willenskraft bewegen zu können, um den Chauffeur zu rufen, und die Tatsache, daß sie sich in seinem Bett in einen tiefen Schlaf zurückgezogen hatte, und kam zu dem Schluß, daß sie völlig von ihm hypnotisiert war. Danach hatte er, Maggie offenbar in allen praktischen Angelegenheiten unentbehrlich geworden, fünf Jahre lang mit ihr tun können, was er wollte, bis zu jenem Zeitpunkt, als sie sich allmählich, zunächst von ihm unbemerkt, zurückzuziehen begann. In der Zwischenzeit waren von Jahreszeit zu Jahreszeit wahre Wellen von Sekretären gefolgt. Im vergangenen Sommer war Kurt Hakens Sekretär gewesen, doch da hatte Maggie schon begonnen, sich zurückzuziehen, und war, alles im unklaren lassend, einfach nicht auffindbar gewesen. Jetzt lag auf der Hand, daß sie im letzten Sommer tatsächlich feste Pläne geschmiedet hatte. Sie war schon dabei, sich ihres unnützen Mannes, der nur dem Namen nach ihr Ehemann war, zu entledigen, bereit, den neuen zu heiraten, und mauserte sich zur gepflegten Dame der Gesellschaft, wozu sie in vollem Umfang ihren enormen Reichtum einsetzte, der die ganze Zeit schon darauf gewartet hatte, von ihr zu ihrem Vorteil verwendet zu werden.

Pauline stand an der Tür zum Salon, mit entschuldigender Miene. Hubert machte ein verärgertes Gesicht, aber in Wirklichkeit war er erleichtert, sie zu sehen, nachdem er, außer Sicht- und Hörweite seiner Besucher, wie ein Gefangener auf einem der noch ungefälschten Sessel lediglich gesessen und gewartet hatte. Er hatte das paranoische Gefühl, daß hinter seinem Rücken über ihn gesprochen wurde, und während er einerseits sehr gern gewußt hätte, was zwischen der kleinen Bernardini, dem sehr krank aussehenden Kurt Hakens und Pauline vorging, hatte er doch gleichzeitig Angst davor, es zu erfahren. Pauline kam leise zu ihm, während sie sich mit gesenkter Stimme entschuldigte. Sie wies zum Boden und sagte: »Sie sind noch immer unten. Letizia meint, ob Sie nicht einen Moment herunterkommen könnten. Es ist sehr dringend.«

»Was wollen sie?«

»Sie sagt, Kurt war früher Ihr Sekretär und ist ein alter Freund von Ihnen. Er braucht Hilfe.«

»Ich kann ihn hier nicht haben«, sagte Hubert.

»Es tut mir schrecklich leid«, sagte Pauline.

»Sie meinen, Sie werden allein nicht mit ihnen fertig?« fragte Hubert in ekelhaftem Ton und stand auf.

»Ja«, antwortete Pauline unterwürfig.

Hubert nahm seine Lesebrille aus der Tasche und folgte ihr nach unten; er machte ganz den Eindruck, als hätte man ihn von seinem Schreibtisch weggerissen.

Letizia war draußen auf der Terrasse und trank Tee. Kurt lag ausgestreckt auf dem Liegestuhl neben ihr, mit geschlossenen Augen und bebendem Mund.

»Guten Tag«, sagte Hubert zu dem Mädchen.

Letizia stand auf, lächelte freundlich und richtete ihre klaren Augen ruhig auf sein Gesicht.

»Ich habe nicht angerufen«, erklärte sie, »weil wir uns nicht kennen. Es war einfacher herzukommen. Mein Vater ist Ihr Nachbar, Emilio Bernardini. Ich bin Letizia.«

Wieder sagte Hubert: »Guten Tag.«

Sie setzten sich und betrachteten die Aussicht, die, wie eine vielfotografierte Schauspielerin, stets Aufmerksamkeit zu verlangen schien. Kurt Hakens lag weiterhin mit geschlossenen Augen und bebenden Lippen da.

Nach einer Weile sagte Hubert: »Was ist los mit ihm?«

»Er hat eine Überdosis eines Rauschmittels genommen. Ich befasse mich mit diesen Fällen. Jetzt bin ich in einem Dilemma, weil wir morgen in die Ferien fahren. Dieser Mann ist Ausländer, und er ist ein Freund von Ihnen –«

»Ja, in gewisser Weise«, sagte Hubert. »Ich habe ihm

letzten Sommer Arbeit gegeben. Für ein paar Wochen, dann ging er. Sie sollten Ihre Patienten nicht im Stich lassen, wissen Sie.«

»Papa hat alles arrangiert.«

»Ist er in Behandlung?«

»Ich weiß nicht.«

»Wovon lebt er?«

»Ich weiß nicht.«

»Dann wollen Sie ihn bei mir lassen?«

»Ja.«

Pauline sagte: »Wir müssen einen Arzt holen.«

»Wissen Sie, was dann passieren würde?« Erregt stand Letizia auf. »Sie würden ihn in die Neuro bringen.« Die »Neuro« war die Nervenklinik in Rom, wo alle, die an Geistes- und Nervenkrankheiten, an Neurosen und Psychosen litten und sich eine Privatklinik nicht leisten konnten, unterschiedslos unter Bedingungen untergebracht wurden, die, wie es hieß, noch schlimmer waren als die dem Vernehmen nach höllischen Zustände in den römischen Gefängnissen.

»Was kann ich mit ihm anfangen? Mein liebes Kind, es ist ein Jahr her, daß ich ihn das letzte Mal gesehen habe«, erklärte Hubert, während er auf Kurt hinunterblickte. »Er braucht Behandlung und Pflege. Ich habe kein Geld, meine Liebe. Wird er von der Polizei gesucht? Nemi ist meine angestammte Heimat. Für eine Italienerin ist es vielleicht schwierig zu verstehen, aber es ist so. Meine Hausherrin bemüht sich, mich aus dem Haus zu weisen. Wie kann ich da diesen armen Jungen aufnehmen? – Ich kann es nicht.«

»Nun ja, wie ich sagte, wir werden unser Bestes tun«, sagte Hubert.

Man hatte dem weinenden Kurt, der keinen Widerstand leistete, die Treppe hinaufgeholfen, hatte ihn praktisch hinaufgestoßen; er schien nicht zu wissen, wo er war, doch er wußte instinktiv den Weg zu dem Raum, in dem er im vergangenen Sommer gewohnt hatte. Von Zeit zu Zeit drang aus seinem Zimmer ein kleines Geräusch zu den dreien, die unten auf der Terrasse saßen; er schnaufte schwach durch die Nase; es hörte sich an wie bei einem jungen Pferd oder einem Hund, der im Schlaf träumt. Hubert blickte auf den Scheck, den Letizia ihm gegeben hatte. Er reichte ihn Pauline.

»Ich nehme ihn wirklich nicht gern«, sagte er.

»Es kommt aus unserem Fonds«, erklärte Letizia. »Papa hat ihn mir für unseren Fonds gegeben, weil ich mit Kurt dasaß und nicht wußte, was ich während der Ferien mit ihm tun sollte. Ich hätte ihn in eine Klinik schicken müssen, man hätte ihm Fragen gestellt, und er wäre vielleicht in Schwierigkeiten geraten.«

»Es wird von Ihrem Fonds direkt in den unseren wandern«, sagte Hubert. »Ich versichere Ihnen, auch wir haben einen Fonds für unsere vom Schicksal Geschlagenen. Pauline, bitte geben Sie es in den Fonds.«

»Gut«, sagte Pauline. »Möchten Sie eine Quittung?«

»Aber nein!« Mit einer Handbewegung wehrte sie das Angebot ab, als fürchtete sie, der Austausch eines Dokuments könnte sie weiterhin an Kurt binden, von dem sie sich eben losgekauft hatte. »Papa hat ihm nur zu gern geholfen. Wir reisen morgen mit dem Schiff nach Griechenland und in die Türkei ab. Dann fahren wir nach Ischia. Papa möchte gern, daß Sie uns besuchen, wenn wir zurückkommen.«

»Wenn ich dann noch hier bin«, sagte Hubert. »Unsere Padrona versucht, uns hinauszusetzen.«

Pauline war oben und bemühte sich, leise mit Kurt zu sprechen und ihn gleichzeitig zu überreden, im Bett zu bleiben. Sie saß bei der Tür in einem weichen Sessel, in lässiger Haltung, doch zugleich fluchtbereit, weil Kurt von Zeit zu Zeit seine Kleider verlangte. In familiärem Flüsterton war Pauline mit Hubert übereingekommen, daß sie bei Kurt wachen würde, während Hubert unten seine Unterhaltung mit Letizia weiterführte. Letizia hatte angefangen, ihn in Hinsicht auf Maggie zu interessieren, und dies, zusammen mit dem guten, dicken Scheck, den sie überreicht hatte, war Entschädigung dafür, daß Kurt ihm aufgebürdet worden war. Das eigentliche Problem Kurt konnte später gelöst werden.

Periodisch drangen die Geräusche von Kurts aufgebrachten Forderungen und Paulines beschwichtigenden Erwiderungen zu ihnen hinunter. Letizia hatte einen Sherry angenommen. Ihr Gesicht war leicht gebräunt, ihre Augen klar und blau.

Sie hielt inne in ihrem Bericht von dem Abend, an dem Maggie bei ihr zu Hause gegessen hatte, und Hubert, der meinte, sie wäre Kurts wegen beunruhigt, sagte: »Ach, machen Sie sich keine Sorgen. Wir beruhigen ihn schon. Ich kenne zwei Jesuiten, die mich beraten werden. Amerikanische Jesuiten. Sie wissen bestimmt, wie man am besten mit ihm fertig wird.«

Doch Letizia war offenbar nicht im geringsten Kurts wegen beunruhigt; er war bereits ein Problem von gestern. Sie hatte eine Pause eingelegt, um zu überlegen, ob es klug war zu wiederholen, wie Maggie sich bemüht hatte, sich der Hilfe ihres Vaters zu versichern, um Hubert aus dem Haus zu treiben.

»Ja, Jesuiten. Das ist gut«, sagte sie.

»Ich vermute, sie möchte, daß Ihr Vater sich mit ihr zusammentut«, sagte Hubert vorsichtig drängend. Der Ausdruck »zusammentun« mußte Letizia erst erklärt werden.

»Natürlich«, sagte sie, »haben wir nicht die geringste Absicht, uns mit ihr zusammenzutun. Ich meine, ich habe nicht die Absicht, und Papa wird auf mich hören. In der Casa Bernardini stehen wir auf Ihrer Seite. Papa muß so denken: Wenn sie *einen* Mieter hinauswerfen kann, dann sind wir die nächsten.«

»Dieses Haus hier hat von allen drei Häusern die schönste Aussicht«, sagte Hubert, dem es darauf ankam, einen banalen, auf Habsucht beruhenden Grund dafür anzuführen, weshalb Maggie ihn loswerden wollte.

»Oh, darum will sie es haben? Papa hat ein Vermögen für Umbauten ausgegeben. Unser Haus ist jetzt mehr wert als damals, als wir es mieteten.«

»Maggie«, betonte Hubert, »ist ganz versessen auf diese Aussicht.«

»Sie sagt, Sie müssen gehen, weil ihr Mann darauf besteht.«

»Das glaube ich. Auch er weiß die Lage des Hauses zu schätzen. Aber ich gehe nicht. Ich habe ein angestammtes Recht, wissen Sie, meine Liebe.«

»Ich weiß! Ich weiß!« Das Mädchen sprang auf und setzte sich wieder. »Bitte erzählen Sie mir mehr von sich selbst, von Ihrer Zugehörigkeit zu Nemi und Ihrer –«

»Nemi ...« sagte Hubert und lehnte sich, die gespreizten Beine vor sich ausgestreckt, in seinem Sessel zurück. »Nemi gehört mir. Der Nachkomme Dianas und Caligulas wurde der Hohepriester des Heiligtums der Diana, und ich bin sein Abkömmling.«

Von oben hörte man Kurt heftig protestieren und Pauline ungeduldig werden. Es schien jetzt, daß Pauline aus dem Zimmer gegangen war und den Schlüssel im Schloß drehte. Man konnte ihre Schritte auf der Treppe hören.

»Es interessiert mich so sehr, Mr. Mallindaine. So sehr. Unsere englische Privatlehrerin und Ihre englische Sekretärin haben sich über Ihre Familientradition unterhalten. Ich liebe Traditionen so sehr. Sie dürfen nicht aus Ihrem Haus vertrieben werden.« Sie ballte ihre Hände zu Fäusten und schlug auf eine Art, die bei einem jungen Mädchen etwas erschreckte, mit der einen auf die andere. »Meine Freunde und ich«, schrie sie unfein, »werden den Sohn dieser amerikanischen Marchesa aus seinem Haus werfen. Man wird Sie nicht aus Ihrem Haus vertreiben. Das Bauernhaus des Sohns ist italienisches Eigentum. Die Kurie hatte kein Recht, es an sie zu verkaufen. Das Land, auf dem sie dieses Haus für Sie gebaut hat, ist italienisches Eigentum. Was italienisch ist, soll in den Händen des italienischen Volkes bleiben. Wir dürfen unsere Herkunft nicht vergessen.«

Nachdem sie ihre flammende Rede beendet hatte, atmete sie schwer vor überschäumender Entrüstung. Pauline war während dieser Rede auf die Terrasse gekommen und zeigte sich, auf ihre englische Art, recht ungeduldig ob dieses rhetorischen Ergusses. Doch Hubert, gleich, was er empfand, zeigte sich beeindruckt.

»Italienischerer Herkunft als ich«, sagte er, »kann man gar nicht sein ... ein direkter Sproß aus einer Verbindung zwischen dem römischen Kaiser Caligula und der Göttin Diana, hier in Nemi. Sie muß selbstverständlich mehr gewesen sein als ein Gedanke: Sie war Fleisch und Blut, ein Wunder aus Fleisch und Blut, dessen können Sie sicher sein. – Pauline, meine Liebe, füllen Sie unsere Gläser auf und bedienen Sie sich. Letizia sieht so sehr wie die Diana des Waldes selbst aus, sie sieht aus wie eine wahre Göttin des alten Latium.« Er schob Pauline, die mürrisch die Sherryflasche geholt hatte, sein Glas hin. »Diana, die Jägerin, rein und schön ...« sagte Hubert. »Es ist wahr. Sie blieb reinen Herzens, selbst nachdem sie die große Göttin der Fruchtbarkeit von ganz Italien geworden war.«

»Haben Sie Unterlagen«, fragte die praktische Letizia, »die sich auf die Familie beziehen?«

Pauline hielt das mit Sherry aufgefüllte Glas; ihre Hand zitterte, und einige Tropfen fielen auf Letizias Baumwollrock.

»Unterlagen!« echote Hubert über Paulines quiekende Entschuldigungen, Letizias Beschwichtigungen und Kurts Hämmern an seine Zimmertür hinweg. »Unterlagen! Ich besitze eine ganze Lawine von Familienbriefen und Unterlagen. Wir sind im Moment dabei, sie durchzusehen. Wir arbeiten gegen die Zeit. Was glauben Sie wohl, wozu Pauline hier ist?«

Pauline sah niedergeschlagen aus, und sie fühlte sich auch

so. Letizia, die so jung war und voll fester Überzeugungen, so reich und so fest verwurzelt im Boden ihrer Heimat, drängte Pauline allein durch ihre Gegenwart in die Position einer Minderwertigen. Oben, als sie sich, wie sich das für sie als Angestellte gehörte, um Kurt gekümmert hatte, während sich Letizia mit Hubert auf der Terrasse ausruhte, hatte Pauline sich gekränkt gefühlt. Letizia hatte keine Ahnung, wie weit Pauline tatsächlich *au pair* war; Pauline hatte Hubert Geld zum Leben geliehen. Sie hatte seine Stromrechnung bezahlt. Sie hatte den Kombi vollgetankt, um mit den Sesseln nach Rom und zurück zu fahren.

Schweigend saß Pauline da, war Hubert in Sachen Unterlagen überhaupt keine Hilfe; erstens hatten die Dokumente, die sie ordnete, bisher keinen wirklichen Beweis für Huberts angestammten Anspruch erbracht, und zweitens war sie nicht in der Stimmung, ihn auch nur durch ein mißverständliches Brummen zu unterstützen. Hubert fand sie gefühllos.

»Pauline arbeitet an den Unterlagen«, sagte er. »Und ich habe die wichtigen angefordert, die in England und in Malta aufbewahrt worden sind. Die Mallindaines haben lange Zeit in Malta gelebt.«

»Das klingt höchst interessant«, sagte Letizia.

»Es ist höchst interessant«, sagte Hubert Mallindaine, und bei den Worten fielen ihm wieder seine zwei Tanten ein, wie sie zu Mariä Verkündigung am Fenster vorübergegangen waren.

»Das klingt höchst interessant«, sagte der Pastor, der, die Hände in den Taschen seines sommerlich grauen Geistlichenanzugs, dastand, vom Fußballen zur Ferse vor und zurück wippte und direkt zum Erkerfenster hinaussah, während seine Mutter nähend auf der Fensterbank saß. Die Tanten waren vorübergegangen, ohne Hüte, was in Huberts Kindheit für Damen ungewöhnlich und merkwürdig war; ihr Haar war dazu noch kurz geschnitten, glatt, grau und ungepflegt. Sie gingen Hand in Hand, und seine Mutter erklärte dem Pastor, ihre Schwägerinnen wären überzeugt, »Mallindaine« wäre eine Entstellung von »maligne Diane«. »Das ist altes Französisch«, sagte seine Mutter. Die Tanten hatten nicht einmal die Köpfe nach ihnen gedreht, als sie am Fenster vorübergingen.

»... auf dem Weg nach Hampstead Heath; das halten sie zu Mariä Verkündigung immer so«, sagte seine Mutter, immer noch auf ihre Stickerei konzentriert. »Sie zünden ein Freudenfeuer an und beten zur Göttin Diana, und ich nehme an, es werden auch noch andere Riten befolgt. Sie könnten vor Gericht landen. Sehr exzentrisch. Mein armer Mann konnte gar nichts mit ihnen anfangen.«

»Das klingt höchst interessant«, sagte der Pastor.

»Das kann man wohl sagen, daß das sehr interessant ist«, erwiderte seine Mutter, »aber für mich ist es peinlich, wegen des Jungen.«

»Haben Sie Geld?« fragte der Pastor, während er auf die sonnige Straße von Hampstead hinausblickte.

Hubert besaß einige Briefe, die sich auf diese Tanten und ihre besondere Exzentrik bezogen. Einige Jahre zuvor war er in Paris auf diese Briefe gestoßen, als er den ersten Stapel von Papieren für seine Memoiren sortiert hatte. Von diesem Moment an waren diese lange vernachlässigten Tanten, von denen eine inzwischen verstorben war, wichtig geworden für ihn, und er hatte sich von ihrem Hirngespinst allmählich einspinnen lassen. Vielleicht hatte er in jenen Tagen schon, noch ehe ein äußeres Zeichen überhaupt sichtbar war, Maggies späteren Treuebruch vorausgeahnt. Das waren die Jahre gewesen, als er Maggie noch ganz beherrschte, und er war es gewesen, der sie überredet hatte, die Häuser in Nemi zu erwerben, »wo Diana, meine Vorfahrin, mit meinem Vorfahr, dem römischen Kaiser, geschlafen hat«. Es gab nicht viele Frauen, deren ständige Begleiter und Beschützer derartige Behauptungen aufstellen konnten. Fügsam und unbekümmert hatte Maggie zwei der Häuser in Nemi erworben und das dritte nach Huberts speziellen Anweisungen bauen lassen; in der Zwischenzeit fing sie ein Verhältnis mit einem gutaussehenden jungen Mann an, der Kriminalbeamter und Gelegenheitsschauspieler war. Sie delegierte die lästigen Einzelheiten des Land- und Gebäudeerwerbs in Nemi und telefonierte von Rom aus mit Hubert in jenem besonderen Jargon, der bei den Leuten gang und gäbe war, die zu jener Zeit das Frühstück in Monte Carlo einzunehmen pflegten, dann zum Abendessen nach Venedig flogen, am folgenden Abend nach Mailand zur Oper, nach Portugal, um eine Partie Golf zu spielen, und am Wochenende nach Gstaad. »J'ai compris – toute à Nemi – un avocat – er heißt Dante de Lafoucauld, ja, wirklich. – Was soll das heißen, ›mein Polizeiliebhaber‹, Hubert? – Il était gendarme, c'est vrai, mais, mais ... Er sieht jedenfalls gut aus, Darling. Mit jemandem muß ich doch schlafen, je dois – ma vie ... Va bene, va bene, Hubert, ma cosa vuoi, tu? I tuoi ragazzi ... Ich verliere kein Wort über deine Jungen, oder? Hubert, nach all den Jahren pensando che siamo sempre d'accordo

––– Hör mal, ich muß los ... Meine Zofe hat das Gepäck ...« Maggie reiste immer mit ihrer Zofe und jetzt, für eine kurze Zeit, bis die Beziehung selbstverständlich endete, mit ihrem Polizisten.

Huberts Tanten entwickelten sich derweil im Glanz seiner Phantasie. Sie trieben Vorfahren, die aus dem Nichts in die immer gegenwärtigere Vergangenheit hineinsprießten, bis Hubert einen Stammbaum hinter sich hatte. Er begann, mit der noch lebenden Tante zu korrespondieren, die in ihrer Armut und ihrer Altersschwäche durch Huberts Teilnahme an ihrem lebenslangen Glauben stark getröstet wurde. Er hatte die Tante Maggie in ihrer Wohnung in Paris vorgestellt. Maggies Sohn Michael war dabei und auch Mary, die er bald heiraten sollte.

»Dank unserer Vorfahrin Diana«, sagte Huberts Tante, »sind wir besondere Menschen. Deshalb haben weder ich noch meine Schwester je geheiratet. Auch Hubert wird immer Junggeselle bleiben.«

Er saß jetzt auf der Terrasse des Hauses in Nemi, selbstbewußt durch seine Abstammung, an die er nun, das konnte man wahrhaftig sagen, ernsthaft glaubte, wobei zu berücksichtigen ist, daß seine Fähigkeit zu glauben in jedem Fall nicht groß war. Er kam sehr gut ohne Aufrichtigkeit zurecht und begriff so wenig, daß dies ein Mangel war, wie ihm seine Mandeln und sein Blinddarm fehlten, die ihm vor langer Zeit schon herausgenommen worden waren.

Er saß Letizia halb zugewandt. »Unterlagen ... Ja«, sagte er, »die Unterlagen existieren natürlich. Pauline ist dabei, sie zu sortieren. Ich schreibe meine Memoiren, wissen Sie.«

Letizia drehte den Kopf und blickte unbehaglich ins Haus, von wo Kurts Geräusche kamen.

»Sie wissen, wie Sie ihn behandeln müssen?« fragte sie.

»Natürlich. Machen Sie sich keine Sorgen«, sagte Hubert.

Pauline schenkte sich Sherry ein und setzte sich.

»Ich war früher schon gut zu ihm«, sagte Hubert. »Damals war er nicht süchtig.«

Es klang, als würde Kurt seine Tür einschlagen. Pauline rührte sich nicht. Sie beobachtete Letizia, die Anstalten machte zu gehen und jetzt ein wenig abseits stand und aus ihrem jungen Gesicht zu Hubert aufblickte. Während sie miteinander sprachen, gingen sie zum Wagen davon. Das Mädchen war offensichtlich erleichtert, Kurt los zu sein, und schrieb Hubert in seiner Dankbarkeit eine Art breitschultriger Ritterlichkeit zu, die er, wie Pauline in diesem Moment erkannte, gar nicht besaß. Daß Hubert sich, während er mit Letizia zu ihrem Wagen ging, voll Eifer dieser Rolle anpaßte, entflammte in Pauline ohnmächtige Wut. Sie konnte nicht hören, was Hubert sagte, als er zu Letizia hinunterlächelte, ihre Hand hielt, ihr die Hand küßte, ihr beruhigend die Hand auf den Arm legte und ihr die Wagentür offenhielt. Letizia drehte sich um und winkte Pauline zu, die nach einer winzigen Pause so träge wie möglich zurückwinkte. Dann fuhr Letizia davon, zurück in ihr behütetes Privilegiertendasein, zu ihrem Papa und den Ferien am Meer, während Hubert, und er sah wirklich gut aus, zurückkam und die Treppen zur Veranda hinaufging. Kurt brüllte und hämmerte noch lauter. Hilfesuchend sah Hubert Pauline an. »Was sollen wir tun?« fragte Hubert.

»Einen Arzt holen, würde ich sagen«, erwiderte Pauline, ohne sich zu rühren. »Das ist Ihr Job. Sie sind dafür bezahlt worden, daß Sie sich um ihn kümmern.«

»Wir können keinen Arzt holen, Pauline. Dann wird er doch sofort ins Irrenhaus gesteckt; man wird mein Haus durchsuchen; die Polizei wird mich verhören, man wird Sie verhören –«

»O nein, mich nicht«, sagte Pauline. »Ich reise heute abend ab. Ich fahre nach Rom zurück, und morgen fahre ich ans Meer. Wenn Ihre überhebliche Verehrerin ihre Verantwortung abwälzen und morgen vormittag quietschvergnügt nach Griechenland abdampfen kann, warum dann nicht auch ich?«

»Pauline, es wäre sehr unehrenhaft von Ihnen, mich in diesem Moment im Stich zu lassen. Hören Sie ihn sich doch an, wie er da oben tobt.«

»Wie ehrlich sind Sie eigentlich?« sagte Pauline. Die Worte sprangen ihr in einer plötzlichen Anwandlung von Erkenntnis über die Lippen. Nie zuvor hatte sie seine Ehrlichkeit in Frage gestellt.

Da er möglicherweise argwöhnte, sie wüßte bereits mehr über ihn, als tatsächlich der Fall war, sagte er: »Unehrlich bin ich vielleicht, wenn ich dazu getrieben werde. Aber unehrenhaft, nein!«

Pauline war inzwischen außer sich geraten, und seine Wortklauberei verwirrte sie.

»Wir sollten hinaufgehen und ihn holen«, sagte sie. »Ihn herunterholen und versuchen, etwas mit ihm zu tun.«

»Dann kommen Sie«, sagte Hubert von oben herab und ganz der Leidende. »Wir wollen sehen, was wir tun können.«

Die Panik des Jungen ließ nach, als sie seine Tür öffneten. Er lachte und weinte, als sie ihn nach unten brachten. Pauline hielt ihn am Arm, und Hubert folgte mit Ermahnungen, ruhig zu bleiben, keine Angst zu haben.

Auf der Terrasse stand ein Segeltuchstuhl, den man in eine Liege verwandeln konnte. Hubert tat das, und sie streckten Kurt, der unter Tränen lachte, darauf aus. Seine Stimme klang wie die eines Bauchredners, schien manchmal von einem Punkt über und hinter ihm zu kommen, manchmal aus dem Boden neben ihm. Worte waren unter diesen Schreien der Verdammung und den schluchzenden Ausbrüchen von Gelächter nicht auszumachen. Er bellte wie ein Tier. Erschöpft fiel er nach hinten. Hubert holte ihm ein Glas Mineralwasser und zwei seiner Mitigil Tranquilizer, die der Junge mit wild verdrehten Augen schluckte.

Pauline zitterte. »Entweder Sie rufen einen Arzt, oder ich tue es«, sagte sie.

»Er kann hier in meinem Haus nicht von einem Arzt untersucht werden.«

Schließlich erklärte Hubert sich einverstanden, ihn nach Rom zu bringen und mit ihm einen ihm bekannten Arzt aufzusuchen, dem es vielleicht sogar gelingen würde, Kurt in einer Privatklinik unterzubringen.

»Ein Vermögen wird das kosten«, sagte Hubert grob.

»Reicht denn Letizias Scheck nicht für die Klinik?« Pauline hätte gern gewußt, wie hoch er war.

»Mit Müh und Not«, sagte Hubert. »Wir müssen eben das Beste hoffen.«

Es war fast elf Uhr abends, als Hubert mit Kurt, der durch eine weitere Dosis Tranquilizer ziemlich benommen war und dem Hände und Knie zitterten, in Rom ankam. Am Fuß der Spanischen Treppe auf der Piazza di Spagna hielt Hubert an, drückte Kurt einen goldenen viktorianischen Half-Sovereign in die Hand, erklärte ihm, damit könnte er eine Woche seine Unterkunft bezahlen, und schob den jungen Mann hinaus auf den Bürgersteig. Ohne zurückzublicken, steuerte Kurt auf eine Gruppe junger Gammler und Hippies zu, die in der warmen, jungen Nacht auf den Stufen der Treppe saßen oder lagen.

»Das wär's«, sagte Hubert, als er zurückkam.

»Eine Klinik?« fragte Pauline.

»Ja, eine Klinik.«

»Welche Klinik?«

»Es ist besser, wenn Sie das nicht wissen. Sollten Fragen gestellt werden, so wissen Sie von nichts. Kümmern Sie sich nur um Ihre eigenen Angelegenheiten, meine Liebe.«

»Es ist Letizia Bernardinis Angelegenheit. Sie sollten sie anrufen und ihr sagen, was geworden ist, ehe sie nach Griechenland abfährt.«

»Seien Sie nicht ekelhaft, Pauline. Lassen Sie das Mädchen in Frieden ziehen.«

»Sie haßt alle Ausländer. Sie gehört zu diesem Typ von Italienerin. Sie nutzt Sie nur aus.«

»Sie machte einen sehr charmanten Eindruck. Sie hat ein Recht auf ihr bißchen Volks-Kitsch. Das ist bei den jungen Leuten in Mode.«

»Sie brauchen mir nicht zu sagen, wie es ist, wenn man jung ist.«

»Aber ich kann Sie lehren, scheint mir, wie es ist, wenn man eifersüchtig ist.«

»Wieso soll ich eifersüchtig sein«, sagte Pauline, »wenn Sie sich aus Frauen sowieso nichts machen? Das haben Sie mir selbst gesagt.«

»Ich mache mir sehr wohl etwas aus Frauen. Ich schlafe nicht mit Ihnen.«

Pauline begann zu weinen. »Zwischen Ihnen und Letizia ist etwas vorgegangen. Ich konnte es sehen. Diese Zärtlichkeit. Ich weiß nicht, was ich glauben soll.«

Geduldig legte Hubert ihr den Arm um die Schultern, ähnlich zärtlich, wie er zu Letizia gewesen war.

»Sie können mich nicht verlassen«, sagte er, »weil wir Freunde sind und ich Sie brauche.«

Achtes Kapitel

Nun, meine Herren Priester«, sagte Hubert, »zeigen Sie sich erkenntlich. Unsere Freundschaft basiert auf gegenseitigem Nutzen, und daher erwarte ich eine Gegenleistung intellektueller Art für dieses köstliche Abendessen, das wir gleich einnehmen werden.«

Pater Cuthbert Plaice sagte verschämt: »Oh, Hubert!« Pater Gerard bedachte Pauline mit einem scherzhaften Lächeln und hob seine Gabel.

»Den Wein bitte«, sagte Hubert.

Pauline trug ein langes, lavendelblaues Kleid aus fließendem Chiffon; Hubert trug ein tief violett gemustertes Hemd aus durchsichtigem Baumwollstoff zu teuer aussehenden Blue jeans. Das Speisezimmer war geöffnet, das Silber und die edlen Gläser herausgenommen worden; ein kaltes Buffet mit ausgewählten Spezialitäten war auf dem Sideboard angerichtet.

Nachdem Cuthbert seine gekühlte Lachs-Mousse gekostet hatte, blickte er Pauline über den kerzenschimmernden Tisch hinweg an und sagte: »Heute abend sieht alles sehr verschwenderisch aus.«

»Er meint opulent«, bemerkte Hubert aus reinem Eigensinn.

»Es ist nur ein Schein von Opulenz«, sagte Pauline vorsichtig; sie dachte offensichtlich, daß der goldene Segen, der ihnen so unverhofft in den Schoß gefallen war, sich unweigerlich dem Ende zuneigen würde.

»Aber was ist Opulenz denn anderes«, meinte Hubert, »als ein Schein von Opulenz?«

»Nun«, erwiderte Gerard, »ich würde sagen, daß da ein sehr, sehr großer Unterschied besteht.«

»Wie naiv Sie sind«, sagte Hubert.

»Ich verstehe nicht«, entgegnete der junge Priester. »Inwiefern – naiv...?«

»Wenn Sie sich einbilden«, erklärte Hubert, »daß der äußere Eindruck trügt, so irren Sie. Der äußere Eindruck *ist* die Wirklichkeit.«

»Aber Hubert«, sagte Pater Cuthbert. »Pauline hat eben gesagt, daß Sie hier einen Schein von Opulenz haben. ›Schein‹ war das Wort, das sie gebrauchte – nicht wahr, Pauline?«

»Ja«, antwortete sie, »Hubert weiß, was ich meine.«

»Eine vulgäre Vorstellung«, sagte Hubert. »Heute abend haben wir Opulenz.«

»Aber sie entspricht vielleicht nicht jedermanns Vorstellung von Opulenz«, sagte Gerard vorsichtig. »Ich meine natürlich, Sie stellen die Wirklichkeit als etwas sehr Subjektives hin, nicht wahr? Die Menschen unterscheiden sich in ihren Wahrnehmungen.«

»Die Wirklichkeit ist subjektiv«, erklärte Hubert. »Trotz der Behauptungen Ihrer Religion sage ich, daß selbst Ihre Religion allein auf der individuellen Wahrnehmung äußerer Erscheinungsbilder beruht. Wenn man von diesen absieht, gibt es keine Wirklichkeit.«

»Versuchen Sie mal, einen Wissenschaftler dazu zu bewegen, sich Ihrer Meinung anzuschließen«, sagte Cuthbert und rutschte aufgeregt auf seinem Stuhl herum.

»Die weiter fortgeschrittenen Wissenschaftler sind mit mir einer Meinung; ja, sie sind fast schon Mystiker«, erklärte Hubert. »Wie auch ich einer bin.«

»Können Sie zum Sideboard kommen?« fragte Pauline. »Nehmen Sie Ihre Teller mit und bedienen Sie sich selbst.«

»Es sieht köstlich aus«, sagte Gerard, als er ihr folgte. »Und Sie sehen in diesem Kleid sehr hübsch aus, Pauline.«

»Es ist neu«, erwiderte sie.

»Ist Maggie schon aus dem Urlaub zurück?« erkundigte sich Cuthbert sehr vorsichtig bei Hubert, als bewegte er sich auf einem Minenfeld.

Doch Hubert ignorierte die Frage, indem er zurücktrat und seine Gäste zu den verlockenden Platten mit dem gekochten Fleisch und den Salaten winkte. Als man sich wieder gesetzt hatte, brachte Hubert einen anderen Wein auf den Tisch, den er mit feierlicher Stimme empfahl.

Es war Mitte September, und noch hielt sich die Sommerhitze bis weit hinein in die Nächte Roms und seiner Umgebung. An diesem Abend wehte in Nemi eine schwache Brise von den Hügeln, die kaum ausreichte, durch die offenen Türen des Speisezimmerbalkons die Kerzen zum Flakkern zu bringen.

»Köstlich«, sagte Cuthbert. »Köstlicher Wein.«

»Köstlich«, sagte Gerard.

»Und Maggie«, bohrte Cuthbert weiter, »... haben Sie von ihr gehört?«

»Kein Wort«, antwortete Pauline, die langsam gesprächig wurde und nach etwas mehr Wein geschwätzig werden würde. »Wir bekamen einen Brief von ihr, ehe sie aus Nemi abreiste. Sie hat uns über ihre sämtlichen Vorhaben bis zum

Ende dieses Monats unterrichtet. Eigentlich sollte sie zur Zeit in Amerika sein, aber ich glaube, sie ist nicht gefahren. Sie ist noch in Italien. Sie möchte, daß wir bis spätestens Ende September aus diesem Haus heraus sind, aber –«

»Pauline!« bat Hubert. »Meinen Sie nicht, daß Sie diese gelehrten Patres mit solchem trivialen Klatsch langweilen?«

»Aber nein, es ist gar nicht langweilig«, sagte Cuthbert.

»Ist Ihr Stuhl nicht bequem, Cuthbert?« fragte Hubert.

»Mein Stuhl? – O doch, danke sehr, er ist sehr bequem, Hubert.«

»Cuthbert leidet sehr oft unter einem nervösen Bewegungsdrang, wenn er redet«, erklärte Gerard mit weinseliger Freundlichkeit. »Das ist jeweils abhängig von der gefühlserregenden Wirkung des Themas in seiner Beziehung zum Umfang und zu den Grenzen, die dem Vorgang des sprachlichen Ausdrucks eigen sind.«

»Ich verstehe«, sagte Hubert. Er verneigte sich leicht in aristokratischer Bestätigung dieser eingehenden Erklärung und hob mit derselben Bewegung sein Glas tiefroten Weins. Er nippte und starrte wie einer, der einen Genuß auskostet, auf einen Punkt über Paulines Kopf.

»Ich habe niemanden gelangweilt«, erklärte Pauline. »Ich habe nur gesagt, daß Maggie – und ich habe sie nie gesehen, wohlgemerkt, nie kennengelernt – einfach unmöglich verwöhnt ist. Zu viel Geld. Sie hatte ein Gentleman's Agreement mit Hubert –«

»Maggie ist kein Gentleman«, sagte Hubert, »und ich finde, Personen sind ein langweiliges Gesprächsthema, Pauline.«

»Worüber kann man denn sonst reden?« fragte Pauline. »Jeder liest die Zeitung, und wir hören die Nachrichten; ich finde es langweilig, über etwas zu sprechen, was jeder schon gehört hat. Der Punkt, auf den es mir ankam, als ich von Maggie sprach, ist, daß sie uns mit dieser Drohung schikaniert, während sie irgendwo am Strand liegt und sich sonnt. Wir haben nur noch zwei Wochen Zeit, und –«

»Pauline, das ist genug!« sagte Hubert laut.

»Vielleicht könnten wir behilflich sein«, meinte Cuthbert. »Wir haben festgestellt, daß Mary, ihre Schwiegertochter, eine sehr charmante, menschliche Person ist. Soll ich einmal mit ihr sprechen? Gerard war Anfang August mit ihnen auf Ischia, wissen Sie. Er –«

»Ischia – ich dachte, sie wollten nach Sardinien«, sagte Pauline.

»Maggie änderte ihre Pläne«, sagte Gerard. »Ich bekam eine Einladung von Mary, nach Ischia zu kommen und dort die überlebenden ökologischen Legenden zu studieren«, sagte Pater Gerard. »Ich habe bei ihnen gewohnt, es war sehr gemütlich. Und ich muß sagen, dieses Gebiet ist reich an Legenden der Naturverehrung. Mary machte mir eine lange Liste noch bestehender Naturbräuche und abergläubischer Rituale. Die Leute dort sind natürlich fromme Katholiken. Ich sage nichts gegen ihren Glauben; diese Bauern sind großartige Katholiken.«

»Aber sie beten die Baumgeister und die Wassergeister an«, sagte Hubert.

»Nein, nein, anbeten würde ich nicht sagen. Das sehen Sie falsch. Die Kirche nimmt weiterhin viele heidnische Naturrituale in sich auf, weil die Kirche ökologiebewußt ist.«

Pauline, die mit Cuthbert ins Gespräch vertieft gewesen war, unterbrach plötzlich und rief, die Worte über den Tisch schleudernd: »Hubert! Hören Sie sich das an! Lauro, dieser italienische Junge, der Ihr Sekretär war und jetzt für die Radcliffes arbeitet – also, der ist zu ihnen nach Ischia gefahren, und er schläft mit Mary *und* Maggie. Na, wie finden Sie das?«

»Nun, vielleicht«, sagte Cuthbert, auf seinem Stuhl herumrutschend, »hätte ich das nicht erwähnen sollen. Aber – äh – vielleicht – finden Sie nicht, Gerard? – ist es etwas, das Hubert und Pauline wissen sollten.«

Gerard, etwas aus der Fassung gebracht, sagte hastig: »Aber ja, im Vertrauen natürlich. Wie ich Cuthbert nach meiner Rückkehr von Ischia sagte, ergibt sich dieser Stand der Dinge aus einem Eindruck, wie er sich mir, durch primäre koadjunktive Faktoren angezeigt, an diesem Ort in Gesellschaft der Radcliffes bildete. Dennoch aber fand ich, wie ich bereits sagte, Mary sehr intelligent und sehr, sehr hilfsbereit. Ich glaube, in ihrem Fall handelt es sich nur um eine vorübergehende Phase, und diesem Lauro hätte man niemals die Freiheiten gestatten sollen, die er genießt. Mary hat mir mit ihren dokumentarischen Listen sehr geholfen.«

Als er zum Ende dieser Rede gekommen war, blickte er Pauline vorwurfsvoll an, als hätte sie sich bei ihrem Ausbruch benommen wie ein Beichtvater, der aus dem Beichtstuhl gestürzt ist, um lauthals die Ungeheuerlichkeit der Sünden eines Reuigen zu verkünden.

Pauline kümmerten seine Gefühle offenbar nicht. Sie blickte aufmerksam auf Hubert. Der erwiderte in unzugänglichem Schweigen ihren Blick.

»Gerard«, bemerkte Pater Cuthbert, »ist wirklich sehr scharfsichtig; seit er mir davon erzählte, habe ich darüber nachgedacht und bin zu der Schlußfolgerung gelangt, daß dies etwas ist, das Sie wissen sollten, Hubert, da sowohl Lauro als auch Maggie mit Ihnen befreundet waren.«

»Persönliche Dinge langweilen mich«, sagte Hubert. »Ich habe schon zuviel von meinem Leben an vergänglichen Klatsch vergeudet. Cuthbert, lassen Sie uns die Stühle tauschen; ich sehe, daß der Ihre wirklich nicht recht in Ordnung ist.«

Er stand auf und rückte seinen Stuhl herum. Cuthbert machte ein verdutztes Gesicht.

»Es ist nur ein Reflex von Cuthbert«, sagte Pater Gerard.

Hubert stellte seinen Stuhl wieder zurück, und ehe er sich setzte, füllte er ihre Gläser auf.

»Klatsch und weltliche Belanglosigkeiten«, sagte er. »Aber das intellektuelle Prinzip ist unvergänglich. Cuthbert, um Himmels willen, seien Sie intellektuell!«

Pauline nahm ihren Teller und ging zum Sideboard, um sich eine zweite Portion zu holen.

»Ich dachte, es würde Sie interessieren, Hubert«, meinte Cuthbert und stand auf, um Pauline zu folgen.

»Wir haben den ganzen Tag hart gearbeitet«, sagte Pauline. »Es ist angenehm, sich abends zu entspannen.«

»Finden Sie es entspannend, darüber nachzudenken, wie Lauro sich abwechselnd an Maggie und Mary ran macht?« fragte Hubert.

Die Priester kicherten verschämt.

»Ja, das finde ich«, erwiderte Pauline.

»Dann haben Sie sexuelle Probleme, meine Liebe«, stellte Hubert fest.

»Und wer ist schuld daran?« fragte Pauline.

»Vielleicht lassen wir doch lieber persönliche Dinge aus dem Spiel, wie Hubert vorschlug«, sagte Gerard. »Auf Ischia ist in dieser Beziehung leider allerhand los gewesen.«

»Das war immer so«, erklärte Hubert. »An diesem Punkt sollten Ihre Studien heidnischer Ökologie überhaupt einsetzen. Die Paarung war immer schon Teil der Anbetung und Beschwichtigung der Natur.«

»Nun, das Christentum hat dem allen einen sehr, sehr neuen Sinn gegeben«, sagte Cuthbert.

»Für uns«, erklärte Hubert, »die wir von den uralten Gottheiten abstammen, ist Ihr Christentum nur ein vorübergehendes Stadium. Für uns ist selbst der Gott des Alten Testaments ein absoluter Emporkömmling, und sein Sohn war lediglich eine volkstümliche Abart. Diana die Jägerin, die Göttin der Natur und letztlich der Fruchtbarkeit, lebt weiter. Wenn man ihre Flüsse und ihre Bäume vergiftet, dann rächt sie sich auf völlig logische Art und Weise. Der Gott der Christen und Juden – wo ist seine Logik?«

»Hubert«, sagte Pauline, »Sie wissen, ich bin Katholikin. Ich habe nichts dagegen, Ihnen zu helfen, aber ich lasse nicht zu, daß mein Glaube beleidigt wird.«

»Gut, Pauline!« sagte Pater Cuthbert.

»Meine Liebe, ich wußte ja, daß Sie es persönlich nehmen würden«, sagte Hubert, »und Sie sehen heute abend bezaubernd aus in Ihrem neuen Kleid. Holen Sie doch das Sorbet aus dem Kühlschrank und seien Sie vorsichtig mit Ihrem Kleid.«

Als die Gäste gegangen waren, höchst aufgekratzt vom Wein und Likör, dem erfreulichen Essen, der Schönheit des Abends und Huberts erregenden Beleidigungen, schlüpfte Pauline aus ihrem neuen Kleid in ein Baumwollnachthemd und ging in die Küche hinunter, wo Hubert das Geschirr in die Spülmaschine lud. Sie setzten die Maschine in Gang, dann schenkte Hubert beiden Whisky ein, und sie ließen sich am Küchentisch nieder, wo sie eine Zeitlang schweigend tranken und einander taxierend betrachteten.

Schließlich sagte Hubert: »Lauro und Maggie. Lauro und Mary. Wann wird es wohl Lauro und Michael sein?«

»Genau das habe ich mich auch gefragt«, sagte Pauline. »Vor ein paar Monaten noch hätte ich nicht im Traum daran gedacht. Aber jetzt, wo ich allein mit Ihnen hier bin, Hubert, und Ihre Sorgen teile, scheinen wir die gleichen Gedanken zu haben. Ich spüre, daß zwischen uns ein echtes Band besteht. Ein Band, das niemals reißen wird.«

»Das niemals reißen wird!« wiederholte Hubert. »Ein Band, meine liebe Miss Thin, ist nicht sehr weit entfernt von einer Fessel. Bitte machen Sie mir keine Angst.«

»Aber Hubert, Sie brauchen mich doch nicht plötzlich, gerade jetzt in diesem Moment, wieder Miss Thin zu nennen. Das ist nicht sehr nett von Ihnen nach allem, was wir zusammen durchgestanden haben.«

»Wenn ich spüre, daß das Band sich strafft, Miss Thin«, sagte Hubert, »reiße ich mich los.«

»Na gut, ich gehe«, sagte Pauline.

»Was habe ich denn getan?« fragte Hubert. »Was habe ich getan, um das zu verdienen?«

»Eben nichts«, antwortete Pauline. »Das ist es ja gerade.

Sie haben überhaupt nichts getan, weil Sie ein eingeschworener Schwuler sind. In ständiger Nähe eines Mannes zu leben, der überhaupt nichts tut, zermürbt einen auf die Dauer. Ich bin am Ende meiner Kräfte, und ich gehe.«

»Bevor man von Sex redet, würde ich meinen, betrachtet man den Aspekt der Liebe«, sagte Hubert.

»Ich habe in Brüssel einen Freund, der für die EG arbeitet«, sagte Pauline. »Ich kann nach Brüssel fahren und den Aspekt der Liebe mit ihm betrachten.«

»Pauline, Pauline, wie herzlos Sie sind! Die Liebe braucht Zeit«, sagte Hubert. »Und wenn Sie glauben, Sie haben ein Recht, mich als Schwulen zu bezeichnen, wo Sie von meinen körperlichen Neigungen nicht die leiseste Ahnung haben, dann sind Sie in Ihren Ansichten dumm und gewöhnlich. Wenn ich Ihnen die erotischen Details meiner Gedanken und Empfindungen mitteilen würde, würden sie Sie erregen, aber sie würden *per se* als Folge aufhören, mich zu erregen.«

Durch die vielen Anspielungen endlich verwirrt, sagte Pauline mürrisch: »Nun, Sie haben mir einmal gesagt, daß Sie nie mit einer Frau geschlafen haben; Sie haben es selbst gesagt –«

»Was nicht besagt, daß ich es nicht kann.«

»Ja, wenn Sie es nie getan haben, woher wissen Sie dann, ob Sie es können?«

»Haben Sie schon einmal Walfischspeck gegessen?«

»Nein«, antwortete Pauline und wurde langsam zornig.

»Ich habe einmal welchen in einem kleinen Fischerlokal in der Normandie gegessen. Er stand auf der Speisekarte, also beschloß ich, ihn zu probieren«, sagte Hubert. »Er schmeckte ganz ordentlich – fett und fischig –, aber ich nehme an, es gibt Möglichkeiten, ihn so zuzubereiten, daß eine köstliche Mahlzeit daraus wird. Doch Sie sagen, Sie können ihn nicht essen –«

»Ich sagte, ich habe ihn nie gegessen. Was hat Walfischspeck mit Sex zu tun?«

»Praktisch alles, wenn man Eskimo ist. Überleben an erster Stelle, Sex an zweiter.«

Während Hubert sprach, bemerkte er einen fünf Zentimeter hohen Rest Champagner in der Flasche und goß ihn in sein Glas. Jetzt trank er und wartete darauf, daß Pauline ihm irgendeine zornige Antwort ins Gesicht schleudern würde, doch sie tat es nicht.

Träumerisch wiederholte Hubert: »Walfischspeck.«

»Wollen Sie uns Frauen etwa damit beleidigen, daß Sie behaupten, mit ihnen zu schlafen wäre nicht anders, als mit Walfischspeck zu schlafen?« fragte Pauline.

»Ich weiß nicht, wie es ist, mit ihnen zu schlafen. Aber nur weil man etwas noch nicht getan hat, heißt noch nicht, daß man es nicht tun kann.«

»Also, ich habe noch nie Walfischspeck gegessen, und ich bin sicher, ich könnte es auch nicht«, erklärte Pauline. »Was hat das alles überhaupt mit Sex zu tun?«

»Ich dachte, wir sprachen von der Liebe«, meinte Hubert geschickt.

Er fand, es wäre Zeit, zu Bett zu gehen; doch alles in allem, sagte er sich, wäre es wohl eine gute Investition und ein guter Gedanke, wenn sie beide noch eine Flasche Champagner tranken. Es war erschreckend, dachte er, während er den Korken herauszog, wie sehr sie sich nach einem Liebhaber sehnte und wie sehr er eine Sekretärin und Komplizin brauchte.

»Was tun Sie da?« fragte Pauline, die halb betrunken und schlecht gelaunt in einer Ecke des großen Sofas saß.

»Ich mache noch eine Flasche von dem teuren Champagner auf. Wenn Sie solcher Stimmung sind, Miss Thin, kann ich es mir nicht leisten, es nicht zu tun.»

»Kann ich meinen Liebhaber aus Brüssel kommen lassen? Er hat bald Urlaub«, sagte Pauline.

»Nein«, sagte er ärgerlich. Wenn sie meint, sie kann clever sein, dachte er, kann ich noch viel cleverer sein. Er füllte ihre Gläser, sank auf seinen Stuhl und prostete ihr flüchtig zu, ehe er trank.

»Sie benutzen mich«, sagte sie.

»Natürlich, Sie werden bezahlt, sobald ich das Geld habe, Pauline.«

»Ich will kein Geld.«

»Sie möchten mich benutzen?« fragte er.

»Nein, ich möchte gehen. Ihr Benehmen –«

»Sie möchten«, sagte Hubert, »mich benutzen, um Ihre Träume zu befriedigen. Das ist böse. Ich möchte Sie nur als Sekretärin benutzen. Das ist völlig vertretbares Benehmen. Lieben Sie Ihren Geliebten in Brüssel?«

»Das ist meine Sache. Warum reden Sie dauernd von Liebe?«

»Meine Liebe, Sie haben doch angefangen –«

»Nein, Sie!«

»Hören Sie doch«, sagte Hubert, »man kann mit seiner Sekretärin nicht Sex machen. So was klappt einfach nicht.«

»Jetzt reden Sie von Sex«, sagte sie.

»Sie haben doch angefangen, von Sex zu reden, Miss Thin«, sagte Hubert und schenkte neu ein.

»Wir müssen morgen neue Schlösser an die Türen machen lassen. Der Mann kommt«, sagte Pauline schläfrig.

»Weshalb bekommen wir neue Schlösser?«

»Sie haben gesagt, ich soll sie jeden Monat ändern lassen für den Fall, daß Maggie sich einen Schlüssel beschafft haben sollte oder so was. Morgen ist der Sechzehnte. Ich habe dem Mann gesagt, er soll morgen kommen. Soll ich ihn wieder wegschicken?«

»Es ist teuer. Alles ist teuer«, sagte Hubert, »aber nein, meine Liebe, schicken Sie ihn nicht weg. Sie sind sehr tüchtig.«

»Danke«, sagte sie.

Sie stellte ihr Glas nieder und machte sich vorsichtig auf den Weg zur Tür. Sie schwankte nur leicht von ihrem übermäßigen Weinkonsum.

»Wollen Sie mir nicht einen Gutenachtkuß geben?« fragte Hubert, als sie die Tür erreicht hatte. Er machte keine Anstalten aufzustehen.

Sie blickte zurück und spürte den Anflug eines Alkoholnebels. Sie beschloß, was ihr noch an Klarheit geblieben war, darauf zu verwenden, die Treppe hinaufzusteigen.

»Nein, natürlich nicht«, sagte sie. »Wofür halten Sie mich? Für ein Stück Walfischspeck?«

Sie machte einen Abgang und ließ ihn zurück, damit er über das nachdachte, was sie gesagt hatte.

Was er dachte, war, daß für den Moment das Schlimmste abgewendet war. Sie hatte sich von der Seele geredet, was sie beschäftigte, und würde es vielleicht sogar bedauern, daß sie es getan hatte. Doch die Atmosphäre war nun ein wenig gereinigt, und er konnte damit rechnen, daß der *status quo* bestehen blieb, bis es ihm möglich war, einen besseren und stabileren *status quo* herzustellen. Mit diesen Überlegungen trank Hubert den Champagner aus, während er die Einsamkeit der Nacht genoß. Er dachte an Maggie auf Ischia. Sie hatte ihm von der Änderung ihrer Pläne nichts mitgeteilt. Er kannte ihr Haus auf Ischia nicht. »Maggie...«, dachte Hubert laut. »Maggie...«

Gegen drei Uhr morgens verspürte er ein plötzliches Verlangen, Maggie anzurufen, sie aufzuwecken, ihre Stimme zu hören. Der Marchese schnarchte wahrscheinlich an ihrer Seite in einem jener riesigen Ehebetten, die den italienischen Familien so teuer waren. Hubert sagte sich, das wäre ihm gleich. Er wollte von seinem Stuhl aufstehen, um ins Arbeitszimmer zu gehen, sich von der Auskunft ihre Nummer geben lassen, und sie anzurufen. Dann fiel ihm zu seinem Kummer ein, daß das Telefon seines Hauses seit langer Zeit schon gesperrt war.

Neuntes Kapitel

Keine Antwort von Hubert«, sagte Maggie. »Ich hätte die Telefonrechnung bezahlen lassen sollen, wenn auch nur, um mit ihm in Verbindung zu bleiben. Aber ich habe nicht eingesehen, weshalb er die Möglichkeit haben sollte, umsonst in San Francisco, Hongkong, Kapstadt und weiß der Himmel wo herumzutelefonieren. Und diese Lesbe. Ich habe das Telefon sperren lassen. Im übrigen habe ich ihm vor zwei Tagen ein Telegramm geschickt, um anzufragen, ob er jetzt das Haus räumen kann, und er hat nicht geantwortet.«

Ihr Mann, Berto di Tullio-Friole, lauschte angespannt der Schallplattenaufnahme einer Beethoven-Symphonie und warf Maggie quer durch das Zimmer einen stirnrunzelnden Blick zu, um ihr zu bedeuten, daß sie leiser sprechen sollte; er begleitete das Stirnrunzeln mit einer gereizten Handbewegung; er war nicht im geringsten ernüchtert von Maggie; er wollte nur unbedingt die mächtigen, schrecklich dröhnenden Klänge auskosten, denen bald das seinen Ohren so liebe, süße »Laß gut sein« des Finales folgen würde. Er war ein sentimentaler Mensch. Maggie und Mary senkten die Stimmen. Berto schloß die Augen, bis die Platte endete. Dann gesellte er sich zu den Frauen im anderen Teil des langen, gefliesten Raums, dessen Fenster dem Oktobersonnenlicht und dem Blick auf das Meer geöffnet waren. Lauro erschien aus dem Nichts und wurde beauftragt, einen Whisky mit Soda für Berto zu holen.

»Si, Signor Marchese«, sagte Lauro. Mit Vornamen sprach man Berto nicht an, und Berto hätte es auch niemals geduldet, daß ein Hausangestellter in seiner Gegenwart seine Frau, ihren Sohn und ihre Schwiegertochter beim Vornamen anredete. Lauro, dem das völlig klar war, hatte es gar nicht erst versucht.

Es war fast Zeit zum Mittagessen. Schon sehnten sie sich zurück nach den Tagen des vergangenen Sommers mit ihrem allmorgendlichen Rhythmus von Faulenzen und Schwimmen, Faulenzen und Schwimmen, hinauf und hinunter am felsigen Privatstrand. Dieser Strand, eine kleine Landzunge, war dem Gesetz nach nicht in seiner Gänze privat. Nur die Felserhöhung war privat. Der steinige Strand, wo die Wellen anschlugen, war wie alle anderen Strände Italiens öffentliches Eigentum, und diese Tatsache war den unbekümmerten Badegästen wohlbekannt, die mit prahlerischer Selbstsicherheit eindrangen, wann immer ihnen der Sinn danach stand, ihre kleinen Boote an Land zu bringen. Einmal, an einem Tag im Sommer, war es geschehen, daß Maggies Schwimmvergnügen von einem Mädchen in einem Ruderboot gestört worden war; es wusch sich, den Kopf über die Seite neigend, das lange Haar mit einem Shampoo, dessen Schaum zu Maggie hingetrieben wurde. Maggie, die genau wußte, daß sie hier überhaupt keine territorialen Rechte hatte, hatte dem Mädchen zugerufen: »Sie können doch Ihr Haar nicht mit Meerwasser waschen.« Worauf das Mädchen zurückschrie: »Es ist ein extra Meerwasser-Shampoo.«

Maggie war sehr erbost gewesen und hatte nach langer, harter Arbeit am Telefon vom Festland her fünf private

Leibwächter beschafft, die immer noch unten am Strand, auf dem Felsen und vor Maggies Haus herumlungerten. Sie waren als »Eindringlinge« verkleidet, um auf diese Weise die wirklichen Störenfriede fernzuhalten. »Es kommt noch der Tag«, sagte Maggie streng, »an dem wir, wenn wir zur Gala in die Oper fahren, unsere eigenen Eierwerfer anheuern müssen, damit sie uns mit Eiern bewerfen und, lieber Gott, natürlich ihr Ziel verfehlen.« Sie seufzte; einen tiefen Seufzer vom Grunde ihres Herzens.

Nun saßen sie also in dem Raum, in dem die Jalousien heruntergelassen waren, um sie vor dem recht grellen Sonnenlicht und den Blicken dieser gemieteten Eindringlinge zu schützen, die, wie Maggie fand, einen Krach machten, der einfach übertrieben war. Berto wartete auf seinen Drink, und die beiden Frauen führten ihre Diskussion über Hubert weiter.

Berto, der weniger reich war als Maggie, aber reich genug, um die übertriebenen und recht mysteriösen Sorgen reicher Frauen von Maggies Generation zu verstehen, und sie nicht unpassend fand, hörte mit Toleranz aber auch mit leichter Eifersucht zu. Der 1973er Krieg im Nahen Osten ging gerade zu Ende. Nichts mehr würde so sein, wie es früher gewesen war, hatte der Eigentümer der einzigen Zeitung, die Berto las, ihm versichert. Einmal hatte Berto zu einer Jagd einen recht angesehenen Journalisten eingeladen, den Sproß einer vornehmen Veroneser Familie, und er war höchst indigniert darüber gewesen, daß dieser drei Zeitungen widersprüchlicher politischer Anschauungen bestellt hatte; das war eine Beleidigung seines Hauses, eine Beschmutzung seines Herds; wie konnte ein Mensch ein kommunistisches oder ein leicht links stehendes Blatt lesen? Wie konnte ein Freund von ihm etwas anderes lesen als die etablierte Zeitung des rechten Flügels mit ihren objektiven Berichten und ihren Listen bedeutender Todesfälle? Der sanftmütige Herr aus Verona gab sich alle Mühe zu erklären, daß sein Beruf von ihm verlangte, sich über alle Tendenzen zu unterrichten; doch es gelang ihm nicht, dies Berto klarzumachen, der überzeugt war, daß allen Ansprüchen der Objektivität von der einzigen Zeitung Genüge getan wurde, die innerhalb seiner vier Wände erlaubt war und deren Eigentümer er schon sein Leben lang kannte. Der Journalist gab klein bei und annullierte, da er von verträglichem Temperament und zudem zu dem Zweck gekommen war, einige Tiere zu schießen, seine hirnverbrannte Bestellung.

»Das italienische Gesetz verlangt«, sagte Maggie zu Mary, »daß man, wenn man jemanden aus einer möblierten Wohnung hinaussetzen will, zuerst mehrere Warnungen schickt. Dann schicken die Behörden einen Lastwagen, der das Mobiliar abholt. Dem Gesetz nach müssen das Bett, die Waschmaschine und der Inhalt aller Aktenschränke zurückgelassen werden. Ich würde ihm liebend gern alles wegnehmen und ihn mit dem Bett, der Waschmaschine und seinen lächerlichen Papieren sitzenlassen. Die kann er sich dann mit Miss Thin teilen.«

»Und der Mensch?« fragte Mary. »Wie wird man die Person los?«

»Das ist ein anderes Verfahren, und es ist schwierig. Erstens rotten sich sämtliche Nachbarn zusammen, um den Mieter zu schützen, und dann erscheinen die Presse und die

Fotografen und die Polizei. Aber bevor es dazu kommt, muß man –«

»Maggie, Liebes!« sagte Berto. »Maggie, mein Liebes, du mußt das einfach vergessen. Laß ihn in Ruhe; hungere ihn aus. Er wird eines Tages aus freien Stücken gehen, du wirst sehen.«

»Aber Berto, du selbst hast mir doch geraten, ihn hinauszuwerfen!« entgegnete Maggie.

»Ja«, sagte Mary. »Berto – du hast gesagt, man soll ihn hinaussetzen.«

»Aber«, sagte Berto langsam, gereizt durch ihren Mangel an italienischer Logik, die er allen Ernstes für die allgemein gültige Logik hielt, »wenn der Anwalt dir das Gesetz erklärt hat, und es gibt einen Skandal, dann kannst du keinen Erfolg haben. Du mußt der Tatsache ins Auge sehen, daß der Mann dich hereingelegt und dein Eigentum gestohlen hat. Und du mußt dir diesen Menschen einfach aus dem Kopf schlagen, weil du ihn nicht aus dem Haus vertreiben und einen Skandal auslösen kannst, aus dem die Kommunisten in ihren Zeitungen Kapital schlagen würden.«

»Italien ist ein komisches Land«, bemerkte Maggie.

»Es ist überall das gleiche«, sagte Berto. »Die Zeiten ändern sich rapide, und nichts wird je wieder so werden, wie es war.«

»Ich hasse Hubert Mallindaine!« rief Maggie. »Ich verabscheue Hubert Mallindaine!«

Und während sie in weiteren Ausbrüchen ihren Gefühlen gegen Hubert freien Lauf ließ, wurde ihr Mann von einer ungeheuren Eifersucht erfaßt; Maggies Gefühle gegen Hubert waren weit stärker als alle Gefühle, die sie ihm gegenüber an den Tag legte; und Berto, der in seiner eifersüchtigen Angst argwöhnte, daß sie ihn nicht mit der Intensität liebte, mit der sie Hubert haßte, war zu aufgewühlt, um sich darum zu kümmern, ob sie Liebe oder Haß ausdrückte; ihn kümmerte nur, daß Maggie etwas für Hubert empfand und nichts für ihn.

»Hubert«, sagte Maggie, »ist ein Mensch, den ich verachte, verabscheue und hasse und absolut gemein finde.«

»Er ist höchst verachtenswert«, meinte Mary.

»Die Angestellten hören dich, Maggie«, sagte Berto zerstreut, während er sie anstarrte wie einer, der über sein eigenes Schicksal entsetzt ist.

Lauro, als Vertreter der Angestellten, erschien, um sich zu erkundigen, ob er noch etwas zu trinken bringen sollte. Berto hatte seine Reise nach Le Touquet zum Pferdekauf abgeblasen. Er hatte gründlich nachgedacht, bevor er es getan hatte; er hatte gründlich nachgedacht und die ganze Zeit gewußt, daß er beschließen würde, die Reise abzublasen. Maggie hatte diesen Entscheidungsprozeß beobachtet wie jemand, der sich ein Pferderennen ansieht, wohl wissend, welches Pferd eigentlich siegen müßte, und es dann auch siegen sieht.

»Ich denke daran zu heiraten«, sagte Lauro.

»Wirklich? Jemand Bestimmten?« fragte Maggie.

Lauro machte ein ärgerliches Gesicht.

»Sie ist ein anständiges Mädchen aus einer sehr anständigen Familie. Sie war ein Jahr auf der Universität Pisa und hat Soziologie studiert, und sie ist erst zwanzig.«

»Und was macht sie jetzt?«

»Sie arbeitet in Rom in einer Boutique. Ihre Mutter arbeitet auch in einer Boutique. Ihr Vater ist tot; ich weiß nicht, wo er ist.«

»Was soll das heißen?«

»Ich weiß nichts über den Vater. Vielleicht ist gar kein Vater da. Die Familie der Mutter hat Land in Nemi, zwei Felder.«

»Nun, Lauro«, sagte Maggie, »du bist ein Glückspilz. Ist sie schön?«

»O ja«, antwortete Lauro, als verstünde sich das von selbst.

»Nun, warum bringst du sie uns nicht her?« fragte Maggie.

»Das würde sich mit dem Marchese nicht vertragen«, erwiderte Lauro mit einem Lachen.

Der Marchese war gegangen, und Lauro saß auf der Armlehne eines der mit blauem Baumwollstoff bezogenen Sessel in dem langen, gefliesten Zimmer. Er hatte die Jalousien geöffnet, um das milde Sonnenlicht des späten Oktobernachmittags einzulassen. Berto war oben und schlief. Mary und Michael waren auch nach oben verschwunden, von wo ihre Stimmen gedämpft zu hören waren. Die übrigen Angestellten hatten sich zurückgezogen; einige zu den Hütten hinter der Villa, wo sie ihre Unterkunft hatten; andere lungerten mit ihren ortsansässigen Freunden in den Bars herum, die am Kai aufgereiht waren und wohin die Fähren immer neues, geschwätziges Leben aus Neapel brachten, während die auslaufenden Fähren die vielsprachigen Besucher davontrugen, die ihren Tag oder ihre Wochen auf der Insel Ischia verbracht hatten. Lauro hockte lässig da, in einem frischen Hemd und Blue jeans, nippte hin und wieder an einem Glas Grapefruitsaft und unterhielt sich mit Maggie. Sie, in ihrem makellosen, bunten Hausanzug, lehnte sich in die blauen Baumwollkissen ihres Sessels und lächelte aus ihren hellen Augen und, wie es schien, durch den tiefen Bronzeton ihrer Haut.

Maggie überlegte, ob es Lauros natürliche Art war, von dem Mädchen zu sprechen, das er heiraten wollte, oder ob er seinen männlichen Stolz herausstreichen und sie irgendwie demütigen wollte, da er in Bertos Abwesenheit oft mit ihr schlief und, wenn Berto zurückkehrte, so sehr wieder der altmodische Bedienstete war; oder wollte er vielleicht, dachte Maggie, immer noch lächelnd, Geld unter dem Vorwand, daß er es für seine Hochzeit brauchte, und weil er wußte, daß sie, bisher, ihm gegenüber immer großzügig gewesen war? Maggie ließ sich diese Möglichkeiten durch den Kopf gehen, während Lauro auf seine beiläufige Art von seiner Freundin erzählte und von der Boutique, in der sie arbeitete, und davon, daß sie keine Ahnung hatte, daß er als Hausangestellter beschäftigt war.

»Ich bin Marys Sekretär«, erklärte Lauro Maggie, die erheitert murmelte: »Ganz recht, Lauro.«

Maggie dachte immer noch über die verschiedenen Motive Lauros nach. Sie nahm irrigerweise an, daß es tatsächlich verschiedene Gründe waren und daß Lauro fähig wäre, seine eigenen Motive zu analysieren, oder sich auch nur bemühte, es zu tun. Dabei hatte er es niemals für nötig befunden, für irgend etwas, das er tat, einen einzigen, isolierten Grund zu finden.

Dann sagte Lauro: »Ich hoffe, Mary wird es sich nicht zu sehr zu Herzen nehmen.«

»Oh«, meinte Maggie, »sie hat sicher nichts dagegen, dich als ihren Sekretär zu bezeichnen. Sie macht schon mit. Was spielt das schließlich für eine Rolle?«

»Ich meine, ich hoffe, meine Heirat wird Mary nicht bestürzen.«

Beinahe hätte Maggie geantwortet: Warum sollte sie? Doch sie dachte schnell und unterdrückte die Frage. Statt dessen lachte sie leicht und sagte: »Davon kann keine Rede sein.« Und sah mit Befriedigung, daß das Lauro ärgerte. Er will mich aus der Fassung bringen, dachte sie.

»Du weißt von Mary und mir?« fragte Lauro.

»Ich weiß, daß du ein sehr aktiver Junge bist«, erwiderte Maggie und lachte nochmals leise und blickte offen in sein Gesicht.

»Ihr Amerikanerinnen ...« sagte Lauro, den Blick erwidernd.

»Was ist denn mit uns?«

»Merkwürdige Frauen«, sagte er und wiederholte auf italienisch: *»Donne strane.«*

»Hör zu, Lauro, ich mache dir ein Hochzeitsgeschenk, ein anständiges. Mary schenkt dir auch etwas; von sich und Michael. Davon redest du doch, nicht wahr?«

»Nein, davon rede ich nicht«, widersprach Lauro. Er war wütend und begann zu schreien: »Sie glauben, Sie können alles kaufen, nicht wahr? Ich war Sekretär bei Hubert Mallindaine, und jetzt bin ich nur Butler.«

»Nun, ›Butler‹ würde ich nicht sagen«, meinte Maggie. »Ein Butler ist ein ganz spezieller Typ von Angestelltem mit einer ganz speziellen Ausbildung. Nein, als Butler würdest du dich wirklich nicht eignen. Ich habe dich immer als unseren Freund betrachtet, der für uns sorgt, als –«

»Als einen Diener«, schrie Lauro. »Ich muß die weiße Jacke tragen und diese schwarze Hose.«

»Nun, Lauro, das ist so üblich, und wir bezahlen dich gut. Bei uns geht es dir besser, als es dir bei Hubert je gegangen ist, und außerdem warst du im Grund nur sein Hausdiener, unter anderem. Das Wort ›Sekretär‹ –« Sie brach ab und wies zur Treppe hin, wo Schritte zu hören waren.

Lauro stand auf, und Berto erschien an der Windung der Treppe.

»Was geht hier vor?« fragte er Maggie. »Wer schreit hier so?«

»Lauro möchte von jetzt an als unser Sekretär tituliert werden«, erklärte Maggie. »Ich sehe nicht ein, warum er nicht Sekretär sein soll. Er will heiraten.«

»Sekretär? Was soll das heißen? Ich verstehe nicht«, sagte Berto.

Lauro war völlig verwirrt. Er war wütend über Maggies kühle Gelassenheit und Geistesgegenwart und über die Tatsache, daß er sich selbst ins Unrecht gesetzt hatte, indem er laut geworden war. Maggie, die immer noch lächelnd in ihrem Sessel saß, wußte genau, daß dem jungen Mann, selbst wenn er in diesem Moment die wildesten Wahrheiten über seine Beziehungen zu Maggie und möglicherweise zu Mary hervorstoßen sollte, aus Prinzip nicht geglaubt werden würde; daß er im Gegenteil sich tief in die Nesseln setzen würde.

Lauro starrte in Bertos ärgerliches Gesicht.

»Es ist vorbei mit dem Dienersein«, sagte er.

»Schön, schön«, versetzte Berto. »Du kannst gehen. Pack deine Sachen und geh! Komm morgen früh zurück, dann gebe ich dir deinen Lohn und dein Urlaubsgeld und alles, was dir sonst noch nach den verdammten kommunistischen Rechten für Domestiken zusteht. Aber steh hier nicht herum und beschimpf die Marchesa! In meinem Haus hast du deine Stimme nicht zu erheben, verstanden?«

Maggie ging der Gedanke durch den Kopf, daß Berto sich untypisch benahm; doch dann verflog er in der Hitze der Ereignisse wieder.

»Jetzt hören Sie mir mal zu«, schrie Lauro. Er war bereit zu einer langen, hysterischen Auseinandersetzung, wie er sie schon mehrmals zuvor in seinem Leben ausgefochten hatte, nicht nur mit Hubert, sondern mit dem Inhaber eines Nachtlokals, mit einem anderen Marchese, mit einem Polizeibeamten, der im vertraulichen Umgang die Contessa genannt wurde, mit seiner verstorbenen Mutter und mit sehr vielen anderen. In sprudelndem Italienisch zählte er die Beleidigungen auf, die er im Dienst der Radcliffes hatte über sich ergehen lassen müssen, und drohte, dem Finanzamt die falschen Steuererklärungen der Familie anzuzeigen, wobei dies letztere reine Mutmaßung war, wenn auch eine ziemlich wahrscheinliche. Er sagte, er würde vor Gericht gehen, weil er viel zuviel und ständig bis in die späte Nacht hinein hätte arbeiten müssen, mit dem Resultat, daß er jetzt eine Nervenkrise durchmachte. Tränen traten ihm in die Augen, als er seine Anklagen herausheulte und sich mit dem Klang seiner Stimme selbst mehr und mehr davon überzeugte, wie sehr man ihn gedemütigt hatte. Und nun hatte Berto sogar noch das Unerhörte getan und ihn mit dem vertraulichen »tu« angesprochen statt mit dem gesetzlich vorgeschriebenen »Lei«.

»Geh!« schrie Berto. *»Vai!«*

Majestätisch stand Maggie jetzt auf und breitete ihre goldenen Arme in einem Friedensappell aus. Von oben rief Mary herunter: »Maggie!«

Maggie ging zum Fuß der Treppe, während die beiden Männer einander zornig anstarrten, und rief nach oben: »Es ist nichts, Mary.«

Michael blickte über das Geländer. »Was ist los?«

»Bleibt oben, ihr beiden«, sagte Maggie. »Es ist nichts.« Dann kehrte sie zu den Kampfhähnen zurück. »Ich habe nicht ein Wort von dieser ganzen italienischen Tirade verstanden«, erklärte sie, »aber es klingt gräßlich. Berto, ich muß unter vier Augen mit dir sprechen. Lauro ist noch ein junger Mensch, und sie sind heutzutage alle so.«

Lauro spie zwischen ihnen auf den Boden und ging. Er stieg die Treppe zu seinem Zimmer hinauf, wo er die Tür hart zuschlug. Während oben Lauros Schranktür und seine Koffer polterten, ließ sich Maggie wieder in ihrem Sessel nieder und drückte die Hand an den Kopf.

»Es tut mir leid, Maggie«, sagte Berto sanftmütig und ganz überraschend.

»Oh, solche Dinge kommen vor.«

»Kann ich dir etwas zu trinken bringen?«

»Ja. Irgend etwas.«

Er brachte ihr einen Whisky mit Soda, und sie hörte das Klirren des Eises im Glas, als er es herübertrug. Seine Hand zitterte.

Von oben konnte man jetzt Michael in eindringlichem Gespräch mit Lauro hören; vielleicht versuchte er, ihn zu beschwichtigen.

Berto holte seinen eigenen Drink und hockte sich auf die Armlehne, auf der vor kurzem noch Lauro gesessen hatte. Das Eis in seinem Glas klirrte. Er war erregt.

»Es tut mir leid«, sagte er.

»Es ist lieb von dir, Berto, daß ich dir leid tue, aber er war wirklich nicht so schlimm, ehe du kamst.«

»Es tut mir leid.«

»Ich möchte nicht, daß er geht«, sagte Maggie. »Zumindest jetzt noch nicht. Er fängt womöglich an, Dinge herumzureden, und beschwört einen Skandal herauf.«

»Hat er über mich etwas gesagt? Was hat er über mich gesagt?«

»Nichts«, erwiderte Maggie, die wieder lächelte, »außer dem, was er dir ins Gesicht gesagt hat, und das war genug.«

»Oh, es hat mich nur interessiert, ob der kleine Schweinehund etwas über mich gesagt hat, da du annimmst, er könnte alles mögliche herumerzählen –«

»Ich meine Mary. Er könnte über Mary reden.«

»Was kann er über Mary sagen?«

»Ich weiß es nicht. Unter uns gesagt, Berto, ich weiß nicht, ob Mary mit Lauro nicht Dummheiten gemacht hat. Er schien so etwas anzudeuten.«

»Mary!« sagte er.

»Ja, Mary.«

»Das kann ich nicht glauben. Diese Jungen sind imstande, die tollsten Dinge zu sagen. Sie sind gefährlich. Was wollte er? Geld?«

»Ich nehme an. Aber du weißt, er ist stolz. Er nahm einen langen Anlauf, um darum zu bitten.«

»Er hat den Anlauf in der falschen Richtung genommen.«

»Wahrscheinlich.«

»Er muß dieses Haus verlassen«, erklärte Berto bestimmt, aber in melancholischem Ton, der auf Widerspruch hoffte.

»Vielleicht war es nur ein Sturm im Wasserglas«, meinte Maggie. »Es macht mir nichts aus, ihn unseren Sekretär zu nennen. Ich finde, es macht keinen Unterschied, wie er genannt wird. Er sagt, er möchte heiraten, und das Mädchen glaubt, er wäre Sekretär.«

»Ich glaube nicht, daß überhaupt ein Mädchen existiert.«

»Nein? Warum nicht?«

»Es gibt gewisse Dinge, die du nicht verstehst, Maggie. Du weißt zumindest, daß er Mallindaines Junge war.«

»Er schläft wahrscheinlich mit Männern und Frauen.«

»Unglaublich«, sagte Berto, offensichtlich gar nicht ungläubig.

»Du solltest einmal wie ein Vater mit ihm sprechen, Berto.«

»Ich?« sagte er. »Ich möchte nichts mehr mit ihm zu tun haben. Er ist eine Hure. Kommt in mein Haus und schreit meine Frau an ... Weißt du genau, daß er das über Mary sagte?«

»Nun, er machte Andeutungen. An die genauen Worte erinnere ich mich nicht.«

»Er ist ein Lügner. Es tut mir leid.«

Maggie, die sich plötzlich dem Eindruck nicht mehr entziehen konnte, daß Berto ziemlich oft »es tut mir leid«, gesagt hatte, warf einen kleinen Köder aus.

»Wenn wir ihn entlassen, was könnte er dann gegen *dich* sagen, Berto?«

»Alles mögliche«, antwortete er. »Alles mögliche. Aber es wäre nicht wahr.«

»Dann werfen wir ihn hinaus«, sagte sie. »Hausangestellte sind ein langweiliges Gesprächsthema. Das wäre also erledigt. Michael kann ihn zur Fähre fahren.«

»Er wird einen Skandal daraus machen«, sagte Berto. »Ich glaube, er wird sich doch beruhigen.« Er blickte zur Decke hinauf. »Michael scheint sich um ihn zu kümmern.« Berto war erregt, sprach bald leise, bald laut. Laut sagte er jetzt: »Und er soll sich gefälligst entschuldigen.«

Maggie sagte: »Ich gehe jetzt duschen.« Sie stellte ihr Glas hin und stand auf, warf noch einen Blick auf ihren leeren Sessel. Berto erhob sich höflich neben ihr, stand unsicher da, ängstlich darauf bedacht zu gefallen. Was man alles lernen kann, dachte sie, wenn man nur eine Stunde lang still in einem Sessel sitzt. Sie erinnerte sich des langen, zornigen Blicks, den Lauro und ihr Mann vor kurzem getauscht hatten. Es war ein wissender Zorn gewesen. Sie sagte sich, daß sie nie erlebt hatte, daß Berto bei den anderen Hausangestellten oder irgendeinem seiner Mitarbeiter die Beherrschung verloren hatte, gleich, wie dumm oder wie unbeherrscht sie gewesen waren. Berto machte sie klein, indem er tausend Meilen Eis zwischen sich und sie legte. Andererseits hatte sie ihn in kurze, wütende Wort- und Blickwechsel wie jenen mit Lauro verwickelt gesehen, wenn er mit seinem Bruder über ein Pferd debattierte oder über Politik mit einem Bekannten.

»Michael scheint es geschafft zu haben«, meinte Maggie lächelnd, als sie zur Treppe ging. Oben war Stille.

»Es tut mir leid, Maggie«, sagte Berto ein letztes Mal, als sie ihn verließ.

Lauro kam vom hinteren Ende, wo sein Zimmer war, durch den Flur und stellte sie, ehe sie ihr Zimmer erreichen konnte. Sie legte einen Finger an die Lippen.

Michael schwang die Tür seines Zimmers auf. »Mutter«, sagte er, »du hast Lauro verärgert.«

Mary erschien hinter ihm. »Wir müssen Lauro unseren Sekretär nennen, Maggie«, sagte sie. »Das ist nur gerecht.«

»Das finde ich auch«, erwiderte Maggie. »Schließlich ist Lauro ja im wahren Sinn des Wortes unser Sekretär. Ein Sekretär ist jemand, der Geheimnisse bewahrt. Was heißt Sekretär eigentlich auf italienisch?«

Niemand antwortete ihr. Mit einem raschen Blick auf Michael ging sie in ihr Zimmer. Weiß der Himmel, dachte sie, was da noch alles zu erwarten ist; alles mögliche kann sich direkt unter meiner Nase abgespielt haben. Alles mögliche. Sie zog ihre Kleider aus und drehte die Dusche an. Aber es war natürlich nicht unter meiner Nase, dachte sie. Es war irgendwo, wo ich nicht war. Lauro mit Mary. Lauro mit Berto; ausgerechnet Berto. Michael ... Weiß der Himmel.

Berto, dachte sie, während sie duschte, liebt mich dennoch. Mary und Michael lieben sich vermutlich auch. Und wer liebt Lauro? Wer macht sich was aus ihm? Er weiß, daß er in dieser kleinen Familie nicht geliebt wird; darum ging es wohl im Grund bei diesem Auftritt. Sie seifte ihre Brüste ein und massierte sie voll Behagen mit den Fingern. Lauro, dachte sie, weiß viel, und es ist nützlich, so jemanden zu kennen.

Als der Abend kam, waren ihre Feriengäste, die Bernardinis, mit ihrer englischen Hauslehrerin von einem dreitägigen Ausflug zu diversen Freunden an der Amalfi-Küste zurück. Als Berto mit der Medizin für Lauros Migräne von der Apotheke zurückkam, saßen die Gäste schon draußen auf der Terrasse mit Blick auf das Meer. Berto reichte die Flasche mit den Tabletten einem der Mädchen und befahl ihr, sie Lauro aufs Zimmer zu bringen; zwei Tabletten auf ein Glas Wasser. Dann rieb er sich die Hände, wurde munter und küßte Letizia Bernardini und Nancy Cowan je einmal auf jede Wange. Dann holte er Maggie einen Schal.

Beim Essen sprachen sie von Hubert und von Nemi, wohin sie alle bald zurückkehren wollten. Es kam ihnen dabei nicht in den Sinn, daß dieses letzte Viertel des Jahres, in dem sie sich befanden, des Jahres 1973, tatsächlich der Anfang von etwas Neuem in ihrer Welt war; daß es eine Veränderung in der Bedeutung von Besitz und Geld brachte. Sie alle begriffen, daß deren Werte sich veränderten, und sie sprachen von Zeit zu Zeit von Rezession und Inflation, von Verlusten an der Börse, geschäftlichen Fehlschlägen, guten Geschäften auf dem Immobilienmarkt; sie warfen sich wie Bälle die Ausdrücke der Wirtschaftsjournalisten zu und gebrauchten kritiklos die Redewendungen der Journalisten. Sie sprachen von der Börsenstimmung, von der Gesundheit der Wirtschaft, als handelte es sich um lebende Wesen mit Stimmungen und Blut. Sie personifizierten und dämonologisierten die abstrakten Wirklichkeiten ihres Lebens, hielten sie für im wesentlichen real, ja unveränderlich. Doch nicht einem dieser lebhaften und auf unterschiedliche Weise intelligenten Menschen an Bertos Tisch kam der Gedanke, daß eine völlige Wandlung unserer Ernährungslage bereits eingesetzt hatte, soweit der Begriff von Geld und Eigentum betroffen war; eine vollständige Wandlung, die sich nicht nur als ein Zusammenbruch des kapitalistischen Systems oder eine globale Rezession definieren ließ, sondern als ein solcher Umsturz in der Natur der Wirklichkeit, wie er nicht einmal Karl Marx oder Sigmund Freud vorgeschwebt haben konnte. Eine solche Umwandlung der Werte, daß das, was Vermögen war, Verbindlichkeit werden sollte und keine bewaffneten Wächter gefunden und genügend genährt werden konnten, um jene bewaffneten Wächter zu bewachen, die den Besitz, den sie bewachten, nicht schützen konnten, ob er nun in Banken gehortet oder auf streng begrenztem Gebiet aufgebaut war, ob es sich um Kunstwerke von unschätzbarem Wert handelte oder nur um Hieroglyphen, die in den Computern gespeichert waren. Ohne eine Ahnung von dieser Zukunft zu haben, saßen sie um den Tisch herum und sprachen, da sie alle Nemi verbunden waren, von Hubert. Die Gedanken an ihn ließen Maggie nicht los; mit Bitterkeit konzentrierte ihre Aufmerksamkeit sich auf ihn, während die Schlacht im Nahen Osten im warmen Spätoktober des Jahres 1973 zuckend zum Stillstand kam.

Wäre Letizia Bernardini, die ihre Jugend einem Idealplan territorialen Nationalismus gewidmet hatte, in diesem Moment fähig gewesen, in die Zukunft zu sehen, so hätte sie sie, fälschlich, als ein Leben betrachtet, das nicht wert war, gelebt zu werden. Doch an diesem Abend auf Ischia, als sie alle an Bertos Tisch saßen, schnitt Letizia nochmals das leidige Thema Hubert an.

»Es geht ein gewisser Zauber von ihm aus«, sagte Letizia, worauf Maggie sie zornig anstarrte und ihr Vater lächelte. »Er hat etwas von einem Hohenpriester an sich«, fuhr Letizia fort. »Ich möchte ihn gern häufiger sehen, wenn wir nach Nemi zurückkehren.«

Nancy Cowan bemerkte: »Meiner Ansicht nach ist der Mann ein einziger Schwindler.«

»Was!« rief Letizia.

»Wieso?« fragte Maggie zur gleichen Zeit, als ihr Mann sagte: »Schwindler inwiefern?«

Nancys ruhige Bemerkung löste jedenfalls eine Debatte aus, die sich einzig um Hubert drehte; sie achteten kaum auf das gute Essen, das sie verzehrten, und hörten nichts von dem sehr professionellen Diebstahl von Maggies Sommerschmuck, der inzwischen oben im Haus stattfand. Hier sind die Einzelheiten des Einbruchs:

Maggies Schmuckkollektion für den Sommer war ein Vermögen wert, obwohl sie weit weniger wertvoll war als ihr Winterschmuck und wiederum beträchtlich weniger wertvoll als der Schmuck, den sie Sommer wie Winter auf der Bank liegen hatte und nur zu höchst seltenen und höchst bedeutenden Anlässen hervorzuholen pflegte. Es war sowieso schwierig, ihren Schmuck gegen Diebstahl zu versichern; die Bedingungen der Versicherungsgesellschaften angesichts eines derartigen Risikos waren nicht nur so hochgeschraubt, daß die Versicherung sinnlos wurde, sondern auch lästig. Die Gesellschaften verlangten, daß der Schmuck in allen möglichen Sorten von Safes untergebracht und durch zahllose Sicherheitsmaßnahmen geschützt wurde, und selbst dann noch zeigten sie wachsendes Widerstreben, Schmuck, wie Maggie ihn besaß, überhaupt zu versichern. Im allgemeinen mied sie Hotels, und wenn sie in einem abstieg, nahm sie nur sehr wenig Schmuck mit, den sie, wenn sie ihn nicht trug, im Hotelsafe hinterlegte. Maggies größtes Problem war es, Schmuckdiebstähle zu Hause zu verhindern. Alarmanlagen waren immer wirkungsloser geworden, seit die Einbrecher selbst immer größeres Geschick zeigten, welche zu erfinden, patentieren zu lassen, zu verkaufen und schließlich für ihre Zwecke zu mißbrauchen.

Zwei Jahre zuvor hatte Maggie sich einen Plan einfallen lassen, um die Einbrecher zu überlisten. Sie war damals außer sich gewesen darüber, daß ein Gelegenheitsdieb entdeckt hatte, daß sie einen Teil ihres Schmucks in einer Wärmflasche aufbewahrte. Ihrem neuen Plan zufolge ließ sie in einem der Obergeschosse eines jeden Hauses, das ihr gehörte und in dem sie sich häufiger aufzuhalten pflegte, eine winzige Küche einrichten. Diese Küche, komplett mit Herd, Eisschrank und Spülbecken, war scheinbar für Hausgäste gedacht, die gern unabhängig sein wollten und vielleicht auf die Idee kamen, mitten in der Nacht Eier und Schinken zu braten oder einen Drink zu mixen. Diese Küchen in den oberen Stockwerken wurden nie benutzt, doch sie waren stets gewissenhaft mit Lebensmitteln und Getränken versehen. Um sie zu betreten, mußte man immer eine kleine Stufe von etwa vier Zoll Höhe hinaufsteigen.

Die Stufe war in Wirklichkeit eine Schublade, und in dieser Schublade, die nicht abgeschlossen und ganz unauffällig war, verschwand Maggies Schmuck.

Zwei Jahre lang war Maggie nicht mehr beraubt worden; bis zu diesem Abend auf Ischia. Betäubt von den schmerzstillenden Mitteln, die Berto aus der Apotheke mitgebracht hatte, schlief Lauro seine Migräne aus. Die anderen Angestellten waren unten mit der Bedienung beschäftigt. Still und unbemerkt legte an den Felsen unter Maggies Villa, von wo ein Lift nach oben führte, ein Boot an. Ein Mann blieb als Späher im Boot zurück. Zwei andere, jung, in T-Shirts und Blue jeans, fuhren, die Gesichter starr und traurig, mit dem Lift nach oben. Sie stiegen genau in dem Stockwerk aus, wo sich die kleine Gästeküche befand. Unten nahm das Abendessen seinen Gang, und Lauro schlief tief in seinem Zimmer.

Sie ließen die Aufzugtür offen, gingen direkt zur Küchentür und hatten innerhalb von Sekunden die Schublade in der Stufe aufgezogen. Sie leerten sie und stopften den größten Teil ihres Inhalts unter ihre Hemden. Den in Lederkästchen untergebrachten Rest trugen sie in den Händen und unter die Arme geklemmt, als sie mit traurigen Mienen und kaltblütig wieder nach unten zum wartenden Boot fuhren.

Dieses Unternehmen war das Ergebnis sechswöchiger Recherchen über Maggies Gewohnheiten; das Ergebnis unauffälliger Fragen, die man in den örtlichen Gasthäusern den Leuten vom Bau stellte, die mit der Errichtung von Maggies Gästeküchen zu tun gehabt hatten, den Bootsleuten, die die Villa kannten, den arglosen Hausangestellten, die sich darüber ausließen, wie lächerlich es war, daß die Marchesa sich oben in ihren Häusern Küchen einrichten ließ, die nie benutzt wurden; und es war schließlich das Ergebnis einer einfachen Schlußfolgerung, die man aus der Bemerkung eines Baulehrlings gezogen hatte, daß Maggie ganz überflüssigerweise extra einen anderen Bauunternehmer aus Mailand hinzugezogen hatte, um von ihm die Stufe zur Küche anfertigen zu lassen. Wenn es sich auch nur um Sommerschmuck handelte, der Wert der Beute rangierte weit oben in den Chroniken der Diebstähle dieses Jahres.

Es war gegen Ende des Diners, als Gefühle und Gedanken zum Thema Hubert noch um den Tisch kreisten, Nancy Cowan ruhig auf ihrer Meinung beharrte, daß der Mann ein Blender war, und Letizia ihn rauflustig verteidigte, während hie und da ein gemurmeltes Wort der Verachtung oder ein Ausruf der Verzweiflung von Maggie kam, als das Geräusch eines Außenbordmotors, das sich rasch vom Pier der Villa entfernte, einen der Diener veranlaßte, auf die Terrasse hinauszulaufen und vom Fels hinunter auf das davonfahrende Boot zu blicken. Mißtrauisch geworden, rief er eine der Angestellten und rannte zum Aufzug. Er drückte den Knopf. Nichts geschah. Der Aufzug saß mit offenen Türen unten am Felsstrand fest.

Erst als die Hausangestellte wieder auf die Terrasse vor dem Fenster des Speisezimmers hinauslief und vergebens zu Maggies Hauswächtern hinunterrief, bemerkten die Essenden am Tisch, daß etwas geschehen war.

»Was ist denn los?« fragte Maggie und schwenkte ihren Arm zur offenen Fenstertür hin.

Das Hausmädchen und der Diener erschienen gleichzeitig im Speisezimmer, voller Unruhe. »Da unten war ein Boot, das eben von hier abgefahren zu sein scheint, Marchesa. Es ist mit großer Geschwindigkeit davongefahren, und wir können die Wächter nicht finden. Diese Burschen sind furchtbar. Ich habe schon immer gesagt, daß sie nachlässig sind. Sie müssen ins Gasthaus gegangen sein.«

»Gehen Sie hinunter und suchen Sie sie«, befahl Maggie.

»Und die Aufzugtüren hat jemand offengelassen«, sagte die Frau. »Der Aufzug ist unten steckengeblieben.«

»Dann gehen Sie die Treppe hinunter«, sagte Berto, dem das Getue lästig fiel, und stand auf.

Der Mann und die Frau liefen über die Terrasse zu der gewundenen Treppe, die zu Maggies Felsstrand hinunterführte. Berto blieb stehen und blickte ihnen nach.

Das Boot war schon aus der Bucht verschwunden, steuerte wahrscheinlich eine andere Insel an oder eine verborgene, kleine Bucht an der neapolitanischen Küste.

Maggie sagte zu den anderen am Tisch: »Bleiben Sie ruhig sitzen. Letizia, Nancy, holen Sie bitte das Obst, ja? Diese Domestiken sind ja hysterisch.«

Die Köchin hatte sich zu Berto auf die Terrasse gesellt und schrie Fragen zu den Angestellten hinunter, die jetzt den Felsstrand erreicht hatten. Gleich darauf erschienen jene zwei der fünf Hauswächter, die eigentlich im Dienst hätten sein müssen; sie waren höchlichst erstaunt darüber, daß ihre Abwesenheit einen solchen Aufruhr ausgelöst haben sollte. Barsch rief Berto zu ihnen hinunter und fragte, wo sie gewesen wären, während gleichzeitig die Köchin Beschimpfungen typisch italienischer Art hinabsandte.

Nancy und Letizia trugen Obst und Käse zum Tisch; doch Maggie war jetzt aufgestanden, und auch Emilio Bernardini, dessen bleiches, glattes ovales Gesicht neben ihrem braunen, schimmernden leuchtete. Sie blickte von der Terrasse zu ihm, dann wieder zur Terrasse, dann zurück zu Emilio, sah ihm in die braunen Augen hinter der Gelehrtenbrille.

»Wissen Sie was«, sagte sie. »Ich gehe nach oben und sehe nach meinem Schmuck.«

Emilio machte ein ängstliches Gesicht, aber er lächelte und erwiderte: »Oh, ich glaube kaum ...«

Maggie war noch oben, als mit dem Wagen ein weiterer Gast eintraf. Er läutete mehrmals, ehe Emilio ihn einließ. Ein kleiner Mann mit sehr schwarzem, gefärbt wirkendem Haar und einem straffen, sehr gelifteten Gesicht. Er schien verständlicherweise überrascht, daß keine Bediensteten zur Tür gekommen waren, ihm sein Gepäck abzunehmen, und er begrüßte Emilio, der offensichtlich ein alter Bekannter war, herzlich, aber etwas abweisend.

»Maggie ist oben. Sie wird gleich herunterkommen. Die Angestellten haben Theater gemacht wegen eines unbekannten Boots, das in großer Eile unten vom Steg weggefahren ist. Berto ist unten am Strand. Lassen Sie alles in der Halle stehen. Kommen Sie herein. Haben Sie schon zu Abend gegessen?«

Der Mann sagte, er hätte bereits in Neapel gegessen. Nancy und Letizia waren vom Tisch aufgestanden und waren auf dem Weg die Treppe hinunter zu Berto und den Hausangestellten. Emilio führte seinen Freund in den Salon, wo sein Sohn Pietro saß, voll mürrischen Desinteresses an dem allgemeinen Getue und demonstrativ unbewegt. Hilflos drückte Emilio einen Klingelknopf. Wie als Antwort darauf erschien Maggie. Wild fuchtelte sie mit den Armen herum, und ihre Lippen bewegten sich in einem sprachlosen, wütenden Wortschwall stumm auf und nieder. An den Armen und um den Hals trug sie den Schmuck, den sie zum Essen angelegt hatte: Armbänder und lange Ketten aus Meeresmuscheln, die sie sich aus einer Laune heraus von einem Juwelier zusammen mit Rubinen und Brillanten hatte fassen lassen. Diese Schmuckstücke, die einzigen Sommerschmuckstücke, die sie jetzt noch hatte, machten ein Geräusch wie kleine Puppentassen, die in einer Puppenküche gespült wurden, während sie mit den Armen wedelte und ihr Mund zuckte. Sie sank auf das Sofa, als Emilio kam, sie zu stützen. Sein Freund war ebenfalls aufgestanden, reichlich verwirrt von der ganzen Geschichte. Pietro saß mit hochmütigem Gesicht reglos da.

»Was ist geschehen, Maggie?« fragte Emilio und setzte sich neben sie.

Maggie deutete auf den Fremden, und diesmal drang ihre Stimme durch. »Wer ist das?« fragte sie, den Arm mit den kostbaren Muscheln ausgestreckt.

»Maggie, was ist passiert? Sie haben einen Schock.«

»Wer ist das?« wiederholte Maggie. »Rufen Sie die Polizei. Lassen Sie ihn festnehmen.«

»Maggie, erinnern Sie sich denn nicht? Sie haben ihn eingeladen. Er wurde erwartet, Maggie. Was ist denn los mit Ihnen, meine Liebe? Das ist mein Freund Coco de Renault.«

Berto kehrte zurück, gefolgt von Letizia und Nancy.

»Nichts da unten«, meldete er. »Jemand ist mit dem Aufzug zum Wasser hinuntergefahren und hat die Türen offengelassen. Es muß einer von den Angestellten gewesen sein; aber sie bestreiten es natürlich.«

»Er muß festgenommen werden«, rief Maggie, immer noch auf Coco de Renault weisend, der sagte: »Was zum –«

»Er hat meinen Schmuck gestohlen«, sagte Maggie.

Da riß Coco de Renault das Kommando an sich.

»Diese Dame«, sagte er, »hat einen Schock erlitten.«

»Das scheint mir auch so«, sagte Berto, während Emilio fragte »Was ist denn geschehen, Maggie?«

»Mein Schmuck ist weg«, antwortete Maggie. »Er lag oben in der Küchenstufe, und jetzt ist er weg. Rufen Sie die Polizei, und halten Sie diesen Mann fest!«

Doch Coco de Renault schenkte schon Brandy und Soda für Maggie ein. Er ging zu ihr und beugte sich über sie wie ein Arzt und sagte mit fester, beinahe barscher Stimme: »Trinken Sie das.«

Maggie nahm das Glas und trank. Monsieur de Renault befahl darauf den beiden Mädchen, Maggie auf das Sofa zu betten. Aufgrund von Maggies Worten: »Mein Schmuck ... die Gästeküche ...« und in der Annahme, die Gastgeberin wäre von Natur aus psychisch labil und unausgeglichen, befahl er Berto, in Maggies Zimmer hinaufzugehen und nachzusehen, und trug Emilio auf, in der Küche Umschau zu halten. Dann wies er Pietro an, sein Gepäck auf sein Zimmer bringen und auspacken zu lassen. Maggie lag stöhnend auf dem Sofa. Berto machte ein verärgertes Gesicht, doch er ging nach oben, und Emilio eilte geschwind in die Küche, wo die Angestellten laut diskutierten und stritten. Pietro rührte sich nicht aus seinem Sessel, doch er streckte seine Hand aus und bimmelte mit einem kleinen Porzellanglöckchen, das in Reichweite lag.

»Die Angestellten in diesem Haus sind verwöhnt«, sagte er.

Monsieur de Renault stand in der Mitte des Zimmers und sah zu, wie seine Befehle ausgeführt wurden, den Kopf erhoben wie ein Konzertdirigent. In diesem Moment erschien Lauro an der Tür, mit bloßem Oberkörper und bloßen Füßen, nur in seinen Jeans.

»Wer sind Sie?« fragte Coco de Renault.

»Ich bin der Privatsekretär der Marchesa«, antwortete Lauro.

»Dann gehen Sie und ziehen Sie sich etwas Anständiges an«, fuhr der kommandierende Fremde ihn an. Lauro floh.

Bertos Stimme kam seinen Schritten voraus die Treppe hinunter.

»Es ist eingebrochen worden. Maggies Schmuck ist aus seinem Versteck gestohlen worden. Rufen Sie die Polizei. Rufen Sie –«

»Rufen Sie die Polizei an«, sagte Coco de Renault zu Pietro. »Schnell! Der Schmuck Ihrer Mutter –«

»Sie ist nicht meine Mutter«, sagte Pietro.

»Wer sind Sie dann?« fragte de Renault, als wäre er der Hausherr. Seine Frage klang so autoritär, daß sie selbst Berto einzuschließen schien, der jetzt im Zustand großer Erregung ins Zimmer trat.

Pietro sagte: »Ich bin Bernardinis Sohn«, und Berto sagte: »Ich bin Tullio-Friole, der Ehemann der Marchesa.«

Pietro wählte den Notruf.

»Guten Abend«, sagte Coco de Renault zu Berto. »Ich bin Emilios Freund –«

»Ach ja, Maggie erwartete Sie. Es tut mir leid, daß hier alles so ...«

Emilio kehrte aus der Küche zurück und sagte: »Es fehlt nichts. Die Angestellten sind –«

»Bitte kommen Sie sofort«, sagte Pietro ins Telefon. »Casa Tullio-Friole, der Marchese. Es ist eingebrochen worden.«

Lauro tauchte wieder auf, immer noch unangezogen und diesmal gewappnet, seiner Entrüstung Ausdruck zu geben.

Maggie wies mit schwacher Geste auf Coco de Renault.

»Er hat meinen Schmuck gestohlen«, murmelte sie.

»Maggie«, sagte Emilio geduldig, »das ist Monsieur Coco de Renault, mein Freund aus Argentinien, den Sie hierher eingeladen haben. Ihr Schmuck ist wahrscheinlich von gemeinen Dieben gestohlen worden, die mit einem Boot entkommen sind. Monsieur de Renault ist gerade in diesem Moment eingetroffen und in diese betrübliche Situation hineingeraten. Es ist mir natürlich sehr peinlich –«

»Maggie, Monsieur de Renault ist unser Gast«, sagte Berto, während Nancy in eine Serviette eingeschlagenes Eis auf Maggies Stirn drückte und Letizia Maggie die Hand hielt.

»Es bringt mich wirklich nicht in Verlegenheit«, erklärte de Renault. »Für einen Schock habe ich Verständnis. Es ist kaum vorstellbar, daß man mich im Ernst für einen Juwelendieb hält.«

Die Angestellten wurden von den beiden Polizeibeamten verhört, die wenig später eintrafen. Man sah sich Coco de Renaults Ausweispapiere ebenso an wie die von Nancy Cowan. Die Polizeibeamten schrieben die Paßnummern auf. Sie sahen sich mit einer gewissen Verachtung die Schublade in der Stufe der Gästeküche an. Sie äußerten Zweifel daran, daß die Diebe je gefaßt werden würden. »Der Schmuck wird jetzt wahrscheinlich schon irgendwo in den *quartieri* von Neapel auseinandergenommen.« Sie fragten, ob der Schmuck versichert wäre. Dann fragten sie, warum nicht. Und als sie hörten, daß sein Wert die Kapazität der Versicherungsgesellschaften überstieg, tauschten sie Blicke. Sie versprachen Berto, daß sie ihr Bestes tun würden, und Berto versicherte seinerseits, daß für die Wiederbeschaffung des Schmucks selbstverständlich eine Belohnung ausgesetzt werde. Der ältere der Beamten wechselte einige ironische italienische Redensarten mit Berto. Das Zeug würde niemals gefunden werden, das wüßten sie jetzt schon.

Lauro jedoch, außer sich vor Wut, wurde trotz Maggies Protesten, aber mit voller Billigung Coco de Renaults zum Verhör auf das Revier mitgenommen.

»Man kann *keinem Menschen* trauen«, sagte de Renault, als der Streifenwagen abgefahren war. Und er hatte mit seiner Behauptung jedenfalls insoweit recht, als er selbst binnen Jahresfrist Maggie mit List dazu verleiten sollte, ihm den Löwenanteil ihres Vermögens anzuvertrauen; einen so großen Anteil, daß im Vergleich dazu ihre Sorge über Huberts Verbleib in ihrem Haus oder Lauros kleine Nebeneinkünfte oder den Diebstahl ihres Sommerschmucks geradezu absurd wurde.

Immerhin hatte Maggie sich später am Abend so weit

erholt, daß sie aufrecht dasaß und die ihr verbliebenen Armbänder klirren ließ, als sie nach ihrem Drink griff und Coco de Renault um Rat fragte, wie Hubert aus dem Haus in Nemi entfernt werden könnte. Lauro war um diese Zeit vom Revier zurück, beschwichtigt durch die Tatsache, daß Berto dem Streifenwagen gefolgt und schnurstracks zum Kommissar gegangen war, um für ihn zu bürgen. Er hatte sogar den Präfekten in Neapel angerufen und Lauro insgesamt eine so gute Qualifikation bescheinigt, daß es einer Beförderung vom einfachen Soldaten zum General der Armee gleichkam. Lauro saß jetzt in seinen Jeans und dem leichten Baumwollpullover da, den er übergezogen hatte, als er zur Polizei gefahren war. Er saß arrogant da, so arrogant wie der junge Pietro.

Zehntes Kapitel

Die Wahrheit«, sagte Hubert, »ist nicht im wörtlichen Sinne wahr. Die wörtliche Wahrheit ist ein niedriger und gemeiner Begriff, der dem materialistischen Geist entsprungen ist.« Anmutig hob er den rechten Arm im weiten Ärmel seines in Grün und Silber gehaltenen liturgischen Gewandes von dem Pult, das vor ihm stand. Der erhobene Arm schien Erwartung zu signalisieren; gehorsam hielt die Gemeinde den Atem an. Huberts Auge ruhte auf Pauline Thin in der dritten Reihe, und er fuhr fort, als spräche er eine Prophezeiung aus, die der ganzen Welt galt, im besonderen aber an sie gerichtet war.

»Brüder und Schwestern des Apollo und der Diana«, fuhr Hubert fort, die Augen herausfordernd auf Pauline gerichtet, »von allen Seiten hören wir von den Übeln der Inflation und der katastrophalen Wirtschaftslage. Krasser Materialismus, sage ich. Die Idee von Vermögen und materiellem Besitz ist die Ursache für Meineid, Lüge, arglistige Täuschung und Betrug. In der Welt der Symbole und den Welten der Magie, der Allegorie und des Mystizismus hat die Täuschung keine Bedeutung, Lügen existieren nicht, Betrug ist unmöglich. Diese Phänomene existieren nicht, weil die materialistischen Verhaltensnormen, aus denen sie geboren sind, nicht existieren. Denkt gut nach über diese Worte. Heil der heiligen Diana! Heil Apollo!«

»Heil!« erwiderte die Versammlung. »Heil Diana und Apollo.«

In der zweiten Reihe flüsterten die Jesuitenpatres Cuthbert und Gerard aufgeregt miteinander.

Etwas über ein Jahr war seit dem Krieg im Nahen Osten von 1973 vergangen, und Hubert lebte recht gut von der darauffolgenden Krise. Er hatte eine Kirche gegründet. Sie pflegte die Verehrung der Diana, wie sie in ihren letzten Phasen praktiziert worden war, als ihr Bild durch den christlichen Glauben allmählich von dem Marias, der Mutter Gottes, überlagert worden war. Hubert predigte jetzt die späte Diana und die frühe Maria, und da das Öltrauma ein zweites dunkles Zeitalter wie das Frühmittelalter eingeleitet hatte, hatte er sich eine bunte Gefolgschaft von stets wachsender Zahl erworben.

Es war Herbst 1974, und Maggie war es nicht gelungen, Hubert aus ihrer Villa zu vertreiben. Zum Teil lag das daran, daß sie das ganze Jahr über so etwa alle sechs Wochen durch aufkeimendes Mißtrauen abgelenkt wurde, und zwar Mißtrauen hinsichtlich der Verschiebungen ihres Vermögens samt seiner Verästelungen von der Schweiz auf die holländischen Antillen und die Bahamas, von den Schnapsbrennereien Kanadas über New York in das Ladenkettenreich Kaliforniens und von den Militärstützpunkten in Grönlands Eisbergen zu den Hotels an Indiens Korallenstränden. Der geniale Monsieur de Renault war jetzt der Herr über Maggies Vermögensnetz. Mysteriös und ungreifbar, wie es war, konnte Geld der Art, wie Maggie es besaß, Blitzreisen rund um die Welt machen, ohne je seine Koffer zu packen oder seinen Platz in einem Flugzeug zu buchen. Ja, Geld jeder Art kann in Wirklichkeit nicht ausgegeben und nicht verschwendet werden; es kann nur entweder klug oder unklug oder auch mittels Gewaltanwendung von einer Hand in die andere wandern und ist, selbst farblos, geruchlos und geschmacklos, ein Pfand im Austausch gegen Farben, Gerüche und Gaumengenüsse, gegen Nahrung und Obdach und Kleidung und Darstellungen von Schönheit, je nachdem, wie Schönheit von der Person definiert wird, die sie kauft. Nur dem Schein nach vermehrt das Geld sich selbst; in Wirklichkeit vermehrt es die menschliche Rasse; selbst Geld, das für pompöse Begräbnisse ausgegeben wird, ist nicht verschwendet, da es die Kinder der Kinder des Bestattungsunternehmers nährt, so wie der Kadaver die Erde befruchtet.

Aber zurück zu Maggies Vermögen: Im Lauf des vergangenen Jahres hatte Coco de Renault das ganze Vermögensnetz neu organisiert; er hatte nahezu Meisterhaftes geleistet. Wie so viele in jenem Jahr fing er an, die neue Krisenterminologie zu verwenden, die vom derzeitigen berühmten amerikanischen Außenminister eingeführt wurde; Coco de Renaults Lieblingswort war »global«. Er brütete einen ansprechenden globalen Plan für Maggies Vermögen aus, der so kompliziert war, daß man hätte meinen können, er wäre ursprünglich von den Engeln als mathematischer Entwurf erdacht worden, um Gott bei der Erschaffung der Welt zu leiten. Er war völlig unergründlich, doch Maggie, deren reiche Zeitgenossen allmählich von tiefer Beunruhigung erfaßt wurden, verspürte zunächst große Befriedigung darüber, rechtzeitig etwas unternommen zu haben. Sie meinte, der brillante Monsieur de Renault aus Argentinien wäre eine Art perfekter Bombenschutz. Doch als die Monate des Jahres 1974 verstrichen, der Frühling in den Sommer und der Sommer in den Herbst überging, spürte sie immer wieder diese Anfälle von Beunruhigung, die sie in plötzlichen kleinen Schocks überfielen. Einmal entdeckte sie, daß ihr Verwaltungssitz, der zuvor in einem New Yorker Hochhaus eine ganze Flucht von Büros eingenommen hatte und mit drei Anwälten und zwölf Sekretärinnen besetzt gewesen war, die bei den wenigen Gelegenheiten, als Maggie dort Inspektion machte, zu verstummen pflegten, nun aufgelöst war. Pensionen und Abschiedsgeschenke waren dem Personal beschert worden. Die ehemals vermögensverwaltenden Juristen hatten wegen Vertragsbruchs Prozesse gegen Maggie angestrengt, doch Coco de Renault erledigte solche trivialen Ärgernisse außergerichtlich. Als Maggie bei der Entdeckung, daß es für ihr Vermögen keinen Verwaltungssitz mehr gab, ihren ersten kleinen Schock erlitten hatte, erklärte Coco ihr, daß ein Geschäftssitz genau das war, was sie vermeiden mußte. Er war ihr Hauptquartier, und sie mußte begreifen, daß er sich global um ihre Geschäfte kümmerte. Maggie beruhigte sich. Ein andermal gelang es ihr nicht, ihn unter einer seiner Telefonnummern rund um den Globus zu erreichen. Sie geriet außer sich, hing für dreieinhalb Tage oft stundenlang am Telefon, und zur gleichen Zeit brach in Venetien, von wo aus sie telefonierte, bei den Angestellten der internationalen Fernsprechvermittlung ein Streik aus. Während Maggie vergebens die Nummer des Postministers in Rom wählte, blickte sie zum Fenster von Bertos Villa hinaus und sah ihren Mann mit dem Pferdeknecht sprechen, als ginge die Welt nicht unter. Ihr schoß der Gedanke durch den Kopf, daß, wenn sie sterben sollte, ein riesiges, tränenreiches

Begräbnis stattfinden würde, zu dem eiligst der ganze italienische Adel nach Venetien herbeigeströmt käme, um sie in Bertos Familiengrab zu betten; und zwei Tage später würde Berto wie immer draußen im Garten stehen und sich mit dem Pferdeknecht unterhalten, während ihr Sohn Michael sich mit der Frage ihres Nachlasses befaßte.

Maggie fuhr nach Venedig und stieg in einem Hotel ab, von wo sie Coco zu erreichen suchte. Der Streik der internationalen Fernsprechvermittlung dauerte weiter an. Sie starrte aus dem Fenster und sah ein Plakat, auf dem stand: »Dem Poststreik in Venetien muß global entgegengetreten werden.« Auch nachdem der Streik vorüber war, ließ ihre Panik nicht nach, und sie wählte, immer noch in ihrem Hotelzimmer, eine Nummer nach der anderen auf der Suche nach Coco und ihrer Generalvollmacht. Sie versuchte es in San Diego, Kalifornien, Port au Prince, Hongkong, London, Zürich, Genf und St. Thomas auf den Jungferninseln. Dann versuchte sie es in Madras. Sie war seit zwei Tagen in Venedig, als Berto anrief, um sich zu erkundigen, was sie triebe. Ob sie beim Maskenball der del Macchis' gewesen wäre? Wie es Peggy ginge? Sie erklärte, sie versuche, Coco de Renault ausfindig zu machen. Er erwiderte, er glaubte, de Renault hätte angerufen, wenn er sich nicht irre. Maggie kehrte gleich in die Villa zurück und stöberte Coco innerhalb einiger weiterer qualvoller Tage auf. Die Furcht legte sich wieder.

»Ich war in Nemi bei Emilio Bernardini«, sagte er und lachte über ihren Bericht, daß sie ihn überall gesucht hätte.

Diese Konfusionen lenkten ihre Gedanken von Hubert ab, doch von Zeit zu Zeit meldete sich wieder der Ärger über sein hartnäckiges Verbleiben in ihrem Haus. Anfang des Sommers 1974 hatte sie, ohne daß Berto davon wußte, die ganze Geschichte mit Hubert in ihrer eigenen, redigierten Version einem obskuren Rechtsanwalt in Rom übergeben und ihn angewiesen, Hubert aus dem Haus zu entfernen, und zwar ohne Skandal. Der Anwalt erklärte sich prompt bereit, dies zu tun, wies aber nicht nur darauf hin, daß es angesichts der neuen italienischen Gesetze schwierig wäre, jemanden aus seiner Behausung zu vertreiben, sondern übertrieb auch noch diese Schwierigkeiten. Maggie beglich brav die hohe Vorauszahlung, die der Mann in Anbetracht der außergewöhnlichen Schwierigkeiten des von ihm übernommenen Auftrags verlangte. Wie es der Zufall wollte, brachte dieser Anwalt, wenn er auch nicht mehr der radikale Linke seiner kargen Studienjahre war, dem politischen linken Flügel immer noch sentimentale Sympathien entgegen und verabscheute alles, was seiner Ansicht nach Maggie verkörperte; gleichzeitig fühlte er sich durch ihre lebenssprühende und Reichtum atmende Gegenwart in einen zwiespältigen Zustand der Erregung versetzt. Die Erinnerung an jenes eine Mal, als sie mit ihrem Fall in seinem durch und durch alltäglichen Büro erschien, wurde zur Besessenheit; während die Monate verstrichen und Maggies unsichtbare Gegenwart hier und dort im Raum schwebte, während ihre Stimme am Telefon ihn einerseits an seine Verpflichtung erinnerte und andererseits an ihre vitale Persönlichkeit und ihr Geld, schienen ihm seine Kanzlei und sein Leben noch trauriger und alltäglicher. So daß er jetzt seiner Frau und seiner Sekretärin gegenüber eher aufbrauste als vorher. Tatsächlich kündigte die Sekretärin, und er mußte sich mit einer anderen, unqualifizierten behelfen. Maggie führte inzwischen ihr gewohntes Leben, ohne sich im geringsten bewußt zu sein, welche Wirkung sie auf den Anwalt gehabt hatte. Was Huberts Entfernung aus dem Haus anging, so hatte der Anwalt ihm einen ziemlich vage gehaltenen Brief geschrieben. Hubert hatte ihn zurückgeschickt, nachdem er folgendes unten hingekritzelt hatte: »Mr. Hubert Mallindaine sieht sich nicht imstande, dieses Schreiben zu begreifen, und retourniert es, in der Annahme, daß es fehlgeleitet wurde, an den Absender.«

»Sehen Sie«, erklärte der Anwalt Maggie am Telefon, »er kennt die italienischen Gesetze gut. Sogar wenn man sich eine gerichtliche Verfügung beschafft, dauert es zwei Jahre, ehe man sich seiner entledigen kann. Er wird den Zeitungsskandal machen, den Ihr Gatte befürchtet, und er kann den Prozeß vielleicht gewinnen, wenn er beweist, daß das Haus nach seinen Angaben für seinen eigenen Gebrauch gebaut wurde. Die Gesetze sind jetzt auf seiten des Mieters – immer. Und wenn er den Prozeß verliert, dann wird jeder annehmen, er wäre Ihr *amante* gewesen und Sie seien seiner überdrüssig.«

»Wissen Sie denn nicht«, fragte Maggie, »daß wir eine schwere Rezession haben? Wir können es uns nicht leisten, Häuser zu verschenken, und im Haus stehen wertvolle Möbel. Meine Louis-Quatorze-Möbel –«

»Sie sagten, er hätte sie restaurieren lassen?«

»Ich glaube, er kümmert sich um meine Sachen, ja. Es ist auch ein Gauguin-Gemälde im Haus. Ich möchte es haben.«

»Wenn er Geld für die Instandhaltung des Besitzes ausgibt, könnte er argumentieren, daß der Besitz ihm gehört, weshalb sonst sollte er Geld dafür ausgeben?«

»Sind Sie mein Anwalt oder seiner?« fragte Maggie.

»Marchesa, ich sehe den Fall objektiv und werde alles versuchen. Ich bin voll und ganz auf Ihrer Seite. Jeder weiß, wie unsere Gesetze heutzutage sind. Täglich kommen Hausbesitzer und Grundstückseigentümer in meine Kanzlei und jammern, daß sie ihren Mietern nicht kündigen und die Mieten nicht erhöhen können –«

»Aber er zahlt ja gar keine Miete, und mein Haus ist voll möbliert.«

»Das spricht noch mehr für ihn. Marchesa, Sie haben ihm zu lange erlaubt zu bleiben. Jetzt ist es wahrscheinlich zu spät. Ich werde alles versuchen, und ich kann nur versprechen, daß ich weiterhin alles versuchen werde. Wenn Sie mit meinen Bemühungen nicht zufrieden sind, Marchesa –«

»Oh, bitte, machen Sie weiter. Bitte. Ich verstehe die Schwierigkeiten durchaus«, sagte Maggie. »Aber ich habe gerade in diesem schrecklichen Augenblick der Weltwirtschaftslage viele Probleme, und ich möchte das Haus haben, um in der Nähe meines Sohnes zu sein.«

»Das Gesetz besagt, Marchesa, daß man, wenn man bereits eine Unterkunft hat, einen Mieter nicht mit der Begründung hinauswerfen kann, daß man das Haus braucht. Nur wenn man obdachlos ist –«

»Ich weiß, ich weiß. Tun Sie bitte etwas, bitte. Ich habe volles Vertrauen zu Ihnen –«

»Wenn Sie bei Ihrem Besuch in Rom mit mir zu Mittag essen würden, könnte ich Ihnen meinen Plan für die nächsten Schritte besser erklären, oder Sie könnten noch einmal in die Kanzlei kommen –«

»Nein, das ist nicht nötig –«

»Es wäre mir ein Vergnüngen. Oder könnte ich Sie in Venetien aufsuchen? Ich kenne das Land gut –«

»Was soll das heißen: ›Land‹? Es liegt doch noch in Italien.«

»Das ist unsere Ausdrucksweise. In Italien gibt es viele Länder. Es wäre mir ein Vergnügen, Sie aufzusuchen –«

»Im Moment kann ich gar keine Pläne machen«, sagte Maggie. »Bitte bemühen Sie sich weiter, und bleiben Sie mit mir in Verbindung.«

Der Anwalt schrieb wieder an Hubert, einen energischen, bestimmten Brief, geschickt abgefaßt, mit vielen Hinweisen auf den Gesetzestext, Artikel dies, Paragraph das, einschließlich der Kommas. Es war ein Brief, wie er bei den Zivilgerichten Italiens flammende Teilnahme für den Mieter entfachen mußte, während gleichzeitig der Anwalt untadelig dastand. Auf diese bürokratische Kommunikation antwortete Hubert telefonisch vom Dorfgasthof von Nemi aus.

»Hören Sie«, sagte er zu dem Anwalt, »das Haus gehört mir. Die Dame hat es mir geschenkt. Ich habe keine andere Bleibe. Warum verklagen Sie mich nicht einfach?«

»Von wo aus telefonieren Sie?« fragte der vorsichtige Anwalt, der fürchtete, die Leitung könnte angezapft sein.

»Vom Gasthof aus«, antwortete Hubert. »Hier in Nemi. Können Sie den Lärm nicht hören? Ich kann mir ein eigenes Telefon im Haus nicht leisten. Die Marchesa hat es sperren lassen.«

»Sagen Sie mir die Nummer, und ich rufe Sie zurück«, sagte der Anwalt. Er überprüfte die Nummer, die Hubert ihm angegeben hatte, und rief in dem Gasthaus an.

»Also«, sagte der Anwalt, »es ist so: Ich muß meine Pflicht tun, und ich habe Ihnen einen Brief geschrieben. Sie brauchen sich keine Sorgen zu machen.«

»Ich muß mir über vieles Sorgen machen«, sagte Hubert, »aber das Haus gehört nicht dazu. Warum schreiben Sie mir diese absurden Briefe?«

»Ich muß mich nach der Marchesa richten«, antwortete der Anwalt. »Wollen Sie meinen Rat? Sie schreiben mir als Antwort, daß Sie nicht gesund sind, und legen ein ärztliches Zeugnis bei. Sobald Sie wieder gesund sind, werden Sie Ihren Anwalt aufsuchen.«

»Ich bin kerngesund«, sagte Hubert. »Kein Arzt würde mir ein Zeugnis geben, und außerdem kenne ich in Italien sowieso keinen Arzt.«

»Schreiben Sie mir den Brief«, sagte der Anwalt, »und ich werde für das Zeugnis sorgen.«

»Das ist ungewöhnlich entgegenkommend von Ihnen«, meinte Hubert. »Warum kommen Sie nicht einmal hierher zu einem Plausch? Es wäre mir ein Vergnügen, Ihnen mein Haus und meinen Park zu zeigen. Schließlich weiß ich ja nicht, wie weit Sie mit Maggie zusammenarbeiten. Ich möchte da gern sicher gehen.«

Der Anwalt, der dick war, lachte mit dem satten Genuß der Dicken.

»Sonntag«, sagte er, »könnte ich mich davonschleichen und entkommen. Am Sonntag nach dem Mittagessen. Gut?«

»Gut«, antwortete Hubert.

Bis zum Herbst waren sämtliche Louis-XIV-Sessel durch sehr schöne Imitationen ersetzt; der Gauguin hatte einer Kopie Platz gemacht, für die Hubert einen sehr hohen Preis gezahlt hatte, aber natürlich nicht einen Preis von der Höhe, wie ihn der Gauguin einbrachte, der inzwischen sicher in die Schweiz geschmuggelt worden war. Er ersetzte auch einen Constable durch eine einigermaßen annehmbare Kopie; das Original hatte sowieso in einer düsteren Ecke gehangen, so daß die vielen feinen Unterschiede zwischen ihm und der Kopie im Schatten verschwammen. Ein Gemälde von Sickert mußte noch warten, da der Preis für eine gute Kopie inzwischen Ausmaße angenommen hatte, die einer Erpressung gleichkamen, und Hubert dabei war, eine andere Organisation unter die Lupe zu nehmen, die diskrete Kopier- und Exportdienste anbot. Ähnliches hatte er mit einem harmlosen Corot vor, der in der Toilette hing, und auch mit einem schattigen Turner, der, wenn auch klein, die ganze Wand des oberen Korridors beherrschte; dieses Gemälde jedoch, hatte einer der Experten Hubert heimlich mitgeteilt, war bereits eine Fälschung; eine teure Fälschung zwar, aber nicht so teuer verkäuflich, daß eine Kopie sich gelohnt hätte.

Somit lebte Hubert in sehr angenehmen Verhältnissen, als die Zeit kam, wo das Geldprinzip an Bedeutung verlor. »Ich weigere mich«, sagte er, »mich in meiner armseligen Lebensführung oder meiner Lebensanschauung nach dem Faßpreis für Rohöl zu richten ...«

Dennoch versäumte er es nicht, die Schlösser an den Haustüren häufig zu wechseln. Er warf nicht prahlerisch mit seinen neu erworbenen Geldern herum. Das Telefon blieb gesperrt, die Pflege des Gartens beschränkte sich auf ein Minimum, und an den Türen und Fenstern ließ Hubert aus Armut den Lack abblättern.

Der geübte Schwindler verdankt seinen Erfolg im allgemeinen einem offen zur Schau getragenen Selbstbewußtsein, das keineswegs vorgetäuscht ist. Im Gegenteil, es ist einer der wenigen authentischen Grundzüge eines Charakters, der mit Erfolg betrügt. Dieses Selbstvertrauen wird in solchem Maß ausgespielt, daß häufig hochmütig und verächtlich kleine, eklatante Widersprüchlichkeiten überdeckt werden, die bei einem schlichten Gemüt vielleicht Verwunderung und bei einem scharfen Geist eindeutig Mißtrauen auslösen könnten.

Pauline Thin war nicht besonders scharfsinnig. Doch in ihrem zweiten Jahr als seine Sekretärin und Gefährtin hatte sie hinreichend Erfahrung mit ihm, seinen Dokumenten und seinen täglichen Aussprüchen, um zu erkennen, daß zwischen Huberts Behauptungen und den Tatsachen eine Diskrepanz bestand. Gerade als Hubert mit Hilfe seines neuen Verbündeten, Maggies dickem Anwalt, seine religiöse Organisation gegründet hatte, entdeckte Pauline unter Huberts Papieren klare Beweise dafür, daß seine Tanten, verzaubert von Sir James Frazer und seinem »Goldenen Zweig«, mit einem Pseudogenealogen in Korrespondenz gestanden hatten; sie hatten ihn klar und deutlich angewiesen, ihre Abstammung von der Göttin Diana festzustellen.

Hubert hatte Pauline direkt in die Augen geschaut und ihr mit einiger Arroganz mitgeteilt, daß sie die Absicht seiner Tanten mißverstanden hätte, daß sie in manchen Dingen eine entsetzliche Ignorantin wäre, daß er ihr aber dennoch herzlich zugetan wäre.

Beeindruckt von seinem kühlen Selbstvertrauen las Pauline die Briefe noch einmal und war sprachlos. Und erneut sagte Hubert, während er das Bündel Briefe, das Pauline ihm in die Hände gedrückt hatte, tatsächlich selbst durchsah, sie wäre ein liebes kleines Dummerchen. Damit warf er die Briefe hin und ging davon, um sich mit irgendwelchen anderen Dingen zu befassen.

Am folgenden Tag, bei der Versammlung der Brüder und Schwestern Dianas und Apollos, hielt Hubert seine Predigt über die Natur der Wahrheit. Er hatte das Speisezimmer in eine Kapelle verwandelt. Die neue Welt, die, begierig nach den immateriellen Werten, aus der Asche der alten Welt zu steigen im Begriff war, hatte ihre ersten empfänglichen Anbeter hervorgebracht.

»Die Wahrheit«, wiederholte Hubert, als er seine Predigt abschloß, die Augen streng auf Pauline gerichtet, »ist nicht im wörtlichen Sinne wahr. Die Wahrheit ist niemals die ganze Wahrheit. Nichts als die Wahrheit ist immer eine Lüge. Die Welt gehört uns; sie ist, bildlich ausgedrückt, unser Kapital. Ich erinnere mich, wie meine Tanten, überzeugte Anhängerinnen von Diana und Apollo, stets zu sagen pflegten: ›Nie, nie darf man das Kapital anrühren. Man muß von den Zinsen leben, nicht vom Kapital.‹ Unsere Aufgabe ist es, die Welt zu erhalten und von ihren Früchten zu zehren. Niemals sollten wir vom Kapital zehren. Wenn wir es doch tun, bleibt uns nur die unfruchtbare und ungeschminkte Wahrheit. Lasset uns lobpreisen Diana, die Göttin des Mondes, die Göttin der Gezeiten, die Erdmutter der

Fruchtbarkeit, und Apollo, ihren Bruder, Bringer der Sonne und der Reife. Heil Diana! Heil Apollo!«

»Heil«, rief die Mehrheit der Gemeinde, während Pater Cuthbert Plaice seinem Jesuitenbruder Gerard zuflüsterte: »Es ist viel Wahres an dem, was er sagt.«

»Mir gefällt das, was er darüber sagt, daß die Erde unser Kapital ist«, erwiderte Gerard, der stets ökologisch dachte, »aber er vermengt es mit einem Haufen Mist, oder nicht?«

»Nun ja«, meinte Cuthbert, »das ist eben der Dünger, und selbst wenn es Mist ist, veranlaßt es die Leute, über die Religion nachzudenken, nicht wahr?«

»Ja, es ist wahrscheinlich ein Erlebnis, nicht?«

Glanzvoll wie ein Bischof *in pontificalibus* schritt Hubert, in seine grün-silbernen Gewänder gehüllt, durch den Gang und gab nach links und rechts seinen Segen, ehe er im Badezimmer verschwand, das jetzt in eine Sakristei verwandelt worden war.

»Miss Thin«, sagte Hubert, als Pauline nach ihm hereinkam, »erinnern Sie mich daran, daß ich eine geheime – ich wiederhole, eine geheime – Telefonnummer beantrage.«

Elftes Kapitel

Das Schlimme bei Berto ist«, sagte Maggie sachlich zu Mary, »daß seine Tempi absolut nicht stimmen. Er fängt *adagio, adagio* an. Zweite Phase, nun, die könnte man als *allegro ma non troppo* bezeichnen mit recht heftiger Gemütsbewegung. Im dritten Satz eine kleine Passage *con brio*. Dann folgt eine Art rechtschaffenes und pflichtbewußtes *Larghetto*, das manchmal von einem kurzen, erregten Rezitativ begleitet wird, und weiter geht's *lento*, weißt du, *andante, andante*, bis plötzlich ohne Warnung drei Grunzer kommen und alles vorbei ist. Ich frage dich, was für eine Art von Liebeskunst ist das?«

»Der Rhythmus ist sehr, sehr wichtig«, meinte Mary nachdenklich. »Bei allen Bemühungen im Leben. Was ist das für ein Rezitativ?«

»Ich verstehe mundartliches Italienisch nicht«, antwortete Maggie. »Das normale Italienisch ist schwierig genug, aber das ist irgendein Dialekt, den Berto bei diesen besonderen Anlässen gebraucht. Hinterher redet er von Pferden, daß Pferde manchmal das Futter verweigern, wenn man zuviel oder zuwenig mit ihnen arbeitet; oder daß Pferde manchmal Beulen auf der Haut bekommen, wenn sie zu stark oder nicht genug gefordert werden, ich weiß jetzt nicht mehr, in welchem Fall. Jedenfalls redet er hinterher oft von Pferden. Was für eine Art von Liebeskunst ist das?«

»Ich könnte dir eine Menge über Michael erzählen«, sagte Mary, »aber es ist dein Sohn, das hemmt mich.«

»Ich betrachte ihn kaum noch als meinen Sohn«, sagte Maggie. »Michael kann sehr rücksichtslos sein. Ich sehe ihn mehr als Sohn seines Vaters, und wenn er auch nur die geringste Ähnlichkeit mit Ralph Radcliffe hat, dann kommen einige Probleme auf dich zu. Ralph war ein Problem, aber sehr, sehr attraktiv. Berto ist überhaupt kein Problem, aber es ist langweilig, mit ihm ins Bett zu gehen, besonders, wenn du in meinem Alter bist. Du hast immerhin noch dein ganzes Leben vor dir.«

»Nicht das ganze«, sagte Mary. »Manchmal habe ich das Gefühl, ich vergeude meine besten Jahre, und ich weiß, daß Michael in Rom eine Freundin hat. Aber ich möchte, daß meine Ehe glücklich wird, wirklich.«

»Du kannst dir ja immer einen netten Zeitvertreib anlachen«, meinte Maggie, »während Michael in Rom bei seiner Freundin ist.«

»Na ja, aber das möchte ich eigentlich nicht.«

»Du mußt mich für ziemlich dumm halten«, sagte Maggie, »wenn du glaubst, ich wüßte nicht, daß du dir mit Lauro die Zeit vertreibst.«

»O nein«, rief Mary. »Das ist schrecklich. Sag das nicht.«

»Sei ruhig«, sagte Maggie. »Niemand sonst weiß etwas von dir und Lauro.«

Das Mädchen begann zu weinen.

»Ich wollte, daß meine Ehe glücklich wird.«

»Dann kann ich dir nur raten, versuche es weiter«, sagte Maggie, während Mary ihre Tränen mit einem Papiertaschentuch aus der Schachtel trocknete, die neben ihr stand. Sie trank einen großen Schluck von ihrem Wodka mit Soda und verschüttete etwas davon.

Im Frühlingssonnenschein des Jahres 1975 lagen sie in Badeanzügen auf der versteckten Sonnenterrasse von Bertos Villa in Venetien. Sie lagen Seite an Seite auf den dunkelblauen Matratzen, um in den zwei Stunden zwischen zwölf Uhr und dem Mittagessen die Vitamine der Maisonne einzusaugen. Maggie griff nach ihrer Körperlotion und verteilte sie über Arme, Brüste und Schultern; dann verrieb sie das, was noch an ihren Händen haftete, mutwillig auf Marys Bauch, so daß diese etwas von ihrer Nervosität verlor. Um einiges ruhiger, streckte Mary sich aus und murmelte feierlich: »Lauro bedeutet mir gar nichts.«

»Er stillt den Appetit«, sagte Maggie, »aber nicht die Leidenschaften, das finde ich auch.«

Ein strahlendes Lächeln breitete sich plötzlich auf ihrem Gesicht aus, als Lauro selbst auf der Terrasse erschien, in den Händen ein stummes Transistorradio und eine Flasche Wermut.

»Oh! Lauro«, sagte sie. »Ich dachte, Sie wollten sich den Vormittag freinehmen.«

»Ich hätte überhaupt nicht in dieses Haus kommen sollen. Ich bereue es. Das Personal ist fürchterlich. Lauter ordinäre Domestiken. Sie hassen mich. Ich bin nur mitgekommen, um Ihnen einen Gefallen zu tun. Ich hätte in Nemi bleiben sollen, wo ich für Mary und Michael arbeite. Ich bin nicht verpflichtet, der Familie zu folgen.«

»Ach, Lauro, Sie können jederzeit nach Nemi zurückfahren«, sagte Mary.

Er legte sein weißes Jackett ab, stellte die Flasche auf den Barwagen und streckte sich auf einer Matratze neben ihnen aus. Dann stellte er auf seinem Radio Popmusik ein.

»Guter Gott, wenn Berto das sieht, Lauro«, sagte Maggie. »Dann bekomme ich Vorhaltungen wegen Fraternisierung mit dem Personal.«

Lauro schleuderte das Radio ans andere Ende der Terrasse, wo es zu spielen aufhörte; in einem neurotischen Anfall sprang er auf, während er italienische Obszönitäten ausstieß, zog sein weißes Jackett über und ging.

»Mit ihm als Mensch bin ich fertig«, sagte Mary. »Er hat tatsächlich vor, dieses Mädchen aus Nemi zu heiraten.«

»Als Hausdiener solltest du ihn lieber behalten«, meinte Maggie. »Geschulte Hausangestellte sind schwer zu kriegen. Und er ist gut geschult, weißt du.«

So viel könnte über den vergangenen Winter berichtet werden: über die vielen plötzlichen Anwandlungen von Sorge über den Verbleib von Coco de Renault und über die vielen Schreiben, die in kopfloser Panik über Telex an nicht existierende Geschäftssitze in weiter Ferne abgesandt worden waren; unweigerlich pflegte Coco mit einer Erklärung und ausreichend Bargeld wieder aufzutauchen, um Maggie wieder in einen ausgewogenen Seelenzustand zu versetzen.

Bei einer Gelegenheit hatte er behutsam und tröstend angedeutet, sie wäre ein Opfer der Wechseljahre, und diese Dummheit von seiner Seite wäre beinahe das Ende seiner Beziehung zu Maggie gewesen, so heftig reagierte sie darauf. Berto mußte eingreifen und Cocos Fehler mit einiger Beredsamkeit wieder aus der Welt schaffen. Er erklärte Maggie, Coco hätte sich wahrscheinlich in sie verliebt.

»Das ist eine Art, auf die ein Mann, der liebt, eine Frau zu provozieren versucht«, sagte er zu Maggie. »Wenn es für ihn keine Hoffnung gibt, dann provoziert er.«

Und zu Coco sagte er unter vier Augen: »Wenn das, was Sie glauben, wahr ist, und das ist es wahrscheinlich, dann hätten Sie es gerade als letztes unterstellen sollen; die Wahrheit ist immer besonders schmerzlich.«

Coco unterwarf sich nachgiebig Maggies Stimmung und erklärte ihr sogleich, ihre Finanzgeschäfte blühten nur um ein geringes weniger erfreulich als ihre eigene Schönheit.

Es hatte in diesem vergangenen Winter so viele häßliche Auftritte mit Lauro gegeben; dann folgte zu Weihnachten eine Schiffsreise mit Mary und Michael in die Karibik, und darauf eine gemeinsame Woche in New York, wo Berto sich zu ihnen gesellte. Berto äußerte jetzt starke Zweifel an Cocos Integrität. Maggie verteidigte Coco mit Feuer; Coco lag ihr ständig damit in den Ohren, daß sie sich von einem jungen Maler, einem seiner Freunde, porträtieren lassen sollte.

Und die ganze Zeit über packte Maggie immer wieder der heftige Wunsch, Hubert aus dem Haus in Nemi zu werfen. So vieles könnte berichtet werden.

»Äras enden«, sagte Hubert in seiner neuen Wohlsituiertheit. »Sie enden eben.« Er hatte gerade in der Zeitung vom 15. Februar gelesen, daß Julian Huxley und P. G. Wodehouse gestorben waren. »Das Ende einer Ära...« hatten die Zeitungen vermerkt.

Doch dieser Tag im Mai 1975, beschienen von der Sonne des oberitalienischen Frühlings, erkor sich selbst unter all den anderen, einer jener Tage zu werden, an denen Komplikationen reifen; denn es gibt nun einmal besondere Tage, an denen Entdeckungen sich zeigen, an denen Ereignisse

Triebe sprießen lassen und aus den im Winter gelegten Keimen die ersten grünen messerscharfen Halme einer Krise hervorbringen. Maggie und Mary lagen vor dem Mittagessen ausgestreckt auf der Sonnenterrasse, während unten die Wahrscheinlichkeiten zusammentrafen, jene Ereignisse heraufzubeschwören, die von allen am wahrscheinlichsten sind, nämlich die unwahrscheinlichen.

Maggie sagte inzwischen zu Mary: »Wir sollten bald nach Nemi abreisen. Ich muß Hubert aus dem Haus hinauskriegen. Die kirchlichen Behörden müßten auf meiner Seite sein. Mit seinem Kult begeht er in meinem Haus ein großes Sakrileg. Er muß entlarvt werden, denn das Ganze ist natürlich absoluter Schwindel.«

»Ich würde gern einmal zu so einer Zusammenkunft gehen«, sagte Mary. »Wenn ich mich nur gut genug verkleiden könnte! Weißt du, Letizia Bernardini sagt, die Gottesdienste sind unheimlich begeisternd, wirklich wie ein Zauber.«

»Könnten wir nicht beide verkleidet hingehen?« fragte Maggie.

»Das würde er bestimmt merken. Er ist sehr, sehr scharfsichtig«, sagte Mary.

»Ich könnte den Menschen umbringen, wirklich«, sagte Maggie. »Um den Besitz geht's mir gar nicht so sehr, es ist der Gedanke, von ihm hereingelegt zu werden, der mich so wütend macht.«

»Ja, und dabei war er nicht einmal dein Liebhaber«, sagte Mary, sie anstachelnd wie gewöhnlich, da ihr die Mallindaine-Story zu einer der liebsten Fortsetzungsunterhaltungen geworden war.

»Er wüßte gar nicht, was er mit einer Frau anstellen sollte«, erwiderte Maggie.

Zwölf Gäste zum Essen an diesem Abend; mit Michael, Mary, ihr selbst und Berto machte das sechzehn Leute. Praktisch jeden Abend waren Gäste zum Essen da. Neue Freunde, alte Freunde, die aus Amerika herübergekommen waren, Italien zu besuchen, alte und neue Freunde von Berto. Maggie saß Modell für Cocos jungen Maler. Dann kam Mary an die Reihe. »Er hat euch beide verzerrt«, hatte Berto gesagt. In einer Welt sprunghaft aufeinanderfolgender Szenen war das Problem Hubert ein roter Faden, wenn auch Maggie selbst keine Ahnung hatte, wie dankbar sie sich daran festhielt.

Bertos Villa war berühmt. Seit den Anfängen der Fotografie war sie immer wieder fotografiert und davor in Radierungen, Zeichnungen und Gemälden abgebildet, von innen und außen bis ins kleinste beschrieben, von Dichtern besungen, von Gelehrten besichtigt, von Architekten aller Welt bewundert worden. Die Villa Tullio war in der Tat eine Schönheit; sie war auf zauberhafte Weise vollendet und in sich geschlossen. Sie war ein Bauernhaus, das dank des bäuerlichen Fleißes der ersten Tullios für den kultivierten Lebensstil von Bertos wohlhabenden Vorfahren in bezaubernder Lage an einem gezähmten Wasserlauf erbaut worden war. Jetzt, wo die Pläne dieses Hauses, wo jeder Winkel, jedes bauliche Detail in der ganzen Welt bekannt waren, wo Fotografien vom Inneren und Äußeren des Hauses und vom Originalgrundriß seit Jahrhunderten in gelehrten Handbüchern und Bildbänden veröffentlicht worden waren, war es für eine Bande routinierter Diebe kaum mehr der Mühe oder des Geldes wert, ihre Leute loszuschicken, um das Terrain zu sondieren. Doch sie taten es.

Es war zehn Minuten nach zwölf, als zwei ordentlich aussehende Männer in einem weißen Tourenwagen vor der prächtigen Haustür vorfuhren. Aus der Bibliothek, wo er melancholisch hinter der Balkontür gesessen hatte, trat Berto auf den oberen Balkon. Trat hinaus in die Schatten des schönen und hellen Giebelfelds. Er kannte die Leute nicht. Sie waren zu früh zum Mittagessen, also wahrscheinlich keine Bekannten von Maggie. Höchstwahrscheinlich waren sie Besucher, die fragen wollten, ob sie das Haus sehen könnten. Bertos Vorkehrungen für Touristenbesuche waren sehr lässig. Er hielt sich keinen Pförtner unten im Häuschen. War er abwesend, so pflegte sein alter Butler seinen sechsten Sinn darüber entscheiden zu lassen, wen er ins Haus ließ und wen er wegschickte. Regelmäßige Besuchstage wie für die prachtvollen und berühmten Bauten von Palladio gab es nicht. Meist war es so, daß die Besucher, die die Villa besichtigen wollten, vorher schrieben oder daß ihre Universitäten oder vielleicht auch ein Freund von Bertos Familie für sie schrieben. Es war wohlbekannt, daß Berto keine baulichen Veränderungen vorgenommen hatte; lediglich im Inneren waren neue Abflußanlagen installiert und Badezimmer eingebaut worden.

Berto war stolz auf sein palladianisches Juwel, und sein Herz neigte sich den beiden Ankömmlingen in dem Wunsche zu, sie möchten gebildete Touristen sein, die das Haus besichtigen wollten. So stark war dieser Wunsch, daß er die zwei auf den ersten Blick mit allen möglichen angenehmen

Eigenschaften versah. Sie stiegen die schöne Treppe hinauf, ein großer, weißhaariger Mann und ein ebenso großer junger Mann, beide gepflegt in frische Hemden und helle Hosen gekleidet; sie näherten sich dem Haus mit angemessener Bescheidenheit und verloren sich unter dem Balkon, auf dem Berto stand und auf ihr Läuten wartete.

Nach einigen Sekunden, währenddessen sich Berto vorstellte, daß sie die Kolonnade bewunderten, diesen kleinen Tempel von ausgewogener Form, und den mit Vorbedacht gewählten Blick, den man von dort genoß, läutete die Glocke. Berto zog sich vom Balkon in die Bibliothek zurück und hörte von unten das Schlurfen Guillaumes, der zur Tür ging, um aufzumachen. Guillaume war der alte Butler, den Bertos Vater vor zweiundsechzig Jahren als kleinen Jungen aus Marseille mitgenommen hatte und der, da er seines Wissens keinen Familiennamen gehabt hatte, längst mit einem versehen worden war – Marsigliese. Er führte praktisch das Regiment in der Villa, und Berto, der unter seiner Aufsicht aufgewachsen war, zweifelte selten sein Urteil an. Berto und Guillaume hatten eine Art gegenseitige telepathische Beziehung zueinander, so daß Berto genau verstand, welchen seiner Freunde Guillaume meinte, wenn er sagte, die Franzosen hätten angerufen oder die Deutschen wären vorbeigekommen oder die Römer würden vielleicht Besuch machen; und das, obwohl Berto eine ganze Anzahl von Bekannten hatte, auf die die jeweilige Definition hätte passen können. In gleicher Weise wußte Guillaume Marsigliese genau, welche Amerikaner zum Abendessen erwartet wurden, wenn Berto sagte, er hätte »die Amerikaner« eingeladen; zweifellos gab es für jeden

Bekannten einen etwas anderen Tonfall in ihren Stimmen, und nie kam es vor, daß ein Bekannter, über den sie auf diese Weise miteinander sprachen, mit einem anderen verwechselt wurde. »Die Amerikaner« erstreckte sich auch auf Mary und Michael und, vor ihrer Heirat mit Berto, auf Maggie.

Jetzt stieg Guillaume die ersten Stufen der schönen, geschwungenen Treppe hinauf. Um ihm die Anstrengung zu ersparen, trat Berto aus der Bibliothek und beugte sich über den vom gewundenen Geländer umschlossenen Schacht.

Guillaume blickte auf. »Leute«, verkündete er ohne weitere Erklärungen. *»Gente«*, womit er wissen ließ, daß die Besucher, wie Berto erwartete, Leute waren, die das Haus zu besichtigen wünschten. Und die Tatsache, daß er sie aufgefordert hatte, drinnen zu warten, daß er ihnen Hoffnung gemacht hatte, daß Berto sie empfangen würde, zeigte, daß er die Ankömmlinge nicht für unwürdig hielt, ohne sie deshalb gleich voll und ganz zu akzeptieren.

»Einen Augenblick«, sagte Berto, um sich selbst Zeit zu lassen, die Papiere aufzuräumen, die er studiert hatte, und seinen Besuchern Zeit zu geben, die Sorgfalt zu bewundern, die drinnen wie draußen auf die Instandhaltung der Villa verwendet wurde.

»Geh hinunter und sag ihnen, sie möchten warten.«

Seine Befehle an die Dienerschaft erschienen Maggie und Mary immer recht brüsk und arrogant; es war ihnen peinlich, und sie fühlten sich schuldbewußt, wenn Berto Befehle gab, besonders seinem alten Butler. Doch in Guillaumes Ohren klang Bertos Ton völlig normal; der alte

Mann beurteilte das, was sein Herr sagte, nur danach, ob es vernünftig war oder nicht. Guillaumes Leben war durch die Vertraulichkeit, die zwischen Lauro und den Amerikanern herrschte, erheblich in Verwirrung geraten. Diesen Befehl Bertos hielt er für vernünftig, und er kehrte um und schlurfte in die Eingangshalle zurück.

Nach einer Weile ging Berto hinunter, schüttelte jedem der beiden Männer höflich die Hand und erkundigte sich nach ihren Namen. Gleichzeitig musterte er das distinguierte silberweiße Haar des älteren Mannes, die interessante hellblaue Hose mit den weißen Nadelstreifen, das Jackett dazu, das der Mann über dem Arm hielt. Der Jüngere, der eine gutsitzende beigefarbene Hose aus irgendeinem knitterfreien Stoff trug, hielt einen dünnen Kunstkatalog aus Glanzpapier. Sie nannten ihre Namen, baten, die Störung zu entschuldigen und fragten, ob sie die herrliche Villa besichtigen dürften. Sie hatten nicht die geringste Ähnlichkeit mit dem Ungeheuer Caliban, schienen nicht entschlossen, Prosperos Tochter, die, wie viele meinen, die teure Muse Shakespeares verkörpert, Gewalt anzutun und sie zu vernichten.

»Kommen Sie«, sagte Berto. »Mit Vergnügen. Kommen Sie.«

Der jüngere Mann ließ seinen Katalog auf dem Tisch im Vestibül liegen, während Guillaume vortrat, um dem älteren Mann das Jackett abzunehmen.

Maggie, immer noch auf der Sonnenterrasse, drehte ihren herrlichen, in der Karibik gebräunten Körper herum und legte sich auf den Bauch; sie strich Sonnenöl auf ihre Arme.

»Ich will mein Haus in Nemi haben und meine Möbel und meine Bilder«, sagte sie. »Das ist nicht zuviel verlangt. Dieser Mensch löst mörderische Gedanken in mir aus. Sie triefen förmlich vor Blut.«

»Glaubst du, daß er irgendwelche Zauberkünste ausübt?« fragte Mary.

»Wir sollten zur Polizei gehen. Aber Berto ist so konservativ«, sagte Maggie. »Berto wäre schwarze Kunst noch lieber als ein Skandal.«

Lauro erschien wieder. Mürrisch trottete er dort hinüber, wo er das Transistorradio hingeschleudert hatte. Er hob das mißhandelte Gerät auf, schüttelte es, öffnete es und legte die Batterien neu ein, doch offenbar war es unter seiner Gewalttätigkeit verendet. Er warf es wieder auf die Terrasse und schenkte sich etwas zu trinken ein.

»Wo ist mein Mann?« fragte Maggie nervös.

»Er zeigt Leuten das Haus.«

»Was für Leuten?«

»Das weiß ich nicht. Sie kamen einfach hier an und fragten, ob sie das Haus besichtigen könnten. Guillaume hat sie hereingelassen. Zwei Männer, gut angezogen.«

»Wenn Berto so weitermacht, werden wir eines Tages noch alle umgebracht«, erklärte Maggie. »Sie sind alle gut angezogen. Sie können bewaffnet sein. Wir können alle gefesselt und durch den Kopf geschossen werden, während sie das Haus ausplündern.«

Mary kramte Puderdose und Lippenstift aus ihrer Handtasche. Sie kämmte ihr langes Haar.

»Ihr Mann ist viel zu sehr Gentleman«, sagte Lauro zu Maggie, »und der alte Guillaume ist nichts als ein hergelaufener Bastard. Seine Eltern hat er nie gekannt. Er ist auf der Straße aufgelesen worden. Keine Familie.«

»Was für Empfehlungen haben sie?« fragte Maggie. »Wer hat sie geschickt?«

»Keine Ahnung. Vermutlich niemand. Sie sind Kunsthistoriker.«

»Sie sind alle Kunsthistoriker«, sagte Maggie. »Jeden Tag kann man in den Zeitungen über diese Leute lesen. Man braucht doch nur daran zu denken, was mir im vorletzten Sommer auf Ischia passiert ist.«

»Das waren Burschen aus Neapel«, sagte Lauro. »Diese Männer sind Amerikaner.«

»Es würde mich nicht wundern, wenn Berto sie zum Mittagessen einlädt«, sagte Maggie.

Mary klappte ihre Puderdose zu.

»Wir sind heute nur zu sechst beim Mittagessen. Zwei mehr spielen da keine Rolle.«

»Sie könnten uns fesseln und erschießen und alles hier mitnehmen«, sagte Maggie.

»Ich habe einen Revolver«, verkündete Lauro. »Keine Angst. Ich gehe jetzt gleich und hole meinen Revolver.«

»O nein, keine Schießerei«, rief Mary. »Bitte fangen Sie nicht an, im Haus Revolver zu tragen. Das macht mich nervös.«

»Lauro ist wunderbar«, sagte Maggie und erhob sich. Wie eine braune Statue stand sie in ihrem leuchtendweißen zweiteiligen Badeanzug da. Sie nahm ihren orangefarbenen Frotteeumhang vom Rücken des Sessels und zog ihn mit hochmütiger Gebärde über. Mary stand ebenfalls auf, schlank und langgliedrig.

»Ich gehe zum Pool hinunter und schwimme noch eine Runde«, sagte sie, während sie sich in einen Bademantel hüllte.

»Ich gehe in mein Zimmer«, sagte Maggie. »Wenigstens mein Zimmer dürfen sie nicht besichtigen. Ich erlaube es einfach nicht, auch wenn es einer der interessantesten Räume ist.«

»Ich bringe Ihnen etwas zu trinken ans Becken, Mary«, sagte Lauro.

»Lauro, Sie sind ein Schatz.«

Gemeinsam stiegen sie die Treppe von der Sonnenterrasse hinunter, lauschten nach Stimmen, hörten aber keine.

»Ich glaube«, sagte Mary, »ich habe sie draußen gehört. Berto zeigt ihnen wahrscheinlich den Park.«

»Nun, wenn du so scharf darauf bist, sie zu sehen, dann versuch, sie vor dem Mittagessen loszuwerden«, sagte Maggie. »Ich möchte nicht, daß sie bleiben.«

Sie trat in den kleinen Aufzug, der zu ihrem Zimmer hinunterschwebte.

»Maggie«, sagte Berto, »die beiden Herren bleiben zum Mittagessen.«

Zwei Frauen mittleren Alters, Bertos Cousinen, die zum Mittagessen erwartet wurden, waren bereits eingetroffen, und Maggie sah, daß sich die beiden unbekannten Männer unbefangen mit ihnen im Vestibül unterhielten. Der jüngere Mann sagte gerade: »Byzanz war ein Zustand ...«

In königlicher Haltung schritt Maggie hinüber, um den beiden Männern vorgestellt zu werden. Auf dem Weg kam sie an dem Konsolentisch vorüber, auf dem der junge Mann seinen Katalog liegengelassen hatte. Mary stand mit dem Rücken zu dem Tisch, und als sie Maggie sah, murmelte sie: »Das verdammte Schwimmbecken war nicht geheizt. Der Gärtner hat vergessen –«

»Guten Tag. Kommen Sie doch herein«, sagte Maggie zu den Cousinen ihres Mannes. Dann streckte sie die Hand aus, um die neuen Gäste zu begrüßen, die bei Berto standen. Die kleine Gruppe am Konsolentisch teilte sich, und Maggies Blick fiel gerade in dem Moment, als sie ihre Hand in die des älteren Kunsthistorikers legte, auf das Bild auf der Umschlagseite des Katalogs. Sie ließ ihre Hand sinken, und aus ihrem lächelnden Mund kam ein Ausruf der Bestürzung. »Was ist das?« fragte sie und packte den Katalog.

Auf dem ansprechenden Umschlag stand in geschmackvollem Druck der Name Neuilles-Pfortzheimer, eines Schweizer Versteigerungshauses, das unter Gemälde- und Kunstsammlern berühmt war. Darunter befand sich die Reproduktion eines impressionistischen Gemäldes.

»Was ist das?« schrie Maggie, und der Kreis der Freunde um sie herum wich wie in heiligem Schrecken ein Stück zurück.

»Was ist was?« fragte Berto und spähte über ihre Schulter.

»Mein Gauguin!« rief Maggie. »Er hing in meinem Haus in Nemi. Was hat er in diesem Katalog zu suchen? Steht er zum Verkauf?«

Der jüngere der Kunsthistoriker sagte: »Oh, der wurde letzte Woche verkauft. Wir waren dort. Sie müssen sich irren, Madam.«

»Wie kann ich mich irren?« kreischte Maggie. »Kenne

ich vielleicht meinen eigenen Gauguin nicht? Da ist die Gartenbank und die Hütte.«

Alle sprachen zugleich, sprudelten ihre Einfälle heraus: Man sollte die Polizei anrufen; nein, nie die Polizei, die brauchen doch nicht zu wissen, was man hat; den Anwalt muß man anrufen; die Galerie, ja, Neuilles-Pfortzheimer müssen Sie anrufen, ich kenne den Direktor gut; ich kenne Alexander Pfortzheimer; rufen Sie doch in Ihrem Haus in Nemi an, wer ist der Hausmeister...?

»Kunstdiebe!« schrie Maggie und wies auf die beiden Gäste, denen offensichtlich entschieden unbehaglich zumute war. Sie waren ja in erster Linie hergekommen, um festzustellen, wie man am besten in den kleinen chinesischen Salon mit seiner kostbaren Jadesammlung gelangte. Man wollte zumindest die Pläne für einen zukünftigen Juwelenraub machen, und man hatte natürlich gewissenhaft vermerkt, wo Maggies Zimmer mit seinem Wandsafe lag, da bekannt war, daß sie ihren großen Rubinanhänger, ein Stück der in aller Welt verstreuten ungarischen Kronjuwelen, aus der Bank geholt hatte, um ihn zu ein, zwei Bällen der Saison zu tragen. Es nützte nichts, daß sie, wie das Mode war, lauthals behauptete, der Anhänger wäre nur eine Imitation. Die Gäste hatten auch Bertos unvergleichlichen Veronese, von dem sie bereits gehört hatten, an der Wand über der Treppe bemerkt. Mit Maggies Gauguin jedoch hatten sie nichts zu tun, und je lauter sie sie da in dem anmutigen Vestibül inmitten ihrer verdutzten Freunde bezichtigte, desto offenkundiger schien es, daß sie ihnen unrecht tat. Unbehaglich an der Sache war für die beiden Fremden nur die Aussicht auf die gefährliche Situation, die sich ergeben konnte, wenn die Polizei geholt wurde; sie steckten bereits in Frankreich in der Klemme.

Berto sah sie an und sagte besänftigend: »Es tut mir wirklich leid. Entschuldigen Sie vielmals. Meine Frau ist durcheinander.« Gleichzeitig legte er seinen Arm um Maggie, als wollte er sie vor den Bedrohungen eines bösen Geistes beschützen.

Mary gesellte sich zu der Gruppe und wenig später auch Michael, der, wie das in letzter Zeit immer häufiger vorkam, den Eindruck machte, als hätte er zuviel anderes im Kopf, um eine häusliche Krise zur Kenntnis zu nehmen. Er sah auf die Uhr. Mary beobachtete etwas neidvoll Bertos Geste der Sorge um Maggie; er sah wirklich sehr anziehend aus in diesen Momenten, in denen sich sein spontaner Charme zeigte, der ganz zu seinem Typ und seiner Generation gehörte; Mary kam gar nicht der Gedanke, wie albern und affektiert Michael gewirkt hätte, wenn er seine Augen so auf sie gerichtet hätte, wie Berto sie, so liebevoll, auf Maggie richtete. Sie bewunderte nur den gutaussehenden Berto und beneidete Maggie, die immer noch ihre Beschuldigungen herausschrie und nach Marys Ansicht solch edle Besorgtheit eigentlich nicht verdiente. Hätte Mary den Verdacht gehabt, daß von ihrem Eigentum etwas gestohlen worden war, so hätte sie in aller Stille und mit angebrachter List etwas unternommen. Maggie schrie immer noch, und Berto redete beschwichtigend auf sie ein, als wäre sie das wichtigste auf der Welt, die Gäste in seinem Haus das zweitwichtigste und der Gauguin völlig unwichtig.

Das Mittagessen verzögerte sich um vierzig Minuten, doch der Tumult hatte sich dank Bertos Strategie allmählich gelegt, und die Gäste waren in den grünen Salon geführt worden. Man hatte ihnen Drinks serviert, das gesträubte Gefieder ihrer aufgestörten Gemüter hatte sich geglättet, während Maggie, die es ablehnte, sich in ihr Zimmer zurückzuziehen, auf einem Sofa lag und sich einigermaßen beruhigen ließ. Berto wurde in seinen Bemühungen von seinen beiden Cousinen sehr unterstützt, Frauen von Autorität und List, die sich aus Familiensolidarität und um der dringenden Notwendigkeit willen, jeglicher Drohung einer Verleumdungsklage zu entgehen, eilig zusammengenommen hatten. Sehr bald gab man den verlegenen Kunsthistorikern neue Zuversicht, umfassende Erklärungen und bat sie zu bleiben; der Ältere blieb etwas nervös, doch beide überhörten großzügig die Beschuldigungen, die Maggie von ihrem Sofa aus noch dreißig Minuten lang immer wieder, wenn auch in langsam schwächer werdendem Ton, hervorstieß. Man ließ noch eine kurze Weile verstreichen, dann ging man zum Mittagessen ins Speisezimmer.

Berto hatte sich geweigert, vor dem Mittagessen auch nur das Geringste hinsichtlich des Gauguin-Geheimnisses zu unternehmen.

»Später, später, das muß warten«, sagte er. »Wenn das Bild gestohlen ist – nun, dann müssen wir einen Ermittlungsplan aufstellen, aber jetzt setzen wir uns erst einmal und trinken einen Aperitif vor dem Essen. Maggie, meine Liebe – Liebstes, sei ruhig. Wir trinken einen Aperitif, wir alle. Nur das Schlimmste kann geschehen. Nur das Schlimmste... So schrecklich ist das gar nicht... Das

Schlimmste geschieht dauernd vielen Menschen überall auf der Welt. Und nur das Schlimmste kann geschehen, Maggie, Liebes.«

Jetzt saßen sie in dem stilvollen Speisezimmer mit Blick auf den künstlichen See. Berto sah aufmerksam seine Cousine Marisa an; sie war die Nachrichtenüberbringerin, erhaben wie eine römische Statue, und konnte es kaum erwarten, daß Maggies alberner hysterischer Ausbruch sich endlich legte, damit sie die Neuigkeiten aus jener Welt berichten konnte, die für die versammelte Gesellschaft von Bedeutung war, ob die anderen nun verstanden, wovon sie sprach, oder nicht. Marisas Welt war die der weit verzweigten Verwandtschaft ihrer Familie, und nur sie konnte wissen, welche der Colonna-Cousinen welchen Lancelotti liebte und wie hoch die Mitgift sein würde; nur Marisa konnte wissen, wer voraussichtlich erbte, wenn der uralte Torlonia, wahrscheinlich innerhalb der nächsten Tage, sterben sollte; sie allein wußte, daß die Neffen Baring bei den Mailänder Pignatellis in Paris gewesen waren, um eine Regelung hinsichtlich der Gesellschaften in der Schweiz zu finden; all dies konnte nur Marisa wissen, da nur sie über allmorgendliche Telefongespräche einen Familieninformationsdienst in alle Richtungen unterhielt. Sehr häufig, wenn die Familie selbst nicht anrief oder nicht zu Hause anzutreffen war, bekam sie die gewünschten Informationen von einer alten Haushälterin. Und nun also brannte sie darauf, all diese Fakten Berto und ihrer Cousine, der mageren, frommen Witwe Viola, beim Mittagessen mitzuteilen; denn sie hatte einen ausgeprägten Sinn für das, was sich beim Mittagessen gehörte – was man aß, wie man sich kleidete, was man sprach; sie erwartete allen Ernstes, daß diese Familienangelegenheiten jeden Zuhörer in Bann schlagen würden; wenn nicht, was hatten die Fremden dann an Bertos Tisch zu suchen? Sie war sich der Faszination ihres Themas auf alle Anwesenden so sicher wie die antiken Dramatiker, die ihr Publikum mit nie endenden Variationen über das Tun und Treiben der Götter und Helden der Sagen packten. Ja, ihr Selbstvertrauen war solcher Art, daß es ihr tatsächlich gelang, die Aufmerksamkeit des Außenseiters zu fesseln; so unverständlich auch der Inhalt ihrer Erzählungen war, sie verlieh der italienischen Mythologie der alten Familien einen Hauch von zauberisch schillerndem Realismus.

Maggie war mit ihrem Glas starken Rye-Whiskys an den Tisch gekommen. Sie zitterte immer noch, beruhigte sich aber etwas unter dem Einfluß von Bertos Fürsorge und bemühte sich um Selbstbeherrschung, denn sie war entschlossen, sich keinesfalls von der Touristenattraktion Marisa ausstechen zu lassen. Maggie saß jetzt erschüttert, aber immer noch schön am Kopf des ovalen Tisches. Zu ihrer Rechten saß der ältere der Eindringlinge, die man zum Bleiben gedrängt hatte; er hieß Malcolm Stuyvesant. Neben ihm Mary mit Berto an ihrer rechten Seite, und neben Berto, am anderen Ende des Tisches, seine zweite Cousine, die schwarzgekleidete, bleiche Prinzessin Viola Borgognona, mit dem sehr dünnen Hals unter der Kette aus Samenperlen. Viola war ganz begierig darauf, Marisas neueste Fortsetzung der Familiensaga zu hören, denn hier bot sich ihr immer ein Vorwand, moralische Entrüstung zu zeigen und an die Familienskandale, Mesalliancen und Intrigen der Vergangenheit zu erinnern. Sie war sich genau wie Berto der Tatsache bewußt, daß dieses familieninterne Gerede uninteressant war für fremde Besucher oder neue Familienmitglieder, doch sie fand, diese Geschichten müßten allgemein bekannt sein, selbst wenn sie es nicht waren, und außerdem war es offensichtlich, daß sie die Leute nicht langweilten. Marisa hatte schon zu sprechen begonnen.

»Dino heiratet bestimmt wieder, wenn das Jahr um ist. Er geht jeden Morgen auf den Friedhof, und dann reitet er mit Clementine aus, aber die Eltern finden ihn natürlich zu alt. Was kann man dazu sagen?« Sie wandte sich ratsuchend an ihre Nachbarn, zuerst an Michael zu ihrer Linken, dann an den jüngeren der beiden Eindringlinge namens George Falk. »Was kann man dazu sagen?« fragte sie.

Berto war immer noch um Maggie besorgt. Er schlug jetzt einen ganz eigenen Kurs ein, der geeignet war, die Atmosphäre zu beruhigen. Er bestand darin, daß man in die Unterhaltung gewisse Worte einfließen ließ, die einen Bannkreis angenehmer suggestiver Bilder schlugen, und Berto besaß in der Ausübung dieser Kunst so viel Instinkt und Geschick, daß es ihm gelang, diesen Kurs zu steuern, ohne deutlich das Thema zu wechseln.

»Als ich jung war«, sagte Berto jetzt, »liebte ich eine Spanierin, die mit einem wesentlich älteren Mann verheiratet gewesen war; er war im Krieg gefallen. Aber obwohl ich die Frau sehr liebte, heiratete ich sie nicht, weil ich das Gefühl hatte, sie würde immer nur einen älteren Mann haben wollen, während ich natürlich nicht viel älter war als sie.«

»Nun, was Dino angeht«, fuhr Marisa fort, »so kann ich

dir versichern, daß er wirklich jeden Morgen nach seinem Besuch am Grab der armen Lidia mit ihr ausreitet.«

»Es ist so kühl auf diesem Friedhof, und es liegt immer ein so süßer Duft darüber«, sagte Berto. »Wirklich, es ist sehr romantisch. Einmal, als ich das Grab unserer deutschen Tanten besuchte, die auf dem kleinen Friedhof, ganz versteckt im Vatikan, beerdigt sind, hörte ich die Nachtigall, und plötzlich war es, als läge das Paradies dort über mir in den Baumwipfeln. Auch ich wäre danach gern mit einer schönen Frau ausgeritten und hätte sie geküßt.«

So machte er weiter mit seinen Phrasen wie »ich liebte sehr« und mit seinen »süßen Düften«, seinem »Paradies« und seiner »schönen Frau« und all den Lieblichkeiten der romantischen Dichtung. Und so abgedroschen jeder dieser Ausdrücke für sich allein war, so beschworen sie doch aneinandergereiht die Vorstellung von einem Leben herauf, das besser war als das wirkliche und gegenwärtige. Er sprach also weiter, und bald sah er, daß Maggies Hände auf dem Tisch sich entspannten und ihr Körper reagierte, wie eine wütende Katze auf eine zart streichelnde Hand reagiert.

Er sah, daß die Gefahr gebannt war, sie könnte erneut den Mund öffnen und weitere Beschuldigungen, irr wie die Toten, die in der Allerseelennacht aus ihren Gräbern sprangen, über ihre Lippen sprudeln lassen. Wäre sie eine Katze gewesen, so hätte sie jetzt wider besseres Wissen zu schnurren angefangen, und wenn ein analytischer Kritiker sorgsam alles aufgezeichnet hätte, was gesprochen worden war, so hätte er anerkennen müssen, daß Bertos Zaubertechnik ein außergewöhnlicher Genuß war, besser als das sehr gute Mittagessen, das sie verzehrten.

Mary sah Michael an, der als einziger der Gesellschaft in seine eigenen Gedanken versunken war, und dann sah sie Berto an und dachte wieder, wie anziehend er doch trotz seines Alters war; ihr war vorher gar nicht aufgefallen, wie gut Berto aussah, was für wunderbare Augen er hatte.

»Und bevor sie nach Baden fuhren, haben sie sich noch das neue Schwimmbecken im Garten anlegen lassen«, sagte Marisa gerade. »Sie mußten sehr tief graben, und stellt euch vor, sie fanden einen Marmorkopf aus dem ersten Jahrhundert. Dino sagte, sie graben jetzt noch tiefer, um den Rest zu finden.«

»Die Belle Arti wird sofort alles abbrechen lassen«, sagte Cousine Viola. »Man wird den Kopf dem Volk geben, und dann stiehlt ihn jemand und schmuggelt ihn ins Ausland.«

»Nun ja, sie mußten nach Baden abreisen«, sagte Marisa. »Aber ich bin sicher, ich bin ganz sicher, daß sie der Belle Arti kein Sterbenswörtchen davon gesagt haben.« Wieder wandte sie sich an ihre Nachbarn. »Die Belle Arti«, erklärte sie Michael zu ihrer Linken und dem jungen Schwindler namens George Falk zu ihrer Rechten, »ist unsere Kulturschutzbehörde, aber sobald man einen Fund meldet, lassen sie alle Arbeiten abbrechen. In Italien braucht man nur einige Meter tief zu graben, und schon macht man einen Fund. Wenn man jeden Fund der Belle Arti melden würde, dann könnte sich kein Mensch ein Haus oder ein Schwimmbecken bauen lassen.«

»Können sie sich auf die Angestellten verlassen?« fragte Cousine Viola.

»Was mir einmal passiert ist«, sagte Berto. »Ich half Guillaume dabei, einen Kaninchenstall zu bauen, weil er überzeugt war, daß die Kaninchen, die wir zum Essen kauften, giftig wären, und er eigene Kaninchen züchten wollte. Wir schaufelten dort hinter dem Obstgarten einen Graben aus, und ich spürte, wie mein Spaten gegen einen Stein stieß, der doch kein Stein war. Er fühlte sich nicht so an wie die Steine im Garten. Ich stellte also meinen Spaten weg und ließ mich auf die Knie nieder. Guillaume fiel aus allen Wolken. ›Aber was tun Sie denn da, Marchese!‹ sagte er. Ich scharrte mit meinen Händen in der Erde und sah eine Farbe, Blau, dann eine zweite, Rot. Es war der Augenblick meiner Träume – du erinnerst dich, Viola, die byzantinische Vase. Sie war natürlich in Scherben.«

»Sie steht im Museum in Verona«, sagte Viola, gelassen essend.

»O ja, sie kam ins Museum.«

»Du hättest sie behalten können«, sagte Marisa.

»Wie hätte ich sie behalten können? Doch der Moment der Entdeckung, das ist ein Moment, den niemand mir nehmen kann, nicht einmal die Kommunisten. In der Nacht ging ich noch einmal hin, um mir die Stücke im Mondlicht anzusehen. Wir ließen sie liegen, wo wir sie gefunden hatten, weil wir Angst hatten, sie zu zerbrechen, und Guillaume errichtete um sie herum einen kleinen Drahtzaun. Ich blickte hinauf zu den Wolken, die am Mond vorbeizogen, und dachte daran, mit welcher Liebe Guillaume den Zaun gemacht hatte. Es war *una cosa molto bella, molto bella* –«

»Sie haben viele schöne Dinge in diesem Haus«, sagte der jüngere Verbrecher.

»Erlesen«, sagte Mr. Stuyvesant, der ältere, der unter anderem Namen von der Interpol gesucht wurde. »Es muß wunderbar gewesen sein, mit ihnen aufzuwachsen.«

»Ich war als Kind nicht viel hier«, antwortete Berto. »Ich war sehr viel in der Schweiz und dann in der Schule. Doch als ich ein sehr junger Mann war, kurz vor dem Ausbruch des Krieges, ich erinnere mich, gaben wir hier einen Maskenball. Für einen Maskenball war das Haus etwas klein, aber es war eine Sommernacht; Sie können sich vorstellen, wie aufregend es für die jungen Leute jener Tage –«

Der Gastgeber mit dem Talent eines Troubadours wandte sich fragend Lauro zu, der still neben seinem Stuhl stand und darauf wartete, daß er fertigsprechen würde. Lauro war unerwartet erschienen. Hier in Bertos Villa, wo er ständig mit Guillaume und dem Koch aneinandergeriet, bediente er nicht bei Tisch. Mit einem kleinen fragenden Lächeln blickte Berto zu dem braunen Gesicht auf. Lauro sprach in schnellem Italienisch, sehr aufgeregt und erfreut, und Berto lauschte, die Augen auf Maggie gerichtet, bis Lauro zum Ende gekommen war, sich umdrehte und aus dem Speisezimmer ging.

»Auf dem Maskenball«, sagte Marisa über den Tisch hinweg zu ihrer Cousine Viola, »lernte Mimi de Bourbon Tante Clothilde kennen. Sie hatte sich gerade von dem Thurn und Taxis getrennt –«

»Maggie!« sagte Berto. »Weißt du, was Lauro mir eben sagte? Dein Gauguin hängt wohlbehalten in Nemi. Er ist in deinem Haus und nicht von der Stelle bewegt worden.«

»Oh, Liebster!« rief Maggie, in einen angenehm leichten Rauschzustand versetzt durch die wohlriechenden Essenzen von Bertos Worten.

Viola, die mehr von ihrer Cousine Marisa als von ihrem Vetter Berto hypnotisiert war, neigte den Kopf mit dem bleichen Antlitz auf Heiligenart zur Seite und sagte: »Tante Clothilde ist immer noch Vorsitzende des Waisenhauses Sankt Joachim. Sie tut Gutes. Sie hat sich seit den früheren Tagen nicht verändert.«

»Aber sie hätte sich verändern sollen«, sagte Marisa. »Doch das ist ein anderes Thema. Ich erinnere mich –«

Berto erzählte inzwischen, daß Lauro seine Freundin in Nemi angerufen hätte und daß diese unter einem Vorwand Huberts Haus aufgesucht und dort den Gauguin an seinem gewohnten Platz gesehen hätte.

»Woher wußte sie denn«, fragte Mary, »wo sie nach dem Bild zu suchen hatte?«

»Offenbar geht sie regelmäßig zu Mallindaines gräßlichen Versammlungen. Mondanbeter. Ihr könnt euch vorstellen –«

Maggie wandte sich an Mr. Stuyvesant. »*Ihr* Gauguin muß eine Fälschung sein«, erklärte sie glückstrahlend.

»Es ist nicht *mein* Gauguin«, erwiderte der Kunstdieb. »Er gehörte einem Kunden von Neuilles-Pfortzheimer und wurde als echt verkauft. Man sollte die Leute informieren.«

»Wäre es möglich«, bemerkte George Falk, der jüngere Gauner, »daß der Gauguin in Ihrem Haus eine Fälschung ist?«

»Er ist echt«, sagte Maggie und stand auf, um ihre Gäste zum Kaffee in den Wintergarten zu führen.

Michael erwachte aus seiner Versunkenheit und sagte: »Es könnte ja sein, daß Mallindaine eine Kopie anfertigen ließ. Das Original könnte er verkauft haben.«

»Ach was«, sagte Berto und trat zur Seite, um seine Gäste aus dem Speisezimmer gehen zu lassen.

»Wir sollten Fachleute hinzuziehen«, sagte Michael, »und das Bild auf jeden Fall von Hubert Mallindaine wegholen.«

»Da stimme ich völlig zu«, sagte Maggie.

Berto wollte eben Maggies Arm ergreifen, ehe sie hinausging, um ihr zuzuflüstern, daß sie sich jetzt, wo sie wußte, daß ihr Gemälde in Sicherheit war, und ihr erster Schock verklungen war, doch wirklich bei Mr. Stuyvesant und Mr. Falk entschuldigen könnte; er wollte eben sagen, das sollte sie wirklich tun, da wurde er selbst von Guillaume aufgehalten, während Maggie hinausschritt. Als Guillaume mit Berto allein im Speisezimmer war, gestand er, daß er seine Meinung über die beiden Besucher, die er vorher in Ordnung gefunden hatte, geändert hatte. »Ich glaube, sie führen nichts Gutes im Schilde«, sagte Guillaume.

»Aber wieso denn, Guillaume? Wie kommst du darauf?«

Guillaume schien unsicher, was er darauf erwidern sollte.

»Der Ältere hat sich Ragout über seine Hose gegossen«, war die zaghafte, einigermaßen phantastische Erwiderung. »Es ist ihm peinlich – ein großer roter Fleck, und er versucht, ihn zu verstecken. Direkt vorn.«

Berto, der alle vernünftigen Überlegungen unterdrückte und nur daran dachte, daß es das leichteste von der Welt sei, sich mit der Tomatensauce zu bespritzen, in der italienische

Köche mit Vorliebe ihre Pasta schwimmen lassen, war augenblicklich beunruhigt. Offensichtlich hatte Guillaume einfach ein äußeres Anzeichen zur Erklärung einer inneren Erkenntnis herangezogen, und es war diese Erkenntnis, auf die Berto sich verließ.

»Sieh mal, ob du mit seiner Hose etwas machen kannst«, sagte Berto. »Biete ihm etwas Körperpuder an. Ragout ist immer eine schmierige Angelegenheit. Aber ich verstehe nicht, was das im entferntesten damit zu tun haben soll, ob man dem bedauernswerten Mann traut oder nicht. So etwas kommt in den besten Familien vor. Auf seinen Charakter läßt das keinerlei Rückschlüsse zu.«

Im Wintergarten sah Berto Mr. Stuyvesant in kauernder Haltung sitzen; weit vorgebeugt, die Beine übereinandergeschlagen, hielt er seine Kaffeetasse. Dennoch konnte man auf der hellen Hose mit den Nadelstreifen, die Berto so sehr bewundert hatte, zahlreiche rote Flekken und Kleckse sehen. Er war froh, daß er Maggie nicht aufgefordert hatte, sich bei diesen Männern zu entschuldigen. Es fiel ihm jetzt auf, wie seltsam es war, daß offenbar keiner von beiden eine Entschuldigung erwartet hatte; nicht einmal nach Bekanntwerden der Nachricht, daß Maggies Gemälde noch in ihrem Haus war. Sie waren durch Maggies Ausbruch nicht in ihrer Ehre gekränkt gewesen, sondern nur verlegen. Das konnte ein Zeichen von Schuld sein. Man mußte vorsichtig sein mit den Leuten, die man in sein Haus ließ. Er blickte durch die Fenstertür hinaus zum Rasen, wo der junge Mr. Falk zwischen Maggie und Cousine Viola spazierte, und er blickte wieder auf Mr. Stuyvesant, der gekrümmt über seinem

Kaffee hockte. Guillaume war hereingekommen und stand abwartend da.

»Warum gehen Sie nicht mit Guillaume in die Anrichte«, sagte Berto, »und lassen ihn Ihre Hose säubern?«

Mr. Stuyvesant starrte ratlos auf seinen bespritzten Anzug und stieß ein kurzes Lachen aus.

»Nicht in die Anrichte«, sagte Guillaume. »Wenn der Herr in die Gästegarderobe geht, bringe ich etwas zum Reinigen.«

Ach ja, dachte Berto. Guillaume denkt an den Silberkasten. Nicht die Anrichte, nicht die Anrichte. Stuyvesant stand auf, um Guillaume zu folgen, während Berto, Ritter des Runden Tisches, galant bemerkte: »Scheußliches Zeug, Ragout.«

Er blieb am Fenster und beobachtete seine Gäste und seine Frau, die im Maisonnenschein im Garten umherspazierten. Lauro und Michael standen unter dem schönen Säulengang, der hinter das Haus führte. Lauro sprach ruhig, aber eindringlich, während Michael mürrisch zuhörte. Lauro warf einen Blick zur Fenstertür, fing Bertos Blick auf, grinste und begann wieder zu reden. Berto beobachtete Lauro mit toleranter Resignation. Er hatte kaum Zweifel daran, daß Lauro von Zeit zu Zeit eine bescheidene Geldsumme aus Michael herauspreßte; nicht viel, doch einen mäßigen Betrag dafür, daß er über die Geliebte in Rom den Mund hielt. Berto starrte auf Lauros schimmernden Kopf mit dem teuren Haarschnitt. Es war schwer, sich vorzustellen, daß er ein Geheimnis bewahren oder irgend etwas umsonst tun sollte. »Einmal eine Hure«, sagte Berto zu sich selbst, »immer eine Hure. Das ist meine Philosophie.«

Guillaumes Bemühungen, die Hose zu reinigen, waren nicht sehr erfolgreich. Mr. Stuyvesant bat um sein Jackett und sagte, er würde es über die Flecken halten, um sie zu verbergen. Man brachte ihm also sein Jackett. Er legte es über den Arm, holte seinen Freund und verabschiedete sich sehr eilig von der Gesellschaft. Berto, hinter sich Guillaume, sah ihnen nach, als sie abfuhren. Sie gaben Vollgas und brausten mit übermäßiger Geschwindigkeit davon.

»Guillaume«, sagte Berto, »ich glaube, du hast recht mit diesen Leuten. Sie sind davongefahren, als säßen sie im Fluchtwagen nach einem Bankraub.«

Guillaume murmelte in seinem Französisch-Italienisch vor sich hin. Berto ging davon, um Alex Pfortzheimer anzurufen.

Zwölftes Kapitel

Sehr verehrte Marchesa Tullio-Friole,
nachdem ich nun in der Eigenschaft Ihres rechtlichen Advokaten an Mr. Hubert Mallindaine in Nemi geschrieben habe, hinsichtlich des Kunstopus von Paul Gauguin und im Angesicht von Ihrer berechtigten Nachfrage wegen Verkauf des besagten Bildes in der Schweiz, und nachdem ich persönlich unseren Sachverständigen begleitet habe, der das besagte Bild in Nemi auf Mr. Hubert Mallindaines Bitte untersucht hat, muß ich mitteilen, daß dieses Bild in Nemi Kopie des Originals ist, ganz wie vermutet von der ehrenwerten Firma Neuilles-Pfortzheimer.

Aus diesem ergibt sich die Komplikation, die ich selbst vorhergesehen habe, aber Ihnen bis zu diesem Moment nicht mitgeteilt habe, weil ich nicht unnotwendig stören wollte. Das heißt, der oben erwähnte Mr. Mallindaine hofft, von Ihnen den Preis des Originals zu verlangen, welcher, wie er erklärt, Teil der Vereinbarung ist, die Sie mit ihm gemacht haben, als Sie ihm im Jahr 1968 das Land und das Versprechen auf das Haus vermachten, welchen Bau er drei Jahre nach seinen persönlichen Anweisungen überwacht hat; und der oben erwähnte Mr. Mallindaine erhielt Inneneinrichtung im Jahr 1972, 1. Juli, was insgesamt die Entschädigung für seine zehnjährigen Dienste als Ihr Geschäftsberater ausmacht. Weiterhin, gemäß Mr. Mallindaines Information, wurde das Opus von Paul Gauguin zu der Zeit Ihrer Schenkung als Original ausgegeben, welches er auch als solches akzeptiert hat. Das ist die Situation, in der ich natürlich mit allen Mitteln eine Konfrontation zur gegenwärtigen Zeit vermeide, da Mr. Mallindaine für diese Sache noch keinen rechtlichen Berater engagiert hat.

Es ist meine Hoffnung, daß Sie meine Veranlassungen billigen werden, die ich Ihnen erklären würde, wenn Sie geneigt wären, in einem guten Restaurant mit mir das Mittagessen einzunehmen, wo wir uns in Friedlichkeit an dem Tag Ihrer Wahl besprechen können.

In der Hoffnung auf Ihre sehr baldige telefonische Kommunikation verbleibe ich, sehr verehrte Marchesa,

Ihr ergebener
Massimo de Vita.«

Massimo de Vita, der obskure Anwalt, den Maggie beauftragt hatte, Hubert aus dem Haus zu werfen, saß in einer der Kopien von Maggies Louis-XIV-Sesseln und blickte auf den See unterhalb des Hauses, während Hubert den Brief durchlas, den der Anwalt am folgenden Morgen in Rom aufgeben wollte. Während er auf den stillen, grünen See starrte, dachte er an Maggie und stellte sich vor, wie sie in seine Kanzlei stürmte, ganz die Königin von Saba, seine Sekretärin noch empörter machte, als diese von Natur aus bereits war, und mit funkelnden Ringen an den gestikulierenden Händen verlangte, Hubert bei der Polizei anzuzeigen; worauf man, so träumte der Anwalt, während Hubert den Brief studierte, einige herrliche Momente damit zubringen konnte, sie zu beruhigen.

»Ausgezeichnet«, sagte Hubert. »Die Gedanken sind genau zutreffend, und das Englisch ist gerade richtig falsch.

Sie müssen verstehen, daß bei einer Frau wie der Marchesa alles mit Stil getan werden muß. Sobald man in seinem Verhalten einen Stilbruch begeht, nutzt sie das aus und walzt einen einfach nieder. Zweifellos glaubt sie fest daran, daß der Gauguin echt ist. Sie hat ihn ursprünglich gewiß zusammen mit vielen anderen ins Land schmuggeln lassen, folglich kann sie kaum öffentlichen Wirbel machen. Ich selbst habe an seiner Echtheit nie gezweifelt, sonst hätte ich ihn selbstverständlich niemals als Teilabfindung angenommen.«

»Stil, Stil«, wiederholte Massimo de Vita und grapschte nach der Vorstellung, als wäre sie eine Brotkruste und er ganz ausgehungert danach, wie er es tatsächlich war. Er war ein furchtbar häßlicher Mensch, wofür er an sich nichts konnte, und doch trug er selbst dazu bei, da er ständig unbewußt seine eigenen Gedanken verriet, niedrige, ja wirklich recht gemeine Gedanken. Er meinte tatsächlich, er hätte etwas Gewisses, das er Stil nannte; in Wirklichkeit war es aber ein aggressiver Zynismus. Stil in dem Sinn, wie er ihn zu haben glaubte, erfordert eine gewisse grundlegende Bescheidenheit; ohne sie gibt es keine Würde des Verhaltens. »Stil«, wiederholte de Vita und lächelte Hubert an, der gelegentlich tatsächlich einen gewissen Stil hatte.

»Schicken Sie ihr den Brief«, sagte Hubert und reichte das Schreiben zurück.

Man konnte jemanden die Treppe heraufkommen hören; gleich darauf betrat Pauline in Begleitung eines schlaksigen jungen Mannes den Salon. Massimo de Vita stand auf und begrüßte sie herzlich, während Hubert völlig ausdruckslos sitzen blieb.

Pauline stellte dem Anwalt den jungen Mann als Walter vor. Er war ihr Freund von der EG-Behörde in Brüssel, machte jetzt, wo der Mai in den Juni überging, gerade Urlaub in Italien und wohnte als Huberts Gast im Haus. Er hatte gelbes Haar und einen Schnurrbart von dunklerem Gelb. Hubert duldete ihn, wenn Walter auch für seinen Geschmack, wie er zu Pauline sagte, »zu okzidental« war. Zuerst hatte sie gemeint, er hätte »akzidentell« gesagt, und war verwirrt gewesen. Er hatte »okzidental« wiederholt, worauf sie immer noch verwirrt war, aber etwas weniger.

Müde von seinem Spaziergang ließ Walter sich jetzt auf das Sofa fallen, während Pauline sich den Brief vornahm, den ihr der Anwalt reichte, um eine zweite Meinung zu hören.

»Das Englisch stimmt hinten und vorn nicht. Ich bringe das in Ordnung«, sagte sie, als sie den Brief durchgelesen hatte.

»Sie werden nichts dergleichen tun«, sagte Hubert. »Das Englisch ist ein Ausdruck von Massimos Persönlichkeit, und außerdem, wenn es echte Scherereien gibt, kann man immer behaupten, es läge irgendein sprachliches Mißverständnis vor.«

»Was kann es da schon für ein Mißverständnis geben?« fragte Pauline. »Wir glaubten die ganze Zeit, der Gauguin wäre echt. Wir hätten ihn gut und gern als unser pièce de résistance für Notzeiten ansehen können. Und jetzt entpuppt er sich als Fälschung. Ich glaube, diese Frau hat die ganze Zeit gewußt, daß das Bild eine Fälschung ist.«

»Wundern würde es mich nicht«, meinte Hubert.

»Und wir haben noch einen Haufen Geld für die Reinigung ausgegeben«, sagte Pauline.

»Sie haben das Gemälde reinigen lassen?« fragte der Anwalt.

»Ja, ich habe es selbst nach Rom gebracht. Ich hatte Todesangst vor einem Überfall, daß man mich unterwegs berauben und entführen würde. Und ganz umsonst«, sagte Pauline.

»Sie brauchen niemandem etwas von der Reinigung zu sagen«, sagte Hubert. »Da würden uns die Leute höchstens auslachen. Gutes Geld für die Reinigung einer Fälschung hinauszuwerfen! Das könnte der Arbeit der Brüder und Schwestern von Diana und Apollo schaden. Die Bewegung steht an erster Stelle.«

»Wenn das Gemälde zur Reinigung gegeben wurde«, sagte der Anwalt, »sollte das nicht erwähnt werden. Die Marchesa darf nicht glauben, daß Sie genug Geld haben, es zum Fenster hinauszuwerfen.«

»Es ist wirklich ein wunderbares Bild«, sagte Pauline. »Für mich ist es jedenfalls echt.«

Walter sagte: »Nur darauf kommt es an«, und sah Hubert mit einem Gesichtsausdruck an, der ein wenig saurer war, als es einem Gast zukommt.

Die dicke Clara, das chronisch ausgenutzte Dienstmädchen der Bernardinis, blieb auf der Hauptstraße von Nemi stehen und setzte ihre Plastik-Einkaufstüten ab. Agata, das hübsche Mädchen der Radcliffes, blieb ebenfalls stehen. Sie kam vom Ende der schmalen Straße, wo sich das graue Schloß mit seinem hohen, alten Turm erhob. Es sah aus wie eine verrückte, unförmige Frau mit einem absurden Zylinder, die drauf und dran war, vom Felsen in den See zu springen. Agata war ziemlich mollig um die Hüften und den Bauch, sie war unübersehbar schwanger.

»Nun«, sagte Clara. »Nun, Agata, gibt's was Neues?«

Agata drängte sich an die Wand, um den Männern, die Obstkisten von einem Lastwagen luden, Platz zu machen. Sie blickte die armselige Straße des fruchtbaren Nemi hinauf, die in einer längst vergangenen Anwandlung von Euphorie oder Wunschdenken, als Italien noch Königreich gewesen war, zweifellos unter Glockengeläut und Fanfarenstößen, Corso Vittorio Emmanuele getauft worden war. Sie hielt schon ihr Papiertaschentuch an die Augen gepreßt. Dann zählte Agata die Geschlechtsteile zahlreicher Tiere einschließlich der Menschen auf und beschloß die Litanei, indem sie zusammenfassend erklärte, der Mann wäre einfach ein Tunichtgut.

»Und alle seine Toten!« erwiderte Clara, womit sie sagen wollte, daß sämtliche toten Angehörigen des betreffenden Mannes von Rechts wegen verdammt gehörten wie er selbst.

Da standen sie in der sonnigen Hauptstraße von Nemi und redeten, während um sie herum das geschäftige Leben weiterlief; die Maschinen in der Schmiede knirschten weiter, der Elektriker sauste in seinem knalligen Opel vorbei, der Obstlieferwagen stieß zurück, manövrierte vorwärts, stieß nochmals zurück und fuhr dann davon, während die Verkäufer lautstark darüber diskutierten, wohin das Obst in den aufgestapelten Kisten vor dem winzigen Laden gebracht werden sollte. Clara, deren listige Augen hin und wieder zum Obstladen wanderten, um die Preise der neuen Güteklassen zu inspizieren, hörte der jungen, verzweifelten Agata zu; sie hörte mit ihren listigen Ohren zu und schnaubte mitfühlend. Auf der anderen Straßenseite standen ein Carabiniere in seiner braunen Uniform und der Stadtschreiber im gebügelten Anzug, mit sauberem Kragen und Krawatte, und sahen einer scherzhaften Unterhaltung zwischen einem Schuljungen und einem Mönch in weißer Kutte zu. Hin und wieder wurden die beiden Frauen von eiligen Einkäuferinnen gegrüßt, die vorüberkamen und lächelnd auf den Bauch der unehelichen schwangeren Agata blickten; und derweil ging das ganze ewige Leben weiter, blind, unsichtbar und unversöhnlich, etwas, worauf noch keine magere, ausgehungerte Katze sich des Nachts mit glühenden Augen gestürzt hat, was kein Maulwurf oben in den Hügeln je unter der feuchten Erde entdeckt, keine Spinne mit Glück je gefangen hat; etwas, das selbst die weißen Schäfchenwölkchen nicht enthüllen können, wenn sie sich teilen; das ewige Leben, unauffindbar und dauernd, das nicht einmal die längst verstorbenen Ausgräber gefunden hatten, die die Felder des Heiligtums der Diana umgegraben hatten; sie hatten die Statuen und Bildnisse, die Weihegaben an die Göttin der Fruchtbarkeit mitgenommen, doch das ewige Leben war niemals mit der Beute fortgebracht worden; und selbst die Eidechse, die in zuckender Bewegung über die Felsen huschte, war niemals vom Schatten oder der Regung dieses ewigen Lebens erschreckt worden, das immer blieb und weiterging, während Clara und Agata schwatzten und allen Leuten im

Weg standen, obwohl das keinem auch nur das Geringste auszumachen schien.

»Könnte es von einem anderen sein?« fragte Clara.

»Nein, es kann nur von Lauro sein«, antwortete Agata. »Er möchte, daß ich es Mr. Michael in die Schuhe schiebe, aber Mr. Michael war zu der Zeit gar nicht da. Es kann unmöglich Mr. Michael gewesen sein, aber Mr. Michael hat mir angeboten, für eine Abtreibung zu zahlen, und Lauro behauptet, das Angebot wäre ein Schuldbeweis, und er heiratet jetzt sehr bald seine Verlobte; er ist zu allem bereit, um sich vor der Verantwortung zu drücken. Ich habe gesagt: ›Lauro, es wird ein Bluttest gemacht, und ich kann die Vaterschaft nachweisen‹, aber Lauro sagte: ›Michael hat Blutgruppe 0, und ich habe Blutgruppe 0. Du kannst – du weißt schon wohin – gehen mit deinem Vaterschaftsnachweis.‹ Es war schrecklich, ihn so auf mich fluchen zu hören, wo ich doch immer nett zu ihm war, wenn er es brauchte.«

Clara machte ein weises Gesicht.

»Du hättest eben nicht nett sein sollen zu ihm.« Und sie fügte hinzu: »Ich bin nie nett zu ihnen«, als hätte sie Gelegenheiten in Hülle und Fülle. Dann brachte sie es auf den Punkt: »Wenn Mr. Michael für eine Abtreibung zahlen will, dann muß er einen Grund haben.«

»Ich bin nie mit ihm gegangen«, sagte Agata. »Aber ich weiß von der Frau in Rom. Ich weiß alles darüber. Er hat sie sogar einmal ins Haus gebracht.«

»Was sagte denn da die Signora Mary?«

»Sie war nicht da. Jedenfalls möchte er mir helfen, und vielleicht möchte er auch, daß ich den Mund halte. Vielleicht wollte er mir nur aus Freundlichkeit helfen; ich weiß nicht. Aber eine Abtreibung wollte ich sowieso nicht, nicht einmal –«

»Sie tun nie etwas aus reiner Freundlichkeit. Überleg doch mal!« sagte Clara.

»Aber vielleicht gibt Mr. Michael mir etwas, um mir zu helfen.«

»Das muß er schon. Das muß er schon«, sagte Clara. »Er hat keine Wahl. Der Herr des Hauses... Überleg es dir selbst einmal und nimm dir meinen Rat zu Herzen. Laß dir von mir raten.«

Lauro saß im Wohnzimmer des neuen Bungalows hoch oben auf den terrassenförmig ansteigenden Felsen über den Wäldern und Höhlen von Nemi. Der Bungalow gehörte zu einer neuen Gruppe kleiner Häuser, die aussahen, als wären sie Eigentum eines adretten Schneewittchens. Lauros zukünftige Verwandte saßen um ihn herum, gutaussehende, langbeinige Leute, modern und, mit Ausnahme seiner Verlobten, schlank. Seine zukünftige Schwiegermutter hatte ein hübsches, sonnengebräuntes Gesicht und blondgesträhntes, kurzes Haar; sie war eine Frau, die man ohne weiteres für ein Mitglied des Freundeskreises der Radcliffes hätte halten können. Das gleiche hätte man nicht unbedingt von seiner Verlobten sagen können, mit ihrem langen, dunklen Haar und der etwas üppigen Figur, die in eine Bluse und Bluejeans gekleidet war; Lauro meinte, er könnte sie, wenn sie erst verheiratet waren, zum Abnehmen überreden. Die beiden Onkel jedoch, Brüder der Mutter, waren auch gutaussehend; der eine, Ende Dreißig, mit hellem Haar, das gut getönt und gepflegt und gerade so lang war, daß es seine Ohren bedeckte; der andere, ungefähr fünfzig Jahre alt, grauhaarig, mit Brille, sah aus wie ein Akademiker. Die Frau des letzteren war eine modisch überschlanke Frau mit kurzem, silbern schimmerndem Haar. Sie sahen alle aus, als arbeiteten sie in der Modebranche oder der Filmindustrie oder aber betrieben ein Nachtlokal und gingen häufig zum Friseur, um sich das Haar schneiden und tönen und die Nägel maniküren zu lassen. Lauro, der dies alles mit melancholischer Aufmerksamkeit wahrnahm, war stolz auf die äußere Erscheinung seiner neuen Familie, jetzt, wo der Moment gekommen war, da er durch die Forderungen des erbärmlichen Dienstmädchens Agata tatsächlich zur Verheiratung getrieben wurde. Undenkbar wäre es für ihn gewesen, Agata zu heiraten; er, ein stolzer Mann, der die Familiengeheimnisse und die Betten der Radcliffes und Tullio-Frioles geteilt hatte, ganz zu schweigen von der vornehmen und gleichermaßen unbekümmerten Gesellschaft, in der er sich in der Vergangenheit bewegt hatte. Gerade der Mangel an dieser Leichtherzigkeit in seiner neuen Familie, so präsentabel sie auch war, bedrückte Lauro. Er schnippte Asche von seiner Zigarette in einen sauberen Keramikaschenbecher, und sogleich stand seine Schwiegermutter in spe auf, nahm den Aschenbecher und leerte die feine Asche zum Fenster hinaus, so daß Lauro wiederum einen reinen Aschenbecher vor sich hatte, um seine Zigarette fertigzurauchen. Es war, als säße man vor einem Teller, der mitten in der Mahlzeit gegen einen frischen ausgewechselt wurde. Bis zu den Spitzen ihrer rot lackierten Nägel war die Schwiegermutter perfekt gepflegt. Das machte Lauro unglücklich, wenn er auch nicht genau sagen konnte, warum, da ja auch Maggie und Mary und all die anderen stets durchaus sauber und gepflegt waren. Es störte ihn auch, daß seine Verlobte, die Elisabetta hieß, sich Betty nannte. Es verdroß ihn zutiefst, daß diese Leute sich über die Hochzeitsfeier in der besten Trattoria von Nemi unterhielten, mit erstklassigem französischen Champagner, sieben Gängen und mindestens zweihundert Leuten, wenn man alle Verwandten und Freunde auf beiden Seiten zählte, natürlich auf Kosten der Familie der Braut, ganz gleich, wieviel pro Nase, weil Geld ja bei solchen Gelegenheiten keine Rolle spielte; sieben, acht Gänge, leichte Gänge, sagte Bettys schicke, elegante Tante, als wäre sie eine dicke Bauernfrau, sieben Gänge, so daß man mit dem Antipasto anfangen kann, vielleicht Schinken und Melone; dann die Suppe, eine kalte Consommé, sehr schick für den Sommer; an Pasta zwei, drei verschiedene Sorten, vielleicht Cannelloni mit Wild oder mit einer Füllung aus Spinat und Sahnekäse, dann Ravioli mit Tomatensauce und fettucine al burro mit Parmesan darüber, eine Auswahl; dann kommt der Fisch, Scampi im Bierteig; und dann ein Salat, Tomaten und Endivien schon angemacht; als nächstes sollte es unbedingt kaltes Fleisch geben, zum Beispiel dünn geschnittenen Kalbsbraten und Hühnerbrüste oder Fasan, und für den nächsten Gang dann etwas Originelles, vielleicht Shish Kebab, das ist Rindfleisch am Spieß mit kleinen Karotten, grünen Bohnen und Reis garniert; und dann einen grünen Salat mit Basilikum, sehr frisch, und schließlich eine Cremetorte, zum Beispiel St. Honoré, und danach das Obst, frisches Obst oder Macedonia nach Wahl, und dazu könnte man Petits-fours anbieten und ein paar Nüsse auf den Tisch stellen; dann natürlich Käse und Kaffee; die Pralinen reicht man mit dem Likör herum, Sambuca, Cointreau, Cognac, und die Braut schneidet den Kuchen; Bettys ältester Verwandter müßte einen Toast auf die *sposi* ausbringen, mit Champagner, da die Champagnergläser während der ganzen Mahlzeit immer aufgefüllt werden, und der *sposo* bringt einen Toast auf die Verwandten der Braut aus, und Bettys ältester Onkel bringt einen Toast auf die Verwandten des Bräutigams aus; und man reicht Zigarren herum; die Kellner sollten aus Rom kommen, damit sie wissen, was sie zu tun haben, und sollten in weißen Handschuhen servieren. Die Braut sollte Blumen aus ihrem Brautstrauß verteilen, und dann dürft ihr nicht vergessen ...

Lauro sah seine junge Braut an, und Panik lag auf seinem Gesicht, doch sie sah es nicht. Er geriet um so mehr in Panik, als sie wie gebannt ihrer Tante zuhörte, und das nach ihrer zweijährigen Beziehung zu Lauro und ihrer anschließenden Verlobung mit ihm; nach den unzähligen Malen, wo er ihr geschildert hatte, was für ein Leben er führte mit Michael und Mary, mit Maggie und Berto und ihren Freunden auf Sardinien, auf Ischia, in Venetien, in Marys Haus in Nemi mit den vornehm servierten Mahlzeiten, von denen nie jemand sehr viel aß, so daß alles in die Küche zurückgeschickt wurde, wo sich die Angestellten darüber hermachten, und mit dem witzigen und reichlich schamlosen Geplauder und Klatsch, stets von einem flüchtigen kleinen Lachen begleitet, nie aber von richtigem herzhaftem Gelächter. In der Welt, die Lauro kannte, gab es Schweigen zwischen den Gesprächen und hinterher Musik und Leerlauf, und vom Essen wurde überhaupt nicht gesprochen;

das gute Essen nahm man als selbstverständlich hin, und wenn die Männer über Weine sprachen oder die Frauen über gewisse Gerichte, so wie über einen Wissenszweig, den man an der Universität studiert, wie Kunstgeschichte oder Naturschutz. Zwei Jahre lang hatte Lauro Betty damit die Ohren vollgeblasen, doch, so schien es jetzt, völlig umsonst. So laut und eifrig und rasend schnell wie alle anderen plapperte sie drauflos, unterbrach ihre Gesprächspartner mitten im Satz, wie es ja die anderen auch taten. Es war ein riesiges Essenspalaver, das lauter und lauter anschwoll und Lauro in den Ohren dröhnte, während er den Ursprung seiner Bedrücktheit nur teilweise isolieren konnte, da die Familie ja durchaus einen sehr guten Eindruck machte und modern und wohlhabend und vornehm wirkte. Am liebsten wäre Lauro davongelaufen, doch ihm fiel Agata ein, wie sie in der Küche der Radcliffes gestanden hatte, eine Hand in die Hüfte gestemmt, mit der anderen auf ihn zeigend, und ihre Anklagen herausgeschrien und unter Tränenfluten mit der Rache ihres Vaters und ihrer Brüder gedroht hatte. Wohin hätte er flüchten sollen? Wenn er erst einmal mit Betty verheiratet war, dann war es zu spät, und Agata würde zu einem schimpfenden Bündel ohnmächtigen Zorns werden, entehrt für ihr ganzes Leben.

Das Thema Essen war erledigt, und jetzt sprachen sie über Geld und die Mitgift und die finanziellen Arrangements für das Paar und sein Haus. Betty sollte ihre Stelle in der Boutique in Rom behalten, und sie hatte ihren eigenen Wagen. Bettys Mutter stand kurz vor der Eröffnung einer neuen Boutique in Rom, und dann konnte Lauro seinen Posten als Sekretär der Familie Radcliffe aufgeben und sich das Geld, das ihm aus der Vertragslösung zustand, sowie noch etwas mehr auszahlen lassen; diese Leute schwammen schließlich im Geld.

Es kam der Moment, wo man Bettys ältestem Onkel das Wort überließ. Es war ein bedeutungsvoller Augenblick. Bettys Mutter füllte die Likörgläser mit einer süßen, sirupartigen Flüssigkeit und reichte sie mit kleinen, spitzenbesetzten Servietten herum, in deren Mitte sich eine kleine Rosette befand, auf die man das Glas stellte. Der Onkel sprach.

»Betty«, sagte er, »hat ein Recht auf ihren Anteil am Grundbesitz. Wir haben ein wenig Land.«

Damit zog er die elegante schwarze Aktentasche, die neben ihm auf der Armlehne des Sofas lag, auf seine Knie, öffnete sie und entnahm ihr einen Ordner. Aus diesem nahm er ein vielfach gefaltetes großes Dokument und eine Karte, die er auf der Marmorplatte des Eßtisches ausbreitete.

Lauros Interesse war geweckt. Der Gedanke an Agata und die Wut gegen sie verflogen ebenso wie die Erinnerung an ihre Anklagen und die etwas weiter zurückliegende Erinnerung an jenes Zusammensein mit ihr, als das berechnende Luder gerade im entscheidenden Moment, als er sich hatte zurückziehen wollen, behauptet hatte, sie nähme die Pille und es wäre nicht gefährlich. Diese erbitternden Bilder gingen wie im Film in jene Szene über, die sich gerade vor ihm abspielte, die Szene mit Bettys Onkel und ihrem Grundbesitz.

Bettys Familie bestand aus den Verwandten mütterlicherseits; der Vater war unbekannt, es hieß, er wäre tot.

Auch die Großeltern waren tot. Es blieben nur die Onkel, Miteigentümer der Felder, die auf der großen, aufgeschlagen daliegenden Karte eingezeichnet waren.

Lauro beugte sich über die Karte, den Arm zärtlich um Bettys rundliche Schulter gelegt. Er spielte mit ihrem Haar und berührte ihren Hals, während er auf die Karte blickte, denn die überraschende Vorstellung, daß sie so viel Land besaß, erregte ihn. Sie zogen mit dem Finger eine Linie. Bettys Anteil war ungefähr zehn Morgen groß und lag auf einem Plateau in den Felsen von Nemi.

»Aber da kann es nicht sein«, sagte Lauro.

Der Finger des Onkels zeichnete die Grenzen ein.

»Natürlich ist es da«, sagte er und nahm geduldig aus seiner Aktentasche die Eigentumsurkunden, anhand deren sich die Geschichte der Ländereien über fünf Generationen verfolgen ließ bis zu dem Tag, an dem sie in Bettys Hände gelangt waren.

»Es ist gutes Land«, sagte der jüngere Onkel. »Lieber ein paar *ettari* gutes Land als hundert Kilometer Einöde.«

»Aber ein Teil dieses Landes ist verkauft worden. Da steht ein Haus. Die Marchesa hat es gekauft, und ein Mr. Mallindaine, ein exzentrischer Engländer, wohnt darin. Ich habe mal für ihn gearbeitet.«

Bettys Mutter begann zu lachen. Der Onkel ebenfalls.

»Gewiß, sie hat es gekauft, aber nicht von uns«, sagte Bettys gepflegte Mutter. »Da tauchte plötzlich irgend so ein Rechtsanwalt auf und verkaufte es ihr. Er behauptete, er verträte die Kirche und es handelte sich um Grundbesitz der Kirche. Sie bekam gefälschte Eigentumspapiere. Wir haben natürlich nicht protestiert, als sie das Haus bauen ließ. Wir hielten es für besser abzuwarten.«

»Es gehört ihr nicht«, sagte Betty, »und das Haus ist illegal. Es ist *abusivo*. Wir können sie zwingen, es abzureißen.«

»Jederzeit. Wir können sie anzeigen.«

»Wir können die Polizei hinschicken«, sagte Bettys schlanke Tante.

»Weshalb sollten wir? Lieber sollen sie uns etwas zahlen als eine Strafe an den Staat«, sagte der ältere Onkel. »Wir können sie verklagen; aber sie wird es auf einen Prozeß nicht ankommen lassen. Sie wird zahlen.«

»Wenn du erst deinen Posten aufgibst, Lauro«, sagte Bettys Mutter, »kannst du der Marchesa einige Neuigkeiten bringen: sie hat ein ungesetzliches Haus und hat ohne Erlaubnis auf deinem Land gebaut.«

Bettys Mutter nahm Lauros Aschenbecher, obwohl er fast leer war, trug ihn in die Küche und brachte ihn gesäubert zurück.

»Das Eigentum an dem Grundstück«, sagte Hubert, »wurde Maggie am achten Februar neunzehnhundertachtundsechzig übertragen. Dieses Datum werde ich nie vergessen. Und Ende April wurde auf freiem Land, wo nie zuvor ein Haus gestanden hatte, mit dem Bau dieses Hauses begonnen. Es dauerte drei Jahre und zwei Monate, das Haus zu erbauen.«

»Und die Baugenehmigung?« fragte Massimo de Vita. »War die auch gefälscht, oder hatten Sie gar keine?«

»Selbstverständlich hatte Maggie eine Baugenehmigung«, erwiderte Hubert. »Ich weiß nicht, was sie damit gemacht hat. Wahrscheinlich liegt sie in einem ihrer Büros zur Aufbewahrung.«

»Schade, daß sie nicht früher zu mir gekommen ist«, sagte Massimo.

Er ließ sich gerade einen Bart wachsen, der allerdings noch nicht lang genug war, um das Doppelkinn zu verdekken, das einfach nicht verschwinden wollte. Er sah aufgeregt aus und war nachlässig gekleidet wie jemand, der, wie es auch tatsächlich der Fall war, mehrere Tage lang sehr viel gearbeitet hat. In dieser Zeit hatte er festgestellt, daß der Anwalt, der für Maggie den Grundstückskauf in Nemi geregelt hatte, nicht auffindbar war und daß sein Name nirgends in den Anwaltslisten von Italien verzeichnet war. Er hatte ferner herausgefunden, daß Lauros unverschämte Behauptung, das Land, auf dem Huberts Haus stand, gehöre seiner Verlobten, ganz und gar nicht unverschämt war, sondern stimmte. Die ganze Transaktion war ein Schwindel gewesen, die Dokumente Fälschungen, und das Grundstück, das angeblich der Kirche gehört haben sollte, gehörte in diesem Moment immer noch Lauros Braut.

»Ich hätte damals ihr Anwalt sein sollen«, sagte Massimo. »Jetzt muß ich ihr einen Brief schreiben und zusehen, wie ich sie aus dieser Patsche herausbekomme.«

»Sie hat mir das Haus geschenkt«, sagte Hubert trotzig. »Es gehört mir. Drei Jahre und zwei Monate lang habe ich den Bau überwacht; es war eine Qual; es ist eine Qual, in Italien etwas auf die Beine bringen zu wollen; dann bin ich eingezogen, und ein paar Monate später stellte Maggie die Zahlungen ein, die sie für den Unterhalt des Hauses versprochen hatte. Ich kann klagen.«

»Es ist meine Sache«, sagte der Anwalt, »festzustellen, ob Sie klagen können oder nicht. Zunächst wollen wir uns einmal die Fakten ansehen. Sie bewohnen dieses Haus – nein?«

»Ja«, antwortete Hubert kleinlaut.

Die Tür zur Bibliothek öffnete sich, und Pauline Thin streckte den Kopf ins Zimmer.

»Kaffee?« fragte sie munter.

»Hinaus!« brüllte Hubert. Pauline zog sich zurück.

»Aber Sie hatten keine Baugenehmigung.«

»Doch, eine Baugenehmigung lag vor«, erwiderte Hubert. »Ich erinnere mich, daß ich mir vom Anwalt Fotokopien geben ließ, um sie dem Bauunternehmer zu zeigen. Alles war in Ordnung.«

»Es war aber leider doch nicht alles in Ordnung«, sagte Massimo, »und am wenigsten der Anwalt. Dante de Lafoucauld! Was ist das für ein Name für einen italienischen Rechtsanwalt ... Sie hätten doch merken müssen – Sie hätten doch –«

»Was ist eigentlich los?« fragte eine aggressive Männerstimme von der Tür her. Sie gehörte einem Mann mit knochiger, sonnengebräunter Brust und mageren Schultern, auf denen ein Kopf mit gelbem Haar saß: Walter mit seinem dunkelgelben Schnurrbart, der vom Sonnenbad hereingerufen worden war und jetzt, angeödet von seinem Aufenthalt in Nemi und voll Groll auf Hubert, nur allzu erpicht darauf war, in Paulines Namen einen Streit vom Zaun zu brechen. Verschiedene andere Stimmen, männliche und weibliche, stellten hinter ihm Fragen und machten Bemerkungen; Pauline hatte einige junge Leute aus Nemi für den Tag eingeladen. Sie tat das in letzter Zeit sehr häufig und baute allmählich so etwas wie eine Kommune unter den schützenden Fittichen der Bruderschaft von Diana und Apollo auf; bisher hatte Hubert es für klug gehalten, seine Beunruhigung nicht zu äußern, obwohl diese jungen Leute ihm das ganze Haus mit Beschlag zu belegen schienen, überall nur Unordnung hinterließen und keinen Finger rührten.

»Hinaus!« schrie Hubert Walter an. »Ich bespreche ernste Geschäfte mit meinem Anwalt.«

Er stand auf und ging zur Tür, versetzte dem jungen Mann einen kräftigen Stoß, knallte die Tür zu und sperrte ab. Protestgeschrei wurde auf der anderen Seite der Tür laut und verklang nach einigen Minuten, als die jungen Leute in ihren Sandalen die Treppe zum verwilderten Garten hinuntersprangen, wo sie immer lagen, um die Verschlingungen des Unkrauts zu betrachten und ihre Körper mit der freundlichen Hilfe Apolls noch brauner brennen zu lassen.

»So«, sagte Hubert, als er etwas ruhiger geworden war, »und jetzt bitte ein Problem nach dem anderen. *Una cosa alla volta.*«

»Genau«, erwiderte der Anwalt, der sich in die Defensive gedrängt fühlte. »Es ist ja wohl kaum meine Schuld, daß –«

»Kommen wir zur Sache«, sagte Hubert. »Wenn Lauro heiratet, wird er also vermutlich versuchen, mich vor die Tür zu setzen.«

»Da bin ich nicht so sicher«, erwiderte Massimo.

»Oder sie werden Geld haben wollen. Viel Geld«, sagte Hubert, »dafür, daß sie den Mund halten.«

»Es könnte da mehrere Rechtsauffassungen geben«, sagte Massimo. »Das Gesetz ist sehr widersprüchlich.

Ganz gewiß werden sie Geld haben wollen. Ganz gewiß. Aber können sie es verlangen? Das Haus existiert nicht.«

»Ich spreche von diesem Haus«, sagte Hubert.

»Es existiert nicht. Wie kann es denn existieren? Es ist amtlich nicht eingetragen. Wenn in Italien ein Haus nicht amtlich eingetragen ist, dann ist es illegal gebaut worden, und wir nennen es *abusivo*. Die Familie, der das Grundstück gehört, kann die Marchesa zwingen, es abzureißen.«

»Aber werden sie das denn tun?«

»Das kommt auf ihre Einstellung an und darauf, ob eine Einigung erzielt werden kann. Es kommt auch darauf an, ob das Grundstück, das ihnen gehört, nur auf der Humusschicht liegt. In Italien kommt es manchmal vor, daß die untere Erdschicht jemand anderem gehört; sie könnte der Kirche oder dem Staat gehören. Auf jeden Fall könnte die Familie der Marchesa Scherereien machen.«

»Sie muß zahlen«, sagte Hubert. »Maggie muß ihnen eine Abfindung zahlen.«

»Selbst dann«, sagte der Anwalt, »können die Polizei oder der Stadtrat unter Umständen entdecken, daß es *abusivo* ist und dafür sorgen, daß das Haus abgerissen wird; aber es ist unwahrscheinlich, daß sie erfahren, daß das Haus *abusivo* ist, wenn nicht die Familie es meldet.«

»Aber es ist mein Haus. Maggie hat es mir geschenkt.«

»Sie hatte kein Recht, das zu tun. Es existiert nicht.«

»Sie muß Wiedergutmachung leisten, wenn das Haus abgerissen wird«, sagte Hubert.

»Oh, gewiß würde sie das tun müssen, wenn sie es Ihnen geschenkt hat. Zum Glück hat die rechtliche Übertragung des Hauses auf Ihren Namen nicht stattgefunden. Rein technisch gehört das Haus immer noch ihr. Obwohl ich Ihnen natürlich glaube; es ist klar, daß sie Ihnen das Haus mündlich geschenkt hat. Aber jetzt ist immerhin sicher, daß sie Sie nicht hinauswerfen kann. Es gibt viele Mieter in *abusivo* Häusern, die nicht hinausgesetzt werden können und auch keine Miete zu zahlen brauchen. Weil das Haus nicht existiert.«

»Und die Inneneinrichtung des Hauses?« fragte Hubert.

»Es ist schwierig«, erwiderte Massimo und bewegte seine dicken Hände in der Luft, während er sprach, »etwas über die Inneneinrichtung eines Hauses zu sagen, das nicht existiert. Wie kann ein nicht vorhandenes Haus eine Inneneinrichtung enthalten? Wie kann es einen Mieter haben? Man existiert nicht, wenn man in einem Haus wohnt, das *abusivo* ist.«

»Nach italienischem Recht?« fragte Hubert.

»So könnte man argumentieren«, antwortete der Anwalt. »So könnte man endlos lange argumentieren, und je länger Sie in einem Haus wohnen, desto schwieriger ist es, Sie daraus zu vertreiben.«

»Das italienische Recht«, stellte Hubert fest, »ist sehr spannend. Geradezu mystisch. Ich schätze das italienische Recht sehr.«

Massimo lachte fröhlich und sah auf seine sehr flache, sehr goldene Uhr, die mit goldenem Band sein feistes Handgelenk umspannte. Er sagte etwas davon, daß es Mittagszeit wäre, doch Hubert war in einen eigenen, geheimen Traum versunken, aus dem er gleich darauf auftauchte, um zu sagen: »Als Hauptsitz der Bruder- und Schwesternschaft von Diana und Apollo scheint mir dieses Haus völlig sicher zu sein. Wir können Maggies Proteste hinsichtlich des Zwecks, zu dem das Haus verwendet wird, ignorieren; das ist meine Meinung.«

»Meine auch«, sagte Maggies Anwalt. »Ich zerreiße jetzt den Brief, den die Marchesa mir über diesen Punkt geschrieben hat. Ich habe ihn nie bekommen.«

Er nahm einen Brief aus seiner Aktentasche und riß ihn in kleine Fetzen.

»Er existiert nicht«, sagte Hubert.

»Ich habe ihn nie erhalten«, sagte Massimo. »Sie hat ihn nicht einschreiben lassen, und so, wie die Postsituation in unserem Land aussieht, kann es leicht passieren, daß man einen Brief nie bekommt.«

Die Tür öffnete sich, und Pauline stand auf der Schwelle zur Bibliothek.

»Warum haben Sie den Telefonstecker herausgezogen?« fragte sie. »Jemand möchte es benutzen.«

»Ich möchte nicht gestört werden«, erwiderte Hubert. »Miss Thin, sind Sie meine Sekretärin oder nicht?«

»Ich habe Hunger. Wir haben alle Hunger«, sagte sie, »und das Mittagessen ist fertig, und die Köchin wird langsam ärgerlich.«

»Wieviel angenehmer war es doch«, sagte Hubert zu dem Anwalt, »bevor wir dieses Glück hatten.« Er stand mit dem Anwalt auf und rauschte an Pauline vorbei, wobei er erklärte, daß die Segnungen seiner Vorfahren, der Göttin Diana, in der Tat zwei Seiten hätten.

Während er die Treppe hinunterstieg, blieb Massimo zurück, um Pauline zu packen und an die Flurwand zu drükken; dann küßte er sie heftig, ob es ihr nun gefiel oder nicht.

Dreizehntes Kapitel

Haben Sie die Zeitungen gelesen?« fragte Berto, die Augen auf einen Abgrund des Schreckens gerichtet.

Maggie war in der Schweiz und machte Jagd auf Coco de Renault. Verbissen, aber vergebens suchte sie ihn im Dikkicht der Züricher Banken, der Genfer Finanzberatungsunternehmen, der Investmentberatungsbüros von Bern, in der Wildnis von Zug, wo die Computer unermüdlich summten und blinkten, wo das Büromobiliar in den hohen Gebäuden mit cremefarbenem Leder bezogen war und die Strohmann-Direktoren von Gesellschaften mit pompösen Namen um zehn Uhr morgens nach einer Massage und einer Runde im Schwimmbecken durch die Glastüren in den Marmorfassaden traten, durch die mit libanesischer Zeder getäfelten Flure zu ihren Büros hinaufstiegen, um den Platz hinter ihren massigen Schreibtischen einzunehmen.

Mary und Michael waren auf einer Jacht zu den griechischen Inseln gefahren, um einmal Tapetenwechsel zu haben, um einander von neuem kennenzulernen und aus vielen anderen Gründen, die Mary, in ähnlichen Wendungen formuliert, in einer Liste verzeichnet hatte. Sie waren verreist, und das Haus in Nemi stand leer, nachdem das hübsche Dienstmädchen aus ihren Diensten geschieden war, begleitet von ihrer Tante, die angesichts des Zustands des Mädchens die Koffer getragen und jede Hilfe von Michael und Mary abgelehnt hatte, dafür jedoch in höflichem, aber bedeutungsschwerem Ton versichert hatte, daß die Gerechtigkeit zum Zuge kommen und Michael noch von ihrem Anwalt hören würde. Mary hatte sehr entschieden an Michaels Seite gestanden, kühl und blond, reich und loyal. Sie hatte das Richtige gesagt: »Mein Mann ist schuldlos.« Dann hatte sie das Falsche gesagt: »Wir fürchten Ihren kommunistischen Anwalt nicht.« Dies hatte ein Duett von Erwiderungen seitens Nichte und Tante ausgelöst, des Inhalts, daß Mary für ihre Worte noch bezahlen würde, daß die politischen Ansichten des Rechtsanwalts sie nichts angingen; sie hätte sich einer schweren Beleidigung der Republik Italien schuldig gemacht, indem sie abschätzig von dem Rechtsanwalt und seinen politischen Ansichten gesprochen hätte; sie wäre eine Hure, die mit jedem schlief, einschließlich Lauro, und man hätte sie auch schon mit ihrer Schwiegermutter zusammen im Bett gesehen. Mary war völlig ungerührt, bei Michael eingehakt, stehengeblieben und hatte gewartet, bis die Frauen in den Wagen gestiegen und davongefahren waren.

Auch Lauro war verreist. Er war auf Hochzeitsreise, nachdem er zuerst in Michaels Haus einen Morgen mit Maggie verbracht und ihr behutsam die Nachricht beigebracht hatte, daß keines ihrer drei Häuser in Nemi in Wirklichkeit ihr gehörte, und daß Huberts auf der Mitgift von Lauros Braut erbaut war. Maggie hatte zunächst angenommen, Lauro erzähle ihr aus einem versteckten Begehren, ihre Sinne zu erregen und sie ins Bett zu locken, ein Märchen. Nachsichtig hatte sie sich seine Geschichten angehört und ihm freundlich versichert, sie, oder zumindest Coco de Renault, hätte die Eigentumsurkunden ihres gesamten

Grundbesitzes, wo auch immer, in Verwahrung; Maggie nahm ihr Scheckbuch aus der Schublade des bezaubernden kleinen Sekretärs und stellte Lauro als Hochzeitsgeschenk einen sehr großzügigen Scheck aus, den er huld- und liebevoll entgegennahm. Als sie vom Sofa aufstanden und ihre Kleider geradezogen, kam Lauro jedoch erneut auf seine unglaubliche Geschichte zurück.

»Wirklich, Maggie, dieser Anwalt war ein Schwindler. Er kann in ganz Italien nicht aufgestöbert werden. Er hat dir Grund und Häuser verkauft, die ihm nicht gehörten. Er suchte sich zwei verlassene Häuser und ein unbebautes Grundstück aus und fälschte die Papiere, das ist alles.«

»Dann hätten sich doch die wahren Eigentümer längst gemeldet«, sagte Maggie.

»Dieses Haus hier, das von Michael, gehört einer sehr großen Familie«, erklärte Lauro, »zwölf, vierzehn Verwandte, alle in Amerika. Das war ein ganz gerissener Schwindler. Aber wenn einer von der Familie mal auf Besuch nach Hause kommt, dann kriegst du Scherereien. Und das Haus, in dem die Bernardinis wohnen, hat einem Verwandten meiner Verlobten gehört, der gestorben ist, aber sein Sohn ist der Erbe; er hat eine Stellung in England, eine sehr gute Stellung bei einer chemischen Fabrik. Wenn er einmal nach Italien zurückkommt, um nach seinem Haus zu sehen, wird er bestimmt nicht begeistert sein, wenn er sieht, daß jemand darin wohnt.«

»Das Bernardini-Haus war eine absolute Ruine«, erwiderte Maggie, »ein totaler Trümmerhaufen, und ich habe ein Vermögen für den Wiederaufbau ausgegeben; ich habe den Tennisplatz und das Schwimmbecken bauen lassen; ich habe den Goldfischteich und den Rasen anlegen lassen; dann haben die Bernardinis noch einmal von vorn angefangen und alle möglichen Umbauten vorgenommen. Das gleiche gilt für das Haus hier; es war Michaels Eigentum, ehe er heiratete. Wir haben einen der besten Architekten von Los Angeles einfliegen lassen, um dieses Haus zu restaurieren; es war ein Trümmerhaufen, als ich es kaufte.«

»Du hast es nicht gekauft, Maggie«, sagte Lauro ruhig. »Du hast nur geglaubt, du hättest es gekauft. Nimm zum Beispiel mal Huberts Haus, das du auf Bettys Grundstück gebaut hast – das existiert offiziell überhaupt nicht.«

Er war Maggie an diesem Morgen ein großer Trost, während sie eine Kanzlei nach der anderen in Rom anrief, um den Rechtsanwalt Dante de Lafoucauld ausfindig zu machen, von dem, wie es jetzt den Anschein hatte, nie ein Mensch gehört hatte und den Maggie selbst nur zweimal im Winter 1968 in Rom im Grand Hotel getroffen hatte. Niemand hatte je von ihm gehört. Maggie rief in der Kanzlei von Massimo de Vita an, der nicht in seinem Büro war. Sie hinterließ ihren Namen auf dem automatischen Anrufbeantworter und bekam dann einen hysterischen Anfall, gab Massimo die Schuld an allem, sagte, wie äußerst verdächtig es wäre, daß er keine Sekretärin mehr hatte, sondern nur noch einen automatischen Anrufbeantworter.

»Nur Winkeladvokaten haben automatische Anrufbeantworter«, jammerte Maggie, während Lauro ihr einen Brandy einschenkte und sagte: »Maggie, Maggie, trink das, Liebes. Ich liebe dich, Maggie. Neunzehnhundertachtundsechzig war Massimo de Vita doch noch nicht dein Anwalt, oder? Du bist erst vor einem Jahr zum ersten Mal zu de Vita gegangen, nicht wahr? Wieso kann er dann schuld sein?«

»Sie stecken alle unter einer Decke«, schrie Maggie. »Warum hat er nicht ein richtiges Büro mit einer Sekretärin? Das war die schäbigste Kanzlei, die ich je gesehen habe. Jetzt hat er nicht einmal eine Sekretärin. Ich hasse es, mit automatischen Anrufbeantwortern zu tun zu haben.«

Genau in diesem Augenblick läutete das Telefon. Es war Massimo de Vita, der sich auf ihre Nachricht meldete. Er hätte ihr gerade schreiben wollen, sagte er.

»Ich muß mit Ihnen sprechen«, erklärte Maggie. »Haben Sie schon einmal von einem italienischen Rechtsanwalt namens Dante de Lafoucauld gehört?«

»Ja«, antwortete er, »den Namen habe ich letzte Woche gehört. Er ist überhaupt kein italienischer Rechtsanwalt. Ich weiß nicht, wer er ist. Er ist ein Schwindler. Sehen Sie, Marchesa, Sie waren da anscheinend schlecht beraten, und dieser Mann, wer immer er auch ist, hat irgendwelche Dokumente für irgendwelche Häuser gefälscht, die Ihnen nicht gehören –«

»Sie kennen ihn?« rief Maggie. »Dann kennen Sie also den Mann?«

»Ich habe das erste Mal vor einer Woche von ihm gehört, als ich mich mit der Sache der Räumungsklage gegen Mr. Mallindaine befaßte. Da kam alles –«

»Er hatte einen Bart«, rief Maggie klagend. »Er hatte einen dunklen Bart.«

»Ich auch«, sagte Massimo. »Marchesa, seit unserem letzten Treffen habe ich mir einen Bart wachsen lassen. Ich werde in dieser Angelegenheit für Sie tun, was mir möglich ist. Aber Sie müssen einsehen, Marchesa, wenn die Häuser nicht Ihnen gehören –«

»Betrüger, alle miteinander«, schrie Maggie, worauf ihre Stimme sogleich von der Lauros übertönt wurde, der ihr den Hörer aus der Hand genommen hatte.

»Doktor de Vita«, sagte Lauro, »Sie müssen der Marchesa verzeihen. Sie ist außer sich. Ich werde mich mit Ihnen in Verbindung setzen, um eine Zusammenkunft zu vereinbaren.«

Der Rechtsanwalt sagte ein paar Worte auf italienisch, die nur für Lauro bestimmt waren, teils rechtlichen, teils sexuellen Inhalts.

»Si, si, Dottore«, erwiderte Lauro, legte den Hörer auf und gab sich wieder seiner Aufgabe hin, Maggie zu beruhigen. Er hatte einigen Erfolg, bis sie es sich in den Kopf setzte, Coco de Renault anzurufen. Sämtliche Nummern, unter denen sie es versuchte, waren besetzt: Paris, Genf, Zürich.

»Es ist Mittagszeit. Es ist ein Uhr«, sagte Lauro. »Da ist keiner zu erreichen. Ich mache dir etwas zu essen, Maggie. Laß doch das Telefonieren. Ich sage dir genau, was du in der Sache mit Bettys Grundstück tun mußt. Es ist einfach, und du kannst es dir schließlich leisten.«

Maggie rief Berto an und erzählte ihm die Geschichte, die er nicht glaubte. In der Annahme, sie wäre vorübergehend geistig verwirrt, antwortete er ruhig und sagte, er würde bald zu ihr nach Nemi kommen. Es klang allerdings nicht glaubwürdig; er sagte, er sei damit beschäftigt, sein Haus in Venetien einbruchssicher zu machen.

»Wir können hier nicht bleiben. Es sind keine Angestellten da«, sagte Maggie. »Lauro heiratet am Samstag, und Agata ist gegangen. Da habe ich nun alle diese Häuser und doch kein Dach über dem Kopf.«

»Wir können in Rom bleiben. Oder wir könnten bei den Bernardinis wohnen«, sagte Berto.

Maggie legte auf und rief die Bernardinis an. Emilio würde nicht vor sechs nach Hause kommen. Die jungen Leute waren ausgegangen. Maggie brach weinend zusammen und ließ sich dann von Lauro ein ausgezeichnetes Mittagessen servieren.

Am Tag nach diesem stürmischen Morgen machte Maggie sich mit Bertos Wagen und Chauffeur auf den Weg nach Rom, wo sie sich eine Ganzkörpermassage geben ließ und dann frisch und entschlossen die Weiterfahrt in die Schweiz antrat, um Coco de Renault aufzuspüren. Sie wollte wegen ihres Mangels an Bargeld sowieso dringend mit ihm sprechen. Irgend etwas war mit ihren monatlichen Schecks los; sie trafen nicht wie gewohnt bei der Bank in Rom ein, so daß sie ihren Leibwächter nicht hatte bezahlen können. Sie sagte Berto nichts davon. Der Leibwächter war gegangen. Das war peinlich genug. Und jetzt war es dringend notwendig, sich von Coco die Eigentumspapiere ihrer Häuser geben zu lassen, damit sie beweisen konnte, daß sie ihr gehörten.

Berto wohnte inzwischen bei den Bernardinis und hatte resigniert die Wahrheit über die Häuser in Nemi begriffen.

»Wenn ich Maggie früher kennengelernt hätte«, sagte Berto zu Emilio, »hätte sie niemals etwas so Törichtes getan. Jetzt bleibt ihr nichts anderes übrig, als Entschädigung zu zahlen oder die Grundstücke aufzugeben; sie wird das schon schaffen. Ich wollte, sie würde versuchen, die Dinge in der richtigen Perspektive zu sehen.«

»Es wäre hart für uns«, sagte Emilio Bernardini, »wenn wir hier ausziehen müßten, nach all der Arbeit, die wir in das Haus hineingesteckt haben.«

»Das wird sich sicher irgendwie regeln lassen«, sagte Berto.

»Sicher«, wiederholte Emilio und lächelte, um seinen Freund zu beruhigen.

»Trauen Sie eigentlich Coco de Renault?« fragte Berto, während er über die Bäume hinweg zum Schloßturm blickte und zu den kleinen Reihenhäusern, die an den Fels darunter gebaut waren und, terrassenförmig übereinander gesetzt, im Halbkreis das Schloß umgaben wie die Tasten einer antiquierten Schreibmaschine. Er wandte den Blick von der Aussicht ab und sah Emilio ins Gesicht und merkte plötzlich, daß der Mann nicht ganz so gelassen war wie sonst.

»Ich traute ihm natürlich«, erwiderte Emilio. »Als ich ihn Maggie vorstellte, traute ich ihm natürlich. Er erledigte einige meiner Geschäfte, sehr schlecht, wie sich inzwischen herausgestellt hat. Wenn ich ehrlich bin, muß ich sagen, daß ich de Renault jetzt nicht mehr traue. Es ist sehr peinlich, und ich wünschte, ich hätte ihn nie mit Ihnen und Maggie zusammengebracht. Aber ich hatte keine Ahnung, daß sie ihm einen so großen Teil ihres Vermögens zur Verwaltung anvertrauen würde. Ja, ich glaube, sie hat alle Geschäfte in seine Hand gelegt; das war äußerst unklug von ihr. Ich hätte nie erwartet, daß sie *alles* aus der Hand geben würde.«

»Hat sie das denn getan?« fragte Berto.

»Ich glaube schon, ja.«

»Und Sie haben Zweifel an de Renault?«

»Ja, die habe ich. Ich selbst habe in meiner Angelegenheit einen ziemlichen Schock erlitten. Es ist etwas faul mit ihm, und es tut mir leid, es ist mir sehr peinlich.«

»Arme Maggie«, sagte Berto sanft. »Ich hoffe, sie muß nicht noch mehr Schocks hinnehmen. Ich denke nur an Maggie selbst, wissen Sie. Eine wunderbare Frau, eine wunderbare Frau. Auch ohne Geld eine wunderbare Frau. Aber sie ist eben daran gewöhnt, Geld zu haben.« Nach einer Weile fügte Berto hinzu: »Es ist kaum Ihre Schuld, Emilio. Ich selbst hätte mich mehr für Maggies Angelegenheiten interessieren müssen. Vielleicht hätte ich sie überreden können, ihr Vertrauen nicht in de Renault zu setzen. Vielleicht. Ich für meinen Teil – wie könnte ich Sie verantwortlich machen? Schließlich kenne ich Sie, seit Sie noch ein Schuljunge waren.«

»Danke«, erwiderte Emilio, »aber Sie wissen sehr wohl, daß man nicht jedem trauen kann, der mit dem eigenen Sohn zur Schule gegangen ist. Wem kann man heutzutage überhaupt noch trauen?«

»Seinen Freunden«, sagte Berto. »Wissen Sie, Emilio, Sie sind von Natur aus zu traurig. Warum sind Sie so traurig?«

Diese Frage, die in einer anderen Gesellschaft recht absurd erschienen wäre, war in Nemi, außerhalb von Rom, Mitte Juni 1975, für Berto und Emilio durchaus normal.

»Warum sind Sie von Natur aus so traurig?«

»Das Leben ist traurig.«

Am nächsten Morgen bei der Zeitungslektüre sagte Berto zu Emilio: »Haben Sie die Zeitungen gelesen?« Diese

Frage war überflüssig, da die Nachrichten an diesem Morgen und am nächsten ein nationales Ereignis waren: Die Regionalwahlen in ganz Italien hatten einen allgemeinen politischen Linksruck bestätigt. Man konnte mit Recht sagen, daß halb Italien über Nacht kommunistisch geworden war. Beide Hälften waren baff über dieses Ergebnis.

Berto, der in diesen Tagen den vergangenen Zeiten nachtrauerte, hielt Emilio mit Prophezeiungen und Lamentos davon ab, seinen morgendlichen Geschäften nachzugehen. Die Kommunisten wurden »Sie«, das italienische »Loro«. Berto sagte: »*Loro*, *loro*, *loro* ... Sie, sie ...«

»Es ist der Wille des Volkes«, sagte Emilio, doch seine Worte waren in den Wind geredet, und Berto fuhr fort: »Sehen Sie doch nur, was man in den Zeitungen schreibt: da steht, man hätte das Gefühl, etwas wäre für immer vorbei.

Und ganz gleich, was sie damit meinen, es ist die Wahrheit. Etwas ist vorbei. *Loro*, *loro* ... Sie, sie ... Sie werden kommen und einem alles wegnehmen. Sie haben uns schon in Dalmatien alles weggenommen. Sie werden es nehmen und fortschaffen ... *Loro ... ti prenderanno*, *ti porteranno via tutto* ... Sie werden kommen und nehmen ... Alles, was man besitzt ...« Der Gärtnerssohn, der eben vorüberkam und diese Worte aufschnappte, fragte sich, wie das möglich sein konnte, da er ja nur einen Motorroller besaß. »Sie werden töten ... *ti liquideranno* ...« sagte Berto. »Sie werden die Macht an sich reißen und –«

Emilio, der, wenn auch selbst kein Anhänger der Kommunisten, bei diesen Wahlen dennoch für die Kommunisten gestimmt hatte, um seiner Verärgerung über die derzeitige Regierung Italiens Ausdruck zu geben, brachte es nicht übers Herz, das dem älteren Mann zu sagen. Immerhin war er ja mit Bertos Sohn zur Schule gegangen, und Emilio wollte Bertos gütige Zuneigung nicht zerstören. Emilio behielt sein dunkles Geheimnis also für sich und sagte nur traurig: »Ich bezweifle, daß für die Kommunisten noch viel übrig sein wird, wenn die Kapitalisten endlich mit uns fertig sind. De Renault zum Beispiel...«

»Besser, das Geld fällt einem Schwindler in die Hände als den Kommunisten«, sagte Berto.

Vierzehntes Kapitel

Jetzt, da die Wahlen und das Erdbeerfest die Gemüter beschäftigten, Maggie, soweit Hubert festgestellt hatte, in der Schweiz war und Lauro auf seiner Hochzeitsreise, hielt Hubert es für klug, eine Versammlung seiner Jünger einzuberufen und sich zum Kampf gegen all jene apokalyptischen Ereignisse und Prüfungen zu wappnen, die überall und in jedem Zeitalter unweigerlich die Führer erleuchteter und aufklärerischer Bewegungen heimsuchten.

Maggie, hoffte er, war in die Schweiz gereist, um unauffällig die Zahlung für den gefälschten Gauguin zu veranlassen, die Hubert von ihr verlangte, und vielleicht auch, um Gelder flüssigzumachen für eventuelle Forderungen von Lauros Braut und den anderen Eigentümern der Grundstücke, die sie für die ihren gehalten hatte; er glaubte irrigerweise, sie würde dies tun, ohne ihrem widerlichen Ehemann auch nur ein Sterbenswörtchen davon zu sagen. Er hatte sich nicht nur darin getäuscht, sondern auch in der Annahme, Maggie hätte die Nachricht ihres Anwalts, daß Hubert für den gefälschten Gauguin Entschädigung wollte, erhalten. Der Brief war tatsächlich per Einschreiben an sie abgeschickt worden, aber bei der Postbeförderung von Rom aus ging alles ziemlich durcheinander, und so hatte der Brief Maggie in Venetien nicht mehr erreicht, ehe sie abgereist war. Guillaume hatte das Schreiben entgegengenommen und auf das Tablett in der Eingangshalle gelegt, wo es nun Maggies Rückkehr, die sich unter höchst merkwürdigen Umständen vollziehen sollte, erwartete. Hubert wußte das nicht; durch das unmerkliche Eingreifen seines neuen Kultes war er in die Gewohnheit verfallen, irrige Vermutungen anzustellen; er hatte die Wirksamkeit des Gebets so begeistert gepredigt, daß er jetzt, ohne nachzudenken, bei jedem Wunsch, der ihm durch den Kopf schoß, stumm den Namen der Diana beschwor, in dem blindwütigen Glauben, daß ihr Wille nicht nur existierte, sondern auch geschehen würde. Auf diese Weise entfremdete er sich wie die Geistlichen jeder anderen Religion in dem Maße der Wirklichkeit, wie er die Natur des Gebets mißverstand, und brachte seine Worte des Lobs, der Dankbarkeit, der Reue, der Fürsprache und der dringenden Bitte in der Überzeugung dar, daß seine Gottheit ihn erhören würde, lauschen, lächeln, einen Zauberstab schwingen würde. Nur weil er in der Vergangenheit erfahren hatte, daß der unerwartete Glücksfall eintreten kann und daß Ereignisse, die einem Wunder in nichts nachstehen, geschehen können, war Hubert insgeheim so weit gekommen, den Satz, daß es noch Zeichen und Wunder gibt, mit abergläubischer Wortwörtlichkeit aufzufassen; ich brauche nur das Zauberwort Diana auszusprechen, und mein Wunsch wird erfüllt. Wogegen kein Bauer um Regen betet, wenn der Regen nicht längst überfällig ist; und wenn ein Wunder des Glücks geschieht, so stets in dem Moment, wo man nicht damit gerechnet hat. Aufgrund seiner Isolierung in Nemi und weil er Maggie jahrelang nicht mehr gesehen hatte, glaubte Hubert, daß die Diana des Waldes irgendwie in Maggies Geist eindringen und dort gewissermaßen eine Schraube anziehen könnte, um sie dazu zu bringen, etwas zu tun, was sie sonst nicht getan hätte.

Zudem hatte er nicht berücksichtigt, daß Maggie sich verändert hatte, daß sie härter geworden war. In der sorglosen Vergangenheit hatte sie sich in Gelddingen brav manipulieren lassen, und Hubert schätzte deshalb einiges falsch ein: die Wirkung ihrer Ehe mit dem besonnenen Berto auf sie, daß ihr Mißtrauen geweckt worden war und sich bis zur Grenze eines beinahe berechtigten Verfolgungswahns gesteigert hatte, als sie ihre finanzielle Sicherheit durch verschiedene Gefahren, am meisten aber durch die neue Wirtschaftskrise bedroht gesehen hatte, von der Hubert zwar in diesen Monaten gelesen und gehört hatte, die ihn aber nicht näher berührte.

Er war sicher, daß Maggie aus der Schweiz zurückkommen und für den Gauguin eine Abfindung zahlen würde. Ja, er konnte kaum an Maggie denken, ohne daß ihm das Wort Abfindung in den Sinn kam.

Lauro und die dralle Horrorschönheit, die seine Frau war, würden ebenfalls zurückkehren, und sollte es den Göttern gefallen, so würde sich Lauro vielleicht sogar der Gemeinschaft der Diana und des Apollo anschließen, ebenso wie die anderen drei Jungen zu ihm zurückgekommen waren, die Sekretäre jenes ersten, herrlichen Sommers in Nemi, als das Haus gerade fertig geworden war. 1972 war das gewesen, in jenem Jahr des Genusses und der Zügellosigkeit, als Hubert seine Türen noch unverschlossen lassen konnte, als er kommen und gehen konnte, wie es ihm gefiel, auch wenn Maggie schon anfing, ihn im Stich zu lassen, sich auf die Suche machte nach fremden Göttern und Tullio-

Friole heiratete. Die Rückkehr der Sekretäre war allerdings keine ungetrübte Freude, aber Hubert dankte Diana dennoch dafür.

Nun also hielt er es für gut, einen Sonderkongreß seiner Gemeinde einzuberufen. Pauline Thin, die Hubert in freundlichen Momenten »unseren Merkurius« nannte, ließ über Telefon und auf dem Weg der Flüsterpropaganda zahlreichen Mitgläubigen, die in der Nähe lebten, Nachricht zukommen; sie schickte außerdem eine Anzahl von Telegrammen, jedes vorsichtig formuliert, um eine Vorversammlung verwandter Seelen, der auserwählten Freunde Dianas und Apollos, zusammenzubekommen zur Vorbereitung einer noch größeren Zusammenkunft, die Hubert für den folgenden Herbst plante und die er abwechselnd als »internationale Synode«, »Weltkongreß« und »globale Annäherung« bezeichnete. Hubert war sich bewußt, daß die kirchlichen Behörden ebenso wie die Carabinieri sein Haus bereits mit Mißtrauen betrachteten und daß seine Aktivitäten von den Einheimischen mit einem gewissen Mißfallen betrachtet wurden.

»Man kann mir nichts anhängen«, sagte Hubert. »Weder Drogen noch Orgien, noch Betrug. Wir sind ein ehrlicher religiöser Kult. Trotzdem müssen wir vorsichtig sein.«

Am meisten fürchtete er Lauro und die Familie Radcliffe, da er sicher war, sie würden, wenn es irgend ging, jeden möglichen Vorwand benutzen, um seiner Gemeinschaft, die jetzt schon mehr als selbsttragend war, Scherereien zu machen. Was Hubert für sein letztes Projekt vorschwebte, war, im Interesse seiner Vorfahrin Diana und ihres Zwillingsbruders Apollo zu versuchen, einen Teil der riesigen

Menschenmengen abzuziehen, die im Heiligen Jahr nach Rom gepilgert waren und unter denen sich in Massen neue Anhänger der Charismatischen Erneuerungsbewegung der römisch-katholischen Kirche befanden. Hubert hatte auch von anderen christlichen Bewegungen gehört, die sich als charismatisch bezeichneten und aus allen Teilen Europas und Amerikas stammten; von einer Bewegung der anglikanischen Kirche zum Beispiel und von einer anderen, die die Kinder Gottes hieß. Als er sich über ihre ekstatischen Formen der Gottesverehrung und ihre Ansprüche, Gemeinschaften zu bilden, näher informierte, schien es ihm ganz klar, daß die Führer dieser Massen sich unbefugt in sein Territorium eindrängten. Er spürte den brennenden Wunsch, diese Erweckungsenthusiasten darauf aufmerksam zu machen, daß sie nichts weiter waren als Schismatiker vom wahren und ursprünglichen Heidenkult der Diana. Es erboste ihn, an die Mengen von Charismatikern zu denken, die auf dem Petersplatz auf ihren Gitarren klimperten und hingebungsvoll ihre gräßlichen Hymnen sangen, während sie darauf warteten, daß der Papst auf den Balkon heraustrat. Nicht weit von Nemi war die Sommerresidenz des Papstes in Castel Gandolfo. Nächsten Monat, dachte er wutschäumend, werden sie in Scharen nach Castel Gandolfo strömen, und dabei sollten sie eigentlich hier, bei mir sein.

Pauline genoß inzwischen das Leben wie nie zuvor. Männer drängten sie an die Wand und küßten sie, ob es ihr gefiel oder nicht. Sie fand sich im Mittelpunkt von Huberts junger Anhängerschaft, umgeben von aufmerksamen Menschen. Sie war entschlossen, an ihrer privilegierten Position der ersten Mitarbeiterin von Hubert festzuhalten, und sie erhielt sie sich zum Teil dadurch, daß sie Hubert von Zeit zu Zeit unter vier Augen mit kleinen Andeutungen daran erinnerte, daß einige Papiere, die sie im Lauf der letzten drei Jahre hatte ordnen müssen, sie noch immer nachdenklich stimmten. Paulines Anspielungen auf die Unterlagen erstickten unweigerlich jeden Versuch Huberts, sie abzuschieben, was er sich jetzt hätte leisten können. Er pflegte sich bei diesen Gelegenheiten, da er sich in dieser unbehaglichen Beziehung zu ihr gefangen sah, von seiner inneren Unzufriedenheit schnell dadurch zu befreien, daß er sich sagte, er hätte Pauline gern, sehr, sehr gern. Wenn er sich das einige Minuten lang ununterbrochen vorsagte, glaubte er es schließlich und schien sich überhaupt nicht bewußt, daß er einer Erpressung nachgegeben hatte; nur nannte er sie dann für den Rest des Tages Miss Thin. Vielleicht lag es an seinem Alter; auf jeden Fall assoziierte er seinen heidnischen Kult direkt mit seinem eigenen Überleben und war bereit, dafür wenigstens Pauline zu ertragen; er war bereit, sie zu lieben, soweit er konnte, und ihr zu erlauben, in Haus und Garten zu bringen, wen sie wollte, solange diese Leute nicht verbotene Drogen mitbrachten, alles heiße Wasser im Haus verbrauchten – und vorausgesetzt, sie traten der Gemeinschaft bei. Unter diesen Bedingungen war er mit Paulines Anordnungen einverstanden, insbesondere mit der Vorschrift, die sie aufgestellt hatte, daß er nur über sie erreichbar war.

Pauline selbst hatte eine Anzahl junger Leute zur Arbeit für den Kult herangezogen: Sie hatte Letizia Bernardini als Pressebeobachterin verpflichtet und Pietro Bernardini für Public Relations. Auch ein älterer Mann, Pino Tullio-

Friole, Bertos Sohn, wallfahrtete regelmäßig zum Hause Huberts, des Abkömmlings der Diana, und brachte gute Gaben, Geld und Wertgegenstände, und einige wohlhabende Freunde, denen es Spaß machte, an den Gottesdiensten teilzunehmen und danach mit jedem zu schlafen, der gerade verfügbar war. Pino, der Anfang Vierzig war, verachtete Maggie und war wütend, daß sein Vater sie geheiratet hatte.

Ganz besonders machte einer der vielen Zeitungsausschnitte, die Letizia für ihn gesammelt hatte, Hubert zu schaffen. Er war vom 18. Mai datiert und stammte aus der englisch-sprachigen Zeitung Italiens, *The Daily American*. »Kardinäle und Bischöfe tanzen auf Kongreß in Rom«, lautete die Schlagzeile. In dem Bericht stand:

»Rom, 17. Mai (AP) – Bischöfe, Erzbischöfe und Kardinäle hatten Mühe, ihre Hüte auf den Köpfen zu behalten, während sie in Ekstase sangen und tanzten, einander umarmten und die Arme zum Himmel streckten.

Seine Eminenz Joseph McKinney, Bischof von Grand Rapids, Michigan, reichte seiner Eminenz James Hayes, dem Erzbischof von Halifax, die Hand, der wiederum Kardinal Leo Suenens aus Belgien einhakte.

Diese ungewöhnliche Tanzgruppe eröffnete gestern die Neunte Internationale Konferenz über charismatische Erneuerung in der römisch-katholischen Kirche.

Das Konferenzthema ›Erneuerung und Versöhnung‹ – das Thema des Heiligen Jahres – unterstreicht das Bemühen der Bewegung um rückhaltlose Billigung seitens der offiziellen Kirche.

Etwa 8000 Menschen, die meisten davon Amerikaner, versammelten sich zu den Eröffnungsfeierlichkeiten bei den Katakomben des heiligen Calixtus, den Grabstätten der frühchristlichen Märtyrer. Eine Band begleitete den Gesang der Versammelten, und Abgeordnete von Quebec bis Bombay berichteten vom Wachstum der Bewegung auf allen Kontinenten.

Kardinal Suenens, Erzbischof von Malines, beschwor die Teilnehmer, die viertägige Zusammenkunft dazu zu nutzen, ›Ihren Glauben zu erneuern, Ihre Hoffnung auf die Zukunft zu erneuern, einander zu lieben wie nie zuvor‹.

Die Charismatische Bewegung, in erster Linie eine Laienbewegung, die mehr als eine halbe Million Anhänger für sich beansprucht, entwickelte sich Anfang der sechziger Jahre in den großen protestantischen Glaubensgemeinschaften und 1967 in der römisch-katholischen Kirche, unter Studenten und Professoren an der Duquesne Universität in Pittsburgh.

Ihre Merkmale sind Betstunden voller Hingabe, spirituelle Gaben, wie das ›Reden in Zungen‹, und Bemühungen, der persönlichen Religion neues Leben einzuhauchen.

In einem erst kürzlich veröffentlichten Bericht bescheinigten amerikanische Bischöfe der Bewegung ›viele positive Merkmale ... ein neues Gefühl für geistige Werte, ein erhöhtes Bewußtsein für das Wirken des Heiligen Geistes, ein vertieftes persönliches Engagement für Gott‹.

Doch sie warnten vor den Gefahren, die der Erweckungsbewegung innewohnen – dem Abschweifen vom Weg der offiziellen Kirche, dem Fundamentalismus, der

Überbewertung der Gaben der Weissagung und der Fähigkeit, in Zungen zu reden.

›In Zungen reden ist nicht das Wichtige; das Wichtige ist die Veränderung im eigenen Leben‹, sagte Bob Cavnar, ein pensionierter Colonel der U. S. Air Force, der aus Dallas in Texas zu diesem Kongreß hierhergekommen ist.

Cavnar, der von seinem Sohn Jim in die Bewegung eingeführt wurde, war einer von 70 Erwählten des Kongresses, die dafür bekannt sind, daß sie in Zungen reden und ausgewählt wurden, Botschaften des Heiligen Geistes an den Kongreß zu empfangen.«

Hubert hob viele solche Ausschnitte auf und las sie immer wieder in dem Gefühl, um sein Geburtsrecht betrogen worden zu sein. Er hatte Pauline Anfang Juni zu einer dieser Zusammenkünfte geschickt und sich hinterher mit ihr im Salon eingeschlossen, oder vielmehr die restlichen der ziellos umherwandernden Anhänger, die gegenwärtig zu seinem Haushalt gehörten, ausgesperrt, um ihren Bericht zu hören.

»Mit einer Messe fing es an«, sagte Pauline.

»In der Kirche?«

»Nein, nein. Es war nur ein Altar, den man in einer Wohnung in der Via Giulia aufgebaut hatte. Ich weiß nicht, wem die Wohnung gehörte. Also, sie zelebrierten eine Messe, ein katholischer Priester in seinem Meßgewand war da und die Gemeinde, ungefähr dreißig Leute.«

»Was für Leute? Reich, arm, was hatten Sie für einen Eindruck von ihnen? Alle englisch-sprachig? In welcher Sprache wurde die Messe abgehalten?«

»In Englisch, aber es waren sehr viele Italiener und Franzosen da, alle möglichen Leute. Alle möglichen Leute und ein paar Nonnen. Ziemlich viele Nonnen in Ordenstracht; und später stellte ich fest, daß einige Nonnen und Priester in Zivil waren. Es waren Leute jeden Alters, aber nur ein oder zwei waren richtig alt, und das waren Nonnen.«

»Gerade von den gewöhnlichen Leuten kommen die großen Einkünfte«, sagte Hubert. »Sie plündern das Erbe der großen Diana von Nemi, die seit Urzeiten die Mutter der Natur ist.«

»Ich habe von Diana gesprochen, keine Sorge«, sagte Pauline. »Eine Reihe von Leuten war sehr interessiert. Und wissen Sie, wer da war? – Diese Jesuiten, Cuthbert Plaice und sein Freund Gerard Harvey, der Naturmensch, waren da. Pater Gerard drängte sogar einige der jungen Männer, zu einer unserer Versammlungen zu kommen, und er erzählte ihnen, wie herrlich Nemi ist und daß die Natur direkt bis zur Hintertür reicht und so weiter. Pater Cuthbert stellte mir viele Fragen über Ihre persönliche Herkunft, Hubert, und ich sagte ihm, das wäre eine lange Geschichte. Dann –«

»Miss Thin«, unterbrach Hubert, »ich möchte einen umfassenden Bericht über diese charismatische Zusammenkunft, und Sie können mir später erzählen, was die Jesuiten sagten. Aber ich muß sagen, meine Liebe, daß es sehr löblich von Ihnen war, auf die wahre Gemeinschaft zu sprechen zu kommen. Sie sind wunderbar, Miss Thin, wirklich wunderbar. Erzählen Sie mir von der Messe.«

»Nun ja, die Messe ging nur der Betstunde voraus. Es war eine gewöhnliche Messe, abgesehen von den modernen

Hymnen und der Tatsache, daß der Friedenskuß ein richtiger Kuß war. Jeder küßte jeden. Den Nonnen schien es zu gefallen, und alle umarmten sich, und es wurde viel gesungen.«

»Wir sollten Nonnen in der Gemeinschaft haben«, sagte Hubert. »Diana hatte immer ihre vestalischen Jungfrauen. Wir müßten vestalische Jungfrauen haben, die bei Tag und Nacht eine Flamme auf dem Altar bewachen.«

»Das ginge aber nur auf Teilzeit«, sagte Pauline. »Wer kommt schon und bewacht den ganzen Tag eine Flamme?«

»Wenn wir erst eine größere Anhängerschaft haben«, erwiderte Hubert, »regeln sich alle diese Dinge von selbst. Haben die Jesuiten an dieser Orgie teilgenommen?«

»Nun, ich würde nicht sagen, daß es eine Orgie war. Die Jesuiten waren jedenfalls als Beobachter da. Die Betstunde, die auf die Messe folgte, war spannender, da sie in Zungen redeten und ihre gefühlsgeladenen Bemerkungen zur Heiligen Schrift machten. Sie äußerten Laute, die nach einer östlichen Sprache klangen, Hebräisch oder Persisch vielleicht, oder Griechisch, ich weiß es nicht; aber das ist eben das In-Zungen-Reden. Dann weissagen sie. Eine Frau war da, ungefähr fünfunddreißig, und sie machte einen Haufen Weissagungen, und stellen Sie sich vor, sie war Ärztin. Sie deklamierte eine Passage aus dem Evangelium und machte die Augen zu und warf ihre Hände hoch. Alle sagten ›Amen‹. Dann haben wir gesungen und synkopisch geklatscht und getanzt –«

»Was für eine Passage aus dem Evangelium war das?« fragte Hubert.

»Ach, ich weiß nicht. Etwas über Paulus während seiner Reisen.«

»Das ist nicht das Evangelium. Das ist wahrscheinlich die Apostelgeschichte. Wie lautete der Text?«

»Ach, ich weiß nicht mehr. Irgend etwas über den Herrn. Es war so laut, und alle waren erregt, wissen Sie. Ich glaube, auf die Worte kam es gar nicht so an.«

»Es kommt nie auf sie an«, sagte Hubert. »Und was taten die Jesuiten?«

»Na ja, sie machten nicht mit, aber es schien ihnen alles zu gefallen. Ihre Augen waren überall. Cuthbert Plaice sah mich. Er sagte: ›Hallo, Pauline, wie gefällt es Ihnen?‹ Ich sagte, es gefiele mir unheimlich, und es hat mir wirklich unheimlich gefallen, aber hinterher verflachte das Gefühl, wissen Sie.«

»Wir müssen unsere Gottesdienste in der Gemeinschaft steigern«, sagte Hubert, »das ist klar.«

Es war ein dunstiger, heißer Nachmittag gegen Ende Juni. Jenseits der Kette der Albaner Berge mußte man sich das Meer vorstellen, es war wirklich da, weit entfernt, verschmolz unmerklich mit dem hitzeflirrenden Horizont.

Pauline war während der letzten zehn Tage fleißig gewesen. Sie hatte so viel Energie in die übernommene Aufgabe hineingesteckt, daß sie das Gefühl hatte, sie würde nie wieder fähig sein, diese Anstrengung auf sich zu nehmen. Dabei erinnerte Hubert sie immer wieder daran, daß dies nur eine kleine Vorversammlung jener Zusammenkunft war, die er für den Herbst plante.

Am Ende der zehn Tage hatte Pauline alles für ein ziemlich großes Zusammentreffen von Huberts Getreuen vorbereitet. Es sollte in dem großen, verwilderten Garten hinter dem Haus stattfinden, der sich bis zum dunklen, feuchten Wald erstreckte. Sie hatte das Ereignis als »geheime Zusammenkunft« angekündigt und es strikt vermieden, schriftliche Botschaften hinauszuschicken. Viele Stunden hatte Pauline am Telefon verbracht und war in Huberts Wagen umhergefahren, um die Freunde der Diana zu informieren und zum Erscheinen zu mahnen. Zweck dieser Versammlung war es, einen Kern zu bilden, um den sich die künftigen Zellen der Gemeinschaft sammeln sollten.

Pauline hatte im Garten nicht viel tun können, doch sie hatte Platz geschaffen für einen Altar und eine blumengeschmückte Laube und um ein offenes Zelt aufzustellen, wo es Fruchtsaft und Sandwiches gab.

»Was tun wir, wenn es regnet?« hatte sie an einem dieser hektischen zehn Tage der Vorbereitung schnippisch gefragt.

»Es wird nicht regnen«, donnerte Hubert.

Am letzten Tag war sie nach Rom gefahren, um ihr Haar schneiden und legen zu lassen und um einen auffallenden Anzug zu kaufen, den sie jetzt, als der erwartete Zustrom einsetzte, mit Triumph zur Schau trug. Zu spät erblickte Hubert sie und rief: »Das können Sie doch nicht anbehalten!« Es war ein Hosenanzug aus khakifarbenem Baumwollstoff mit goldenen Metallknöpfen an der Jacke und den vier Taschen; Pauline hatte die Hosenbeine in hohe Drillichstiefel gestopft, so daß der ganze Aufzug wie ein Safari-Anzug wirkte. Der Jägereffekt wurde noch verstärkt durch einen hellen Strohhut, der schräg auf ihrem kurzen, gelockten Haar saß.

»Was soll das heißen?« fragte Pauline, als Hubert, schon in seiner blumenbekränzten Laube wartete, geschmückt mit seinen silber-grünen Priestergewändern, und rief: »Das können Sie doch nicht anbehalten!«

»Das ist völlig fehl am Platz und pietätlos. Sie sehen aus wie der Kommandant eines Konzentrationslagers oder als wären Sie aus einem Londoner Bordell entsprungen.«

»Es symbolisiert die Jagd«, sagte Pauline. »Diana ist eine Jägerin, oder nicht?«

»Sie wird immer in einer Tunika dargestellt«, sagte Hubert, »und mit einem Köcher voller Pfeile.«

Es war ein heißer Tag, und seine Gewänder waren schwer, so daß er sich unwohler fühlte denn je.

»Ich kann aber nun mal keine Tunika tragen«, sagte Pauline. »Ich habe nicht die Figur dazu.«

»Nicht die Figur!« schrie Hubert aus seiner Laube und seinen Gewändern heraus. »Nicht die Figur!« schrie er durch den Garten. »Wenn Sie glauben, daß Ihre Figur in diesen Anzug paßt, mit Ihrem Büffelhintern –«

Pauline begann zu weinen und zog aus ihrer Tasche ein großes rotes Taschentuch mit weißen Punkten, das Hubert noch wütender zu machen schien. Paulines magerer Freund Walter kam aus dem Haus und blieb vor Erstaunen über die Szene wie angewurzelt stehen. Er hatte weder Hubert je in seinen Gewändern gesehen noch Pauline in ihrem neuen Anzug, wenn er sie auch mehrmals weinen gesehen hatte.

Hubert, der sich mit Mühe unter dem Laubendach

postiert hatte, war nicht willens, den Effekt zu stören. Reglos stand er da, die Arme erhoben, um segnend die Leute zu empfangen, die er vor dem Haus schon ankommen hörte. Reglos wie er war, schrie er in seiner Hitze und seiner Wut: »Diese Frau hat keinen Sinn für Bühneneffekte. Sagen Sie ihr, sie soll verschwinden und diese unpassenden Kleider ausziehen. Sie soll die erste von Dianas Vestalinnen sein, und sie sieht aus wie der Gestiefelte Kater beim Weihnachtsspiel. Vergessen Sie nicht, daß ich Theatererfahrung habe. Ich habe sehr viel Erfolg gehabt, und als ich in Paris mein Stück ›Ce Soir Mon Frère‹ aufführte, war ich alleinverantwortlich für die Kostüme.«

Walter, der aus dem Streit nicht klug werden konnte, sagte zu Pauline: »Was ist denn los mit ihm?«

»Ich muß etwas anhaben, das meine Autorität innerhalb der Gemeinschaft symbolisiert«, wehklagte Pauline hinter ihrem roten Taschentuch hervor. »Sonst hält man mich doch einfach für eine unter anderen. Ich weiß, was ich tue, und ich habe mich zehn Tage lang zu Tode geschuftet. Die Herumrennerei, die Telefonate, der Fruchtsaft, der Friseur, die Sandwiches, die Suche nach meinem Anzug und dann das Ändern, und die Listen, die ich machen mußte, und die Arbeit an der Tagesordnung für die Versammlung, die ich tippen mußte.«

»Warum ziehst du nicht die Stiefel aus und legst den Hut ab?« meinte Walter, während aus dem Hintergrund des Gartens weiterhin wütendes Schimpfen von Hubert kam. »In den vielen Sachen wird es dir nur zu heiß. Es sieht gut aus, aber –«

»Sie kommen«, sagte Pauline, als eine Gruppe von Menschen plaudernd den Seitenweg heraufkam, der hinter das Haus führte: »Ich bin im Dienst.«

Sie schritt zu der kleinen Pforte, die den Weg vom Garten trennte, schwang sie auf und empfing die ersten Gäste.

Einige waren aus Begeisterung gekommen, einige aus Neugier, und ein paar Bauern und Handwerker des Bezirks, die bereits in den Kult aufgenommen waren, waren gekommen, weil ihnen die internationale und egalitäre Atmosphäre gefiel.

Pauline hatte vor dem Thron unter dem Laubendach, wo Hubert stand, Bänke aufgestellt. Sie musterte jeden, begrüßte sie alle mit einem distanzierten Lächeln aus roten Augen und winkte sie zu ihren Plätzen.

»Oh, Pauline«, sagte Pater Cuthbert, »Sie sehen sehr schick aus.«

Pauline winkte ihn weiter, während Walter, der in Blue jeans und offenem Hemd neben ihr stand, nervös lächelte. Der Priester ging weiter, begleitet von seinem Jesuitenbruder Gerard Harvey.

Eine Frau aus dem Ort flüsterte einer anderen zu: »Diese Jesuiten kommen immer, alle beide.«

»Die Jesuiten gehen immer zu zweit aus, nie allein«, sagte ihre Freundin.

»Wie die Carabinieri«, sagte die andere, »weil der eine lesen und der andere schreiben kann.« Ihr Gelächter knisterte in der Luft wie ein Feuer im Gras, bis ein Stirnrunzeln von Pauline es verstummen ließ.

Um vier Uhr hatten sich alle versammelt, und die Pforte wurde abgeschlossen. Pauline konfiszierte eine Filmkamera von Letizia Bernardini, die ihren Bruder Pietro mitgebracht hatte, weil er von den Ereignissen einen Film drehen sollte. Letizia sah verärgert aus, focht aber die Autorität der gestiefelten Führerin nicht an. Bertos Sohn Pino war ebenfalls dabei, besonders angezogen von dieser Versammlung wegen Maggies Fehde mit Hubert.

Vor gar nicht langer Zeit hatte Letizias Freund, der Psychiater Marino Vesperelli, den sie an jenem Abend vor zwei Jahren zum Essen in das Haus ihres Vaters gebracht hatte, um ihn mit Maggie bekannt zu machen, in der großen städtischen Nervenklinik in Rom einen schwedischen Patienten kennengelernt, der keine Verwandten hatte, die sich um ihn kümmerten, keine Freunde, der aber offenbar von der Rauschgiftsucht geheilt war, wegen der er zwei Jahre zuvor in der Klinik landete. Im Gespräch mit dem Patienten erfuhr Marino, daß er bei Hubert in Nemi gelebt und, wie er sagte, als Sekretär für ihn gearbeitet hatte; auf diese Weise und mit Letizias Hilfe war Kurt gesund wieder zu Hubert zurückgebracht worden, der entsetzt war, aber nicht imstande zu protestieren; außerdem hatte Pauline sich auf die Seite des Jungen geschlagen. Kurt war jetzt ein Helfer der Gemeinschaft. Er stand spät auf und war viel mit dem kleinen Wagen unterwegs, den Letizia ihm geliehen hatte. Hubert schnüffelte in Kurts Zimmer herum und durchsuchte seine Taschen, während er schlief, in der Hoffnung, Spuren von Rauschmitteln oder eine Spritze zu finden, um einen Vorwand zu haben, Kurt abzuschieben. Kurt jedoch war soweit nichts vorzuwerfen, er war nur etwas faul und jetzt ein Haushaltsmitglied, das bei der Organisation der Versammlung im verwilderten Garten half.

Dank Paulines Tatkraft waren auch zwei andere verirrte Schafe heimgeführt worden, Damian Runciwell und Ian Mackay, ihr Aussehen hatte sich nur wenig verändert, und sie freuten sich, kommen zu dürfen und einen weiteren Sommer bei Hubert verbringen zu dürfen, wie in den idyllischen vergangenen Tagen des Jahres 1972, als sie alle miteinander faul herumgelegen, sich mit dem tollsten Schmuck behängt und die tollsten Mahlzeiten gekocht hatten. Pauline hatte Hubert oft voll Sehnsucht von dieser Zeit, ehe sie zu ihm gekommen war und ehe Maggies Heirat alles verdorben hatte, sprechen hören. Wie ein guter Schäferhund hatte Pauline drei dieser vier Sekretäre zusammengetrieben und glücklich zu Hubert gebracht. Hubert mußte viel erdulden in den Tagen seines neuen Wohlstands.

»Ich hätte auch Lauro gebracht, wenn ich es gekonnt hätte«, versicherte Pauline.

»Das glaube ich«, hatte Hubert gesagt.

»Mir liegt doch nur daran, Sie glücklich zu machen, Hubert«, erklärte Pauline.

»Der Gedanke ist es, der zählt, Miss Thin«, sagte Hubert. »Gelobt sei Diana.«

»Ach, freuen Sie sich denn nicht, diese alten Freunde zu sehen? Sie wissen doch, wie Sie immer von dem Sommer sprechen, ehe ich zu Ihnen kam, um Ihnen zu helfen. Jetzt können Sie ihn noch einmal erleben. Außer, daß natürlich Lauro fehlt. Es tut mir leid. Aber wissen Sie, er hat sich vollkommen auf die Seite der Radcliffes geschlagen und macht ein Vermögen dabei. Und heiraten tut er auch.«

Hubert hätte Pauline noch am selben Abend hinausgeworfen, und die drei jungen Männer mit ihr, wenn sie nicht soviel gewußt hätte. Ja sie wußte zu viel. Und da waren sie nun mitten unter der Menge auserwählter Anhänger im Garten.

Als sie sich gesetzt hatten, lächelte Hubert wohlwollend auf sie alle hinunter. Ungefähr dreißig Leute, schätzte er. Pauline Thin muß nicht ganz bei Trost sein, dachte er, eine geheime Versammlung von gut dreißig Leuten einzuberufen. Was ist daran geheim?

Er beschloß, seinen Plan etwas zu ändern und nichts zu besprechen, was von den italienischen oder kirchlichen Behörden kritisiert werden könnte, wie zum Beispiel die Geldbeschaffung und die missionarische Arbeit, die notwendig war, um die Gemeinschaft international zu verbreiten. Ein Gottesdienst und ein Glaubensbekenntnis mit bewußtem Akzent auf den charismatischen Wesenszügen der alten, alten Naturreligion würden diesen Zweck vielleicht ebensogut erfüllen.

»Ich bin der direkte Abkömmling der Göttin Diana«, verkündete er, »der Diana von Nemi, der Diana des Waldes, und somit, indirekt, ihres Bruders, des Gottes Apollo.«

Die beiden Jesuiten-Beobachter, die abseits von der Gemeinschaft saßen, lächelten charismatisch in alle Richtungen und machten einem Spätankömmling Platz, dem Pauline diesen Platz angewiesen hatte. Noch ein Beobachter, dachte Hubert. Wie viele Beobachter hat man eigentlich bei einer geheimen Versammlung? Zornfunkelnd blickte er Pauline an, die seinen Blick ärgerlich erwiderte, sie machte ein wütendes Gesicht unter ihrem albernen Hut. Offensichtlich hatte sie Huberts Beleidigungen noch immer nicht verwunden. Und das ist gut so, dachte Hubert, voll wütenden Grolls auf die Frau, während er sie beobachtete, wie sie die Leute herumkommandierte, sie hier placierte und dorthin führte, und das alles mit den Stiefeln an ihren scheußlichen Beinen. Hubert stand unter dem Laubendach und holte tief Atem. Er bemerkte, daß Pauline jetzt ein schwarzgebundenes Buch in jener Hand hielt, mit der sie die Plätze anwies; Hubert meinte, es sähe wie seine Bibel aus, aber dann schob er den Gedanken weg, da ihm schleierhaft war, was sie mit der Bibel hätte anfangen wollen. Da sie in diesem Moment auch die konfiszierte Kamera hielt, nahm Hubert an, sie hätte auch das Buch jemandem abgenommen, wahrscheinlich ganz überflüssigerweise: eine wichtigtuerische kleine Null.

Walter, der Schwächling, stand neben ihr, eine Liste in der Hand, und hakte Namen ab. Wer waren all diese Leute? Pauline hatte Hubert von Zeit zu Zeit von neuen Leuten erzählt, denen man trauen konnte. Doch er hatte keine Ahnung gehabt, daß es so viele waren. Zwei amerikanische Kunsthistoriker, sehr kultiviert und sehr reich, hatte Pauline gesagt. Ein Mädchen aus Rom, »meine beste Freundin dort«, hatte Pauline erklärt. Und ein andermal hatte sie gesagt: »Eine Freundin meiner Freundin, und sie ist zufällig Michael Radcliffes Geliebte.« Darüber hatte Hubert Genugtuung empfunden. Ja, aber wie kamen so viele zusammen? Hubert kannte die meisten Leute, die da vor ihm saßen, nicht.

Aus dem Haus trat eine zweite in wallende Gewänder gekleidete Gestalt. Der Mann trug ein togaähnliches Gewand, das über seinem dicken Leib spannte. Es war der Rechtsanwalt Massimo de Vita; er sollte neben Huberts Thron stehen und für die anwesenden Italiener dolmetschen.

»Freunde«, sagte Hubert und streckte segnend die Arme aus, während Massimo rief: *»Amici!«*

»Freunde«, sagte Hubert, »Brüder und Schwestern der Natur. Ich bin, wie ich eben sagte, der Abkömmling von Diana und Apollo, den Gottheiten der alten Religion, die hinausreicht über die geschichtliche Dämmerung bis in die fernen, zeitlosen Regionen der Mythologie, wo Jahrhunderte von Äonen nicht zählen.«

Massimo de Vita kam ungefähr mit, da Hubert langsam sprach, irgendwie ohne seine gewohnte energiegeladene Überzeugung; er war immer noch aufgebracht von Pauline Thin; sie hatte ihn aus dem Konzept gebracht.

»Diana«, fuhr er fort, »die Göttin der Natur, ist älter als der Mensch. Sie kämpfte auf den Schlachtfeldern Trojas und wurde gedemütigt von ihrer eifersüchtigen Stiefmutter, die, wie es bei Homer steht, Diana den Köcher mit den Pfeilen von der Schulter nahm und sie damit schlug. Doch solcher Art war das Charisma der Diana, der jungfräulichen Göttin und Beschützerin der Natur, daß sie keine Rache übte, sondern statt dessen beschloß, nach Italien zu gehen, ihren Namen zu ändern und unter uns in Nemi zu wohnen. Ihr müßt wissen, daß ihr Name in Griechenland Artemis lautete, und nicht weit von dem Hügel, auf dem wir hier versammelt sind, steht der Monte Artemisio; und unter uns liegt das Heiligtum der Diana, meiner Vorfahrin, vernichtet und geplündert ...« Und mit löblicher Selbstverleugnung deklamierte Massimo de Vita: *»Diana, la mia antenata, rapita e saccheggiata...«*

Dazwischen rief plötzlich die Stimme einer Frau entschlossen: »Ich will Zeugnis ablegen.«

Hubert sah aufgeschreckt zu der Stimme hinüber, während der togaumhüllte Advokat, der ebenfalls überrascht war, sich augenblicklich zusammenriß und in dem Glauben, dies gehöre zur Schau, da die Stimme von Pauline kam, pflichtbewußt in seiner Überzeugung fortfuhr: *»Adesso vengo testimoniare!«*

»Was soll diese Unterbrechung?« fragte Hubert, als alle sich nach Pauline umdrehten.

»Cos' è questo disturbo?« übersetzte Massimo in sein Mikrofon, dabei schaute er sich allerdings verzweifelt nach irgendeiner Orientierung um. Er fand keine. Er sah zu Pauline hin und vermutete, da er sie zum ersten Mal an diesem Tag in ihrem sonderbaren Sportanzug sah, sofort, daß diese Unterbrechung vorausgeplant war: eine Art Dialog als theatralischer Effekt, der, wie Hubert so oft gesagt hatte, für den Erfolg der Gemeinschaft notwendig war.

»Miss Thin«, brüllte Hubert in sein Mikrofon, »ist Ihnen klar, daß Sie sich hier in einer Kirche befinden?«

Massimo übersetzte weiter.

Pauline sprang hinauf zum Podium unter dem Laubendach, stellte sich neben Hubert und riß das Mikrofon an sich.

»Ich habe ein Recht, Zeugnis abzulegen und zu weissagen«, verkündete sie, »und ich möchte aus dem Neuen Testament Zeugnis ablegen.«

Pater Cuthbert hüpfte auf seinem Sitz auf und nieder, während sein Begleiter Gerard begierig lächelte. Die übrigen Mitglieder der Gemeinde wurden unruhig und fragten einander, was das alles zu bedeuten hätte. Dann verstummten sie, als Paulines Stimme dröhnend verkündete: »Erster Brief an Timotheus, Kapitel eins, Vers drei und vier:

›Ich habe dich doch damals, als ich nach Mazedonien reiste, beauftragt, noch in Ephesus zu bleiben, um gewissen Leuten Einhalt zu gebieten, daß sie keine Irrlehren verbreiten und sich nicht mit Fabeln und endlosen Geschlechtsregistern befaßten, die nur mehr Streitereien hervorbringen als dem auf dem Glauben gegründeten Heilsplan Gottes dienen.‹«

Die Gemeinde schwieg und wartete auf weitere Aufklärung, die Pauline, die sich das Mikrofon näher heranzog, offensichtlich gleich geben würde. Nur Cuthbert Plaice regte sich, um mit blitzenden Augen seinem Jesuitenbruder etwas ins Ohr zu flüstern. Hubert, der augenblicklich Sabotage witterte, versuchte zunächst, sich in Besitz des Mikrofons zu bringen. Doch Pauline ließ nicht locker. Er hatte Angst, was sie als nächstes sagen würde und tat daher so, als wollte er das Gerät für sie einstellen, streckte gleichzeitig seinen linken Arm in rechtem Winkel von seinem Körper weg, so daß er beschützend auf ihrer Schulter lag. Auf diese Weise erweckte er den Anschein, Paulines Unterbrechung wäre Teil des Gottesdienstes und selbst sein erster Ausruf – »Was soll diese Unterbrechung?« – könnte Teil einer dramatischen Litanei sein. Pauline machte ein erstauntes Gesicht und wandte sich Hubert zu, als wollte sie fragen, ob das wirklich sein Ernst wäre.

Massimo bemühte sich derweil immer noch, mit der Übersetzung von Paulines Text, der ihm Schwierigkeiten machte, nachzukommen.

»Fahren Sie fort«, sagte Hubert erhaben.

Zwei junge Männer in der Gemeinde, die das Gerücht, daß Maggie anwesend sein würde, zu der Versammlung gelockt hatte, saßen ziemlich weit vorn. Der eine war ein früherer Chauffeur von Maggie, und der andere war der Porträtmaler, den Coco de Renault empfohlen hatte und dem Maggie und Mary mit ziemlich katastrophalem Ergebnis und für teures Geld Modell gesessen hatten. Ehe die beiden Männer nach Nemi aufgebrochen waren, hatten sie sich mit Versuchsinjektionen eines neuen Amphetamins aufgeputscht. Die Szene, die sich vor ihnen abspielte, machte glauben, daß die neue Droge alle früheren, die sie ausprobiert hatten, in den Schatten stellte, und während Massimos wirre Version über den Lautsprecher holperte, begannen die beiden jungen Männer im Takt in die Hände zu klatschen.

Pauline nahm sich zusammen, um, überrascht von Huberts Gebot, in ihrer Zeugnisablegung fortzufahren. Unter dem Einfluß von Huberts liebevoller Umarmung änderte sie ihren Ton. Statt mit Wut sprach sie jetzt mit atemloser Scheu.

»Ich wollte nur sagen«, erklärte sie der Gemeinde, »daß die Worte des Apostels Paulus sich auf die Diana von Ephesus beziehen, wo es einen Kult der Diana gab, und das hat mich inspiriert. Wenn Sie sich an die Apostelgeschichte erinnern, und ich glaube, ich könnte die Stelle finden –«

Sie begann in der Bibel in ihrer Hand zu blättern, während das laute, rhythmische Klatschen sich steigerte, als andere Mitglieder der Gemeinde ermuntert wurden mitzumachen. Als sie ins Stocken geriet, erhob sich Pater Gerard, der sah, daß sie in Schwierigkeiten war, charismatisch von seinem Sitz und rief: »Kapitel neunzehn!«

»Apostelgeschichte, Kapitel neunzehn«, sagte Pauline und schlug die Stelle auf, während Hubert voller Abscheu gegen sie dastand, gefangen durch seinen Arm im weitfallenden silbergrünen Ärmel, der tröstend auf ihrer Schulter lag.

»Lesen Sie«, befahl er seiner Wärterin, worauf die Jesuiten freudvolle Blicke tauschten.

»Er ist sehr großzügig, nicht wahr?« flüsterte Cuthbert Plaice.

Das Klatschen wurde noch lauter, und einige Mitglieder der Gemeinde begannen zu schunkeln. Pauline wurde sichtlich mutiger und las jetzt laut im Rhythmus des Klatschens, den Finger auf der Stelle:

»Ein Silberschmied namens Demetrius, der silberne Artemis-Tempelchen verfertigte und dadurch den Kunsthandwerkern nicht geringen Verdienst verschaffte, versammelte diese sowie andere ihrer Zunftgenossen und sprach: ›Ihr Männer, wie ihr wißt, fließt aus diesem Gewerbe unser Wohlstand ...‹«

»*Piano, piano*«, flehte Massimo. »Lesen Sie langsam, Miss. Ich komme nicht mit.«

Pauline änderte ihren Rhythmus, stolperte weiter, bis sie in einer Art synkopischen Takts mit dem lauten Klatschen lag, immer einen Klatschtakt überspringend.

»Nur Mut!« heulte Hubert grimmig. »Lesen Sie zu Ende.«

»›... Nun aber seht und hört ihr, wie dieser Paulus nicht nur in Ephesus, sondern in fast ganz Asia viel Volk überredet und abwendig gemacht hat. Das, sagte er ja, seien keine Götter, die von Menschenhand verfertigt würden. Dadurch droht nicht bloß unser Gewerbszweig in Mißachtung zu kommen, sondern auch das Heiligtum der großen Göttin Artemis in Verachtung zu geraten; ja, sie selbst, die doch ganz Asia, ja, alle Welt verehrt, wird ihrer Herrlichkeit verlustig gehen.‹

Als sie das hörten, gerieten sie in Wut und schrien: ›Groß ist die Artemis der Epheser!‹«

»Genug, genug!« sagte Hubert und zog das Mikrofon von ihr weg. Massimo hinkte mit der Übersetzung nach, doch er ließ ein gutes Stück aus, was keiner der Anwesenden merkte, und schloß mit: *»Basta, basta! Evviva la Diana d'Efeso!«*

Hubert wandte sich Pauline zu, die jetzt völlig durcheinander war, und küßte sie in der rituellen Geste des Friedenskusses auf beide Wangen. Er gab dann mit weitausholender Bewegung zu erkennen, daß sie entlassen war, und sie stieg unter dem noch lauter werdenden Klatschen der Menge zur Gemeinde hinunter. Sie machten jetzt auch andere Geräusche und standen auf ihren Bänken.

»Und ich sage euch«, gurrte Hubert ins Mikrofon, »daß die Diana von Ephesus nach Nemi gebracht wurde, um die große Erdenmutter zu werden. Groß ist die Diana von Nemi.«

»Diana von Nemi!« schrie jemand in der Menge, und das inspirierte Paulines Freund Walter, seine Gitarre anzuschlagen. Bald riefen alle im Singsang: »Diana von Nemi! Diana von Nemi!«

Die Sitzplätze waren leer, die Gemeindemitglieder in

Ekstase überall im Garten. Sie tanzten, klatschten und schrien. Hubert blickte mit wohlwollender Befriedigung auf die Szene und war erleichtert, daß keiner die wahre Bedeutung der Bibelpassage begriffen zu haben schien. Er stand unter dem Blätterdach und lächelte nachsichtig. Dann setzte er sich auf seinen Thron, raffte seine Gewänder um sich und lächelte sogar zu Pauline hinüber, die ekstatisch mit den anderen tanzte und sang und so absolut fürchterlich aussah. Sie glaubte, von Hubert wieder in Gnaden aufgenommen zu sein, und es war ihr völlig gleichgültig, daß er ihren Verrat zu seinem eigenen Vorteil ausgenutzt hatte.

»Ich will Zeugnis ablegen!«

Hubert riß sich aus seinen Gedanken und stellte mit Verärgerung fest, daß vor dem Mikrofon an seiner Seite eine magere Frau stand. Er erkannte Nancy Cowan, die ehemalige Englischlehrerin Letizia und Pietro Bernardinis, die jetzt ganz einfach ein Haushaltsmitglied war und darauf wartete, daß Bernardini sie zu gegebener Zeit heiraten würde. Hubert stand auf, ungewiß, was er tun sollte, da die Menschen, die im Garten herumgesprungen waren, beim Klang der Stimme plötzlich stillstanden und Walter, der Trottel, aufhörte, auf seiner Gitarre zu klimpern.

»Ich möchte sagen«, verkündete Nancy, »daß die Bibelpassage, die Sie eben gehört haben, eine Verdammung der heidnischen Göttin Diana ist. Sie besagt, daß der Kult der Diana nichts weiter war als eine Interessengemeinschaft der Silberschmiede zu rein kommerziellen Zwecken. Das Christentum sollte dem allen ein Ende bereiten, aber das hat es nicht getan. Es –«

»Gut gesagt«, donnerte Hubert ins Mikrofon. Er hatte das Wort wieder an sich gerissen, sie von ihrem Platz weggedrängt. Jetzt legte er ihr eine Hand auf die Schulter, während er fortfuhr: »Unsere Schwester Nancy berichtet uns, daß die Diana von Ephesus verraten wurde, daß das Christentum verraten wurde und daß wir jetzt die Große Mutter der Natur wiederhaben, die Diana des Waldes, Diana von Nemi. Groß ist die Diana von Nemi!«

Massimo, der sich unter die Menge gemischt hatte, kehrte rechtzeitig an seinen Platz zurück, um einen Teil dieser Rede zu übersetzen; inzwischen jedoch geriet das Ritual unter Huberts Blätterdach aus den Fugen; während er nämlich gesprochen hatte, hatte Nancy seine Hand von ihrer Schulter gestoßen und zerrte und riß jetzt heftig an seinen Gewändern.

Das Klatschen begann erneut. Alle umdrängten die Laube, um das neue Geschehnis mitzuerleben, das sich vor Huberts Thron abspielte. Es sah aus wie eine Rauferei, und die verwirrte Gemeinde wurde zum Publikum. Walter, der annahm, auch diese Geschichte gehörte zu einem im voraus ausgearbeiteten Plan, begann wieder auf seiner Gitarre zu spielen.

»Groß ist die Diana von Nemi! Lang lebe die Diana von Nemi!«

Nancy war ziemlich kräftig, doch Hubert packte sie jetzt bei den Haaren. Sein Ärmel war halb herausgerissen. Plötzlich eilte Letizia aufgeregt herbei, um Nancy zu helfen, wenn sie auch keine Ahnung hatte, was das für eine Rolle war, die sie da spielte. Vermutlich fühlte sie sich getrieben, der Frau Hilfe zu leisten, weil sie selbst mit sich über Hubert im Widerstreit lag: persönlich mochte sie ihn nicht, aber sein Naturkult faszinierte sie. Das Geräusch des Klatschens nahm rund um die Kämpfenden wieder zu. Letizia war außer sich. Nachdem sie Hubert mit ihren Nägeln ein paar blutige Kratzer auf der Wange beigebracht hatte, riß sie sich in Ekstase ihre Bluse herunter, unter der sie nichts anhatte. Oben ohne kämpfte sie weiter, während Nancy sich darauf konzentrierte, Hubert Stück um Stück die grünen, glitzernden Gewänder vom Leibe zu reißen.

Der Lärm im Garten war lauter denn je. Die beiden Priester standen ein Stück abseits vom Thron und vom Schlachtfeld und mahnten verzweifelt zur Ruhe. Cuthbert kam ein wenig zu nahe und erhielt einen unbeabsichtigten Schlag von Hubert, der ihn zu Boden streckte. Bald waren den Jesuiten die Kleider heruntergerissen, ja, innerhalb sehr kurzer Zeit waren alle im Garten in den Tumult verwickelt.

Mr. Stuyvesant und sein junger Freund, George Falk, unternahmen inzwischen einen Rundgang durch das Haus, um festzustellen, ob es dort etwas Stehlenswertes gäbe. Sie standen eine Weile verwundert vor der guten Fälschung des Gauguin, dann gingen sie weiter, ohne etwas zu berühren. Verschiedene Wertgegenstände fielen ihnen auf und die Tatsache, daß keine Alarmanlage vorhanden war; sie wußten ja nicht, daß das Haus sehr bald schon ausgeräumt sein würde, noch ehe sie Gelegenheit gehabt hätten, ihre Freunde über dessen Inhalt zu informieren.

Auf ihre verhaltene Art gingen sie durch die ekstatisch erschöpfte Menge im Garten zurück, stiegen in ihren Wagen und fuhren davon.

Das Fest im Garten endete nicht abrupt, sondern Schritt für Schritt, Zug um Zug. Marino Vesperelli, der Letizia seit drei Jahren unermüdlich umwarb, lag nackt und sehr dick unter einem Maulbeerbaum und murmelte abgerissene Sätze vor sich hin, während seine Augen zum Glitzerblau des Himmels zwischen den Blättern hinaufstarrten. »Erschöpft. Gruppentherapie«, sagte er. »Letizia. Die Gruppe.«

Sie lag rücklings über ihm und blickte ebenfalls zu den Zweigen auf, in denen das verrenkte und zertrümmerte Skelett von Walters Gitarre hing. Letizia sah auf ihre Brüste hinunter und wälzte sich herum, ihren beleibten Freier zu trösten.

Pauline wanderte durch den verwilderten und jetzt verwüsteten Garten und suchte vergeblich nach ihrem Hut, während Walter auf der Straße auf sie wartete, den Wagen bereits mit einem Teil ihrer Habseligkeiten vollgepackt. Hubert hatte sie tatsächlich hinausgeworfen. Er hatte ihr eine Frist von zwanzig Minuten zur Abreise gegeben und hatte ihr Angebot, die Wunde an seinem Kopf zu waschen, strikt abgelehnt.

»Ich bringe Sie um«, sagte Hubert.

»Ich habe Sie für charismatisch gehalten«, sagte Pauline. »Als ich mein Zeugnis aus der Bibel vorlas, da haben Sie Charisma gezeigt.«

»Sehen Sie sich meinen Kopf an, Miss Thin«, sagte Hubert.

»Das habe ich nicht getan«, kreischte Pauline.

»Theoretisch haben Sie es doch getan«, sagte Hubert.

Wenig später kam Massimo de Vita zu Pauline ins Zimmer und sagte ihr, sie säße tief in der Patsche, sie müßte pakken und verschwinden.

»In den italienischen Gefängnissen ist es nicht sehr angenehm. Sie haben Rauschgift in dieses Haus gebracht. Sie haben die Orgie heraufbeschworen. Die Leute sind verletzt und ganz durcheinandergebracht worden. Bald wird es sich überall in der Gegend herumsprechen, und die Carabinieri werden ermitteln.«

Sie packte einige Sachen, aber nicht alle, da sie nicht alle Brücken hinter sich abbrechen wollte. Um Hubert eine letzte Chance zu geben, ging sie nochmals in den Garten, um ihren Hut zu suchen, wie sie dem wartenden Walter erklärte. Unter Huberts Fenster stehend rief sie nach oben: »Hubert!«

Sein blutiger Kopf erschien.

»Ich wünsche Ihnen einen guten Nachmittag«, sagte er.

Diesen Worten folgte einer der schweren Metallhähne, die von sämtlichen Waschbecken im Haus abgeschraubt worden waren. Er traf sie auf den Kopf, und Blut strömte über ihr Gesicht. Da rannte sie zu Walter und dem Wagen hinaus und brach mit ihm nach Paris auf.

Der junge Porträtist hatte einen Zahn verloren, fand jedoch, daß der Trip, den seine neue Droge ausgelöst hatte, das wert war; er sagte dies auch zu seinem Freund, Maggies früherem Chauffeur, als sie zusammengedrängt auf der Ablage des Spültisches in der Küche hockten und ihre Füße in das Becken baumeln ließen, das mit kaltem Wasser gefüllt war.

»Es ist aus«, stöhnte Hubert jammervoll. »Meine Hoffnungen – mein –. Ich bringe diese Frau, diese Pauline Thin, um, wenn ich sie je wieder zu Gesicht bekomme. Ich muß aus Nemi verschwinden, aber ich werde dafür sorgen, daß Miss Thin stirbt.«

Er lag auf seinem Bett und ließ sich von Massimo pflegen. Seine Wangen und Hände waren von den Kratzern aus dem Kampf zerschrammt und angeschwollen; doch die auffallendste Wunde, einen Riß in seiner Stirn, der von der Augenbraue bis zum recht weit zurückgewichenen Haaransatz reichte, hatte er sich auf seiner überstürzten Flucht ins Haus geholt, als er sich ganz einfach den Kopf am Türrahmen angeschlagen hatte.

Massimo, der schon früh aus dem Aufruhr im Garten ins Haus geflüchtet war, zitterte noch, doch er war unverletzt. Er wrang über einer Wasserschüssel neben Huberts Bett ein Handtuch aus und drückte es sacht auf den verwundeten Kopf.

»Was sagen wir, wenn die Journalisten kommen?« fragte er. »Wenn die Polizei kommt ...«

»Ich bringe sie um. Sie muß sterben«, sagte Hubert. »Ich werde dafür sorgen, daß sie stirbt, ganz gleich, wo sie ist, weil es mein Wille ist. Ich werde Abgesandte ausschicken, sie zu töten.«

Die Tür öffnete sich. Die drei heimgekehrten Sekretäre erschienen. Kurt Hakens, dessen rotes Haar jetzt kurz geschnitten war, dessen Arme wie Beine aussahen und dessen Beine völlig unkontrolliert waren; Ian Mackay, untersetzt und zäh, der viel eher wie ein dunkelhäutiger Sizilianer als wie ein Schotte aussah; und Damian Runciwell, der grobknochige Amerikaner, der einmal als Sekretär der beste Sekretär gewesen war. Dieser Damian sah Massimo an und sagte: »Verschwinden Sie.«

In der Haltung der Sekretäre lag etwas, das Massimo veranlaßte, die Wasserschüssel schleunigst auf den Boden zu stellen, das Handtuch hineinfallen zu lassen und aufzustehen, um zu gehen.

»Jungs, Jungs«, sagte Hubert. »Das ist doch nicht der Moment, unhöflich zu sein. Geht und tötet Pauline Thin. Sie muß irgendwo herumschwirren. Gehen wird sie niemals.«

»Raus«, sagte Damian zu Massimo, und er ging.

»Jungs, ich bin ernstlich verletzt«, sagte Hubert. »Seht euch meinen Kopf an.«

»Wir sind gekommen, um dich zu töten«, sagte Ian und zog einen häßlichen, langen und altmodischen Revolver aus seiner Hosentasche.

»Steck das alberne Ding weg und befeuchte mir den Kopf«, sagte Hubert. »Wollt ihr denn, daß ich ins Krankenhaus muß? Es reicht doch, daß jeden Moment die Carabinieri hier auftauchen können.«

Kurt hatte ebenfalls einen Revolver gezogen. Der seine glänzte und sah modern aus.

»Um Himmels willen, was tut ihr denn? Der kann doch losgehen«, sagte Hubert.

Damian wandte sich nervös an die anderen und sagte etwas, was Hubert nicht hören konnte. Er wies mit dem Kopf zur Tür, womit er vielleicht sagen wollte, daß sie gehen sollten, oder womit er vielleicht auf Massimo anspielte, der als letzter gegangen war.

Ian richtete seinen Revolver auf Hubert und sagte: »Wer war das?«

»Wer? Massimo de Vita? Er ist mein Anwalt«, antwortete Hubert und setzte sich, eine Hand an den verwundeten Kopf drückend, beunruhigt auf.

Damian ging zur Tür, öffnete sie und blieb zwischen Tür und Angel stehen. Zu den beiden anderen sagte er: »Kommt mal eine Sekunde her.« Sie folgten ihm, wobei Ian immer noch Hubert im Auge behielt, und begannen flüsternd zu debattieren. Sie fauchten und zischten sich an, es klang nach gegenseitigen Beschuldigungen.

Hubert schrie: »Was, zum Teufel, geht hier vor?« und versuchte aus dem Bett zu steigen. Darauf umringten ihn die drei und drückten ihn erneut nieder. Damian liefen Tränen über das breite Gesicht.

»Hubert«, sagte er, »hast du etwas zu trinken für uns? Es ist alles zu stressig, Schätzchen. Es ist alles zuviel.«

Ian steckte seinen Revolver wieder in die Hosentasche, die dadurch unschön ausgebeult wurde. Kurt trat recht schamhaft zum Bett und legte seine elegante kleine Waffe darauf nieder.

»Habt ihr Jungs denn Drogen genommen?« fragte Hubert.

»Mein Ehrenwort«, erwiderte Kurt. »Ich bin geheilt. Frag meinen Psychiater.«

»Drogen«, sagte Ian. »Das einzige, woran er denken kann, wenn sein Leben bedroht ist, sind Drogen. Er kann sich nicht vorstellen, daß gewisse Leute gewisse Gründe haben können, uns dafür zu bezahlen, daß wir ihn umbringen.«

»Wir wollten es gar nicht, Hubert«, erklärte Damian, der immer noch weinte. »Wirklich nicht.«

»Betupft meine Wunde mit Wasser«, sagte Hubert, »und sagt mir, wer euch geschickt hat, mir Angst zu machen.«

Damian machte sich daran, Huberts Wunde weiterzubehandeln, wo Massimo aufgehört hatte.

»Wir brauchen etwas zu trinken«, sagte Ian.

»Nun, dann geh und hole etwas. Bring ein Desinfektionsmittel und irgend etwas zum Verbinden mit«, sagte Hubert. »Ich will keine Klammern in meinem Kopf haben. Mein Leben lang werde ich die Narbe behalten, die ich Pauline Thin verdanke. Wenn ihr etwas getrunken habt, könnt ihr sie suchen und sie erschießen und ihre Leiche im Wald verstecken.«

»Hubert, die Marchesa de Tullio-Friole hat uns hergeschickt, dich zu töten. Wirklich«, sagte Damian.

»Maggie? Sie hat euch Geld geboten?«

Darauf schwiegen alle drei, offensichtlich verlegen.

Hubert sagte: »Dann hättet ihr es also getan, wenn ihr es nicht verpatzt hättet, wenn ihr nicht gerade in dem Moment gekommen wärt, als Massimo, mein Freund, hier war?«

»Nein, Hubert, es war alles Theater. Wir hätten dich versteckt und das Geld mit dir geteilt.«

»Würdet ihr vor Gericht gehen und beschwören, daß Maggie euch bestochen hat, mich zu ermorden?« fragte Hubert.

»Nein«, antwortete Ian.

»Nein«, sagte Damian. »Ich würde mich nicht gern in die furchtbare kriminelle Atmosphäre eines Gerichts begeben, Hubert.«

»Nein, ich möchte nie wieder einem Polizisten auch nur in die Nähe kommen«, sagte Kurt.

»Ich könnte euch zur Aussage zwingen«, sagte Hubert. Ians Hand griff zur ausgebeulten Hosentasche. »Aber ich werde es nicht tun«, sagte Hubert. »Über mich, den Abkömmling der großen Diana von Nemi, ist an einem einzigen Nachmittag eine Katastrophe nach der anderen gekommen. So ist nun einmal das Schicksal der Götter. Habt ihr jemals Homer gelesen? Hat einer von euch Homer gelesen? Schlimmeres als dies ist den Göttern und ihren Nachkommen in jenen Tagen widerfahren; da ist es nicht verwunderlich, wenn diese Dinge mir in diesen Zeiten widerfahren. Ja, damit sind meine Rechte und meine Titel nachgewiesen. Rex Nemorensis, der König von Nemi, König des Waldes, bevorzugter Sohn Dianas, der Mutter der Natur.«

Ian kam mit einer Flasche Brandy, vier Gläsern, einer Flasche reinem Alkohol und einem Wattebausch zurück.

»Was anderes habe ich nicht gefunden«, sagte er. »Das Haus ist längst nicht mehr so gut versorgt wie früher, als wir uns noch um alles gekümmert haben.«

»Sagt mir«, verlangte Hubert, »seid ihr wirklich hierher gekommen, um mich zu töten?«

»Natürlich nicht«, sagte Damian und begann wieder zu weinen. »Erinnere mich doch nicht daran«, sagte er.

»Ian, ich möchte den Revolver haben, bitte. Gib ihn mir.«

Ian reichte ihm die Waffe. Hubert untersuchte sie gründlich. Dann untersuchte er den Revolver, den Kurt auf sein Bett gelegt hatte.

»Wer hat euch die gegeben?« fragte er.

»Maggie. Sie hat sie aus dem Waffenschrank ihres Mannes genommen. Mary war auch dabei«, antwortete Ian.

»Ja, Mary war auch dabei«, bestätigte Kurt.

»Wieviel hat sie euch geboten?«

»Sie nannte keinen genauen Betrag. Sie sagte, sie würde ein Vermögen zahlen, aber in monatlichen Raten – für den Fall, daß wir reden sollten. Sie sagte, Mary wäre ihr Alibi, der Beweis, daß sie an dem Tag mit Mary anderswo gewesen wäre. Wenn wir also Ärger kriegen sollten, dann wäre es nutzlos zu versuchen, sie zu belasten. Sie meinte es ernst, Hubert.«

»Ihr wollt sagen, sie hat euch keinen Vorschuß gezahlt? Sie hat euch gar nichts gezahlt?«

»Nicht einen Dollar, nicht einen einzigen Cent«, antwortete Ian sehr rasch und entschieden, und die anderen beiden murmelten etwas Beipflichtendes.

»Dann seid ihr Dummköpfe«, sagte Hubert. »Ich kenne diese Frau. Sie sagte einmal zu mir: ›Schwule sollte man ins Feuer werfen.‹ Sehr amüsant. Sie hält euch für überflüssig. Und ich werde nie mit Sicherheit wissen, ob ihr drei es wirklich vorhattet oder nicht.« Er sicherte die beiden Revolver, steckte sie neben sich unter das Leintuch und legte sich zurück. »Gebt mir etwas Brandy«, sagte er. »Ich glaube nicht, daß ihr den Mut gehabt hättet, es durchzuführen. Maggie war immer schon äußerst töricht. Sie geht nie zu Fachleuten.«

Früh am folgenden Morgen kehrte Massimo betont auffällig mit einem Möbelwagen zum Haus zurück und winkte mit einem Bündel Dokumente, die alles mögliche hätten enthalten können. Als Beweis dafür, daß er ein Außenstehender war, hielt er an der Post an, um sich nach dem Weg zu Huberts Haus zu erkundigen und geschwätzig zu erklären, er käme im Auftrag seiner Mandantin, der Marchesa Tullio-Friole, um das Haus räumen zu lassen.

Einer nach dem anderen wurden die Einrichtungsgegenstände in den Lastwagen gestapelt und an einen sicheren Ort verfrachtet. Hubert blieben ein Bett, ein Ofen, seine Alltagskleidung, der Fernsehapparat, der Eisschrank, vier Küchenstühle und vier Schreibtischstühle. Seine zerfetzten grünen Gewänder wanderten ebenso wie die unversehrten in den Möbelwagen. Seine Unterlagen, die Pauline so säuberlich sortiert hatte, wurden ebenfalls mitgenommen. Die Bilder, gefälschte wie echte, wurden vorsichtig aufeinandergestapelt, die Möbel wurden fachmännisch verpackt. Dann wurden all diese Dinge unter dem Schutz Massimo de Vitas davongefahren, und Hubert saß mit seinen Jungen in der Küche.

»Es ist wie in dem Sommer vor Maggies Heirat«, sagte er. »Kommt, Lieblinge, kocht etwas.«

Nach dem Mittagessen rief Hubert Massimo de Vita an.

»Nur um mich zu vergewissern«, sagte er, »daß die Sachen gut aufgehoben sind.«

»Keine Sorgen, sie sind gut aufgehoben«, versicherte Massimo.

»Wann verlassen sie das Land?«

»Seien Sie vorsichtig am Telefon«, sagte Massimo leise, und dann sagte er lauter: »Bei wertvollen Sachen muß man aufpassen, daß keine Diebe mithören, wissen Sie. Ihre Besitztümer werden innerhalb weniger Tage Italien verlassen,

Mr. Mallindaine. Eine Ausfuhrerlaubnis und alle Dokumente habe ich. Als Ausländer sind Sie viel leichter zu exportieren als viele andere Mandanten.«

Fünfzehntes Kapitel

Maggie saß im Auto und ließ sich von Genf nach Lausanne fahren, als ihr die gedungenen Mörder einfielen, die sie zu Hubert geschickt hatte. Im Vergleich mit der viel größeren Gemeinheit, die Coco de Renault ihr angetan hatte, erschienen ihr die Abmachungen mit diesen schrecklichen Leuten jetzt lächerlich. Sie hoffte, sie wären zu feig gewesen oder hätten nicht die Gelegenheit gehabt, ihren Auftrag auszuführen. Sie hatte keine Vorauszahlungen geleistet, nur jedem eine goldene Uhr geschenkt, jede ein wenig anders, um guten Geschmack zu zeigen; und Mary würde zu ihr stehen müssen, wenn es zu irgendwelchen Beschuldigungen kommen sollte. Als Maggie in Lausanne angekommen war, meldete sie von ihrem Hotel aus ein Telefongespräch mit Mary an.

»Mary«, sagte Maggie, die in Badetücher gehüllt auf ihrem Bett lag, da das Gespräch durchgestellt worden war, während sie ihr Bad genommen hatte, »ich habe im Glücksspiel des Lebens das Pik As gezogen.«

»Pardon?« sagte Mary.

»Ich sage, ich bin ins Unglück geraten.«

»Oh, hast du einen Unfall gehabt?«

»Coco de Renault ist mit meinem ganzen Geld spurlos verschwunden.«

»Das ist doch unmöglich«, sagte Mary.

»Ich muß ihn finden«, sagte Maggie, »und ich muß nach Hause zurück. Meine Schecks hier platzen, und meine

Bankdirektoren lassen sich entschuldigen, wenn ich sie sprechen möchte; sie tun so beschäftigt, daß es klar ist, daß sie mir was vormachen. Nie im Leben habe ich mich so gedemütigt gefühlt. Sag Berto, er soll mir etwas Geld schikken.«

»Gut, Maggie. Aber da ist doch was faul.«

»Sag Berto nichts von Cocos Verschwinden. Ich möchte ihn nicht erschrecken. Er würde fuchsteufelswild werden.«

»Berto hat Sorgen«, sagte Mary. »Bei ihm ist eingebrochen worden.«

»Aber ich dachte, er hätte die Polizei wegen dieser beiden Männer alarmiert, die da waren, um das Haus auszukundschaften.«

»Ich weiß. Zwei Kriminalbeamte kamen und sagten, die Alarmanlage wäre in Ordnung, und am nächsten Tag, es war erst am Dienstag, ließ Guillaume zwei Carabinieri herein, aber sie waren gar keine Carabinieri, sie waren nur als Carabinieri verkleidet. Sie haben die Angestellten gefesselt und den Veronese gestohlen und das ganze Silber, und das Porträt, tizianische Schule, haben sie auch mitgenommen. Berto sagt, sie werden für die Bilder Lösegeld verlangen, da sie ja auf dem Markt nicht abzusetzen sind; aber Berto zahlt kein Lösegeld. Er sagt, sein Haar ist über Nacht grau geworden, aber er hatte schon graues Haar. Ich habe Berto so gern, Maggie.«

»Und was ist mit meinem Schmuck?« fragte Maggie.

»Den haben sie auch mitgenommen, Maggie.«

»Guillaume!« schrie Maggie. »Ich traue diesem Guillaume nicht. Er muß etwas damit zu tun haben. Ich werde es Berto sagen. Entweder Guillaume oder ich. Berto muß sich entscheiden.«

»Maggie, die Polizei hat alle Angestellten verhört, und sie glaubt den Angestellten. Guillaume ist noch dazu bei dem Handgemenge verletzt worden. Hast du keine Zeitungen gelesen? Es ist am Dienstag passiert, und gestern stand es in allen Zeitungen. Berto sagt –«

»Mein Schmuck«, sagte Maggie, »ist für mich im Moment das wichtigste. Und den hat Guillaume.«

»Maggie, da klingt immer ein Echo mit. Es ist eine furchtbar schlechte Verbindung.«

»Hier stand nichts in der Zeitung«, sagte Maggie.

»Es stand in den italienischen Zeitungen. Vielleicht ist der Raub nicht spektakulär genug, um internationale Schlagzeilen zu machen«, sagte Mary. »Es hat entsetzlich viele Raubüberfälle gegeben.«

»Ein Veronese ist ein internationaler Raub«, rief Maggie.

»Ja, aber am selben Tag haben Kunstdiebe in Wien einen Rembrandt gestohlen. Hast du davon gelesen?«

»Nein. Die Presse vertuscht das alles«, sagte Maggie.

»Wahrscheinlich passieren zu viele Diebstähle, als daß man über alle berichten könnte«, meinte Mary.

»Hör mal«, sagte Maggie. »Ich komme nach Hause. Sag Berto, er soll mir bis morgen vormittag etwas Geld hierher schicken. Ich muß meinen besten Schmuck von der Bank holen und ihn verkaufen, und Berto muß etwas von seinen Ländereien verkaufen. Wir sind arme Leute. Guillaume muß ins Gefängnis, und ich muß die Inneneinrichtung meines Hauses von Hubert wegholen. Ich hoffe, es ist ihm nichts passiert, Mary. Es war dumm von uns –«

»Nicht am Telefon«, unterbrach Mary. »Ich habe Michael erzählt, was wir getan haben. Er war wütend. Er sagte, wir sollen am Telefon nicht darüber sprechen. Auf jeden Fall wohnen die Jungen jetzt drüben in dem Haus bei Hubert, und das ganze Mobiliar ist von deinem Anwalt weggeschafft worden. Sie haben vor zwei Wochen eine Orgie abgehalten. Ich war selbst nicht dort. Aber sonst waren alle da.«

»Welcher Anwalt hat meine Sachen geholt?« fragte Maggie.

»Massimo Soundso. Der aus Rom.«

»Er ist ein Schwindler«, sagte Maggie. »Er ist Kommunist, und er arbeitet für Hubert. Ich habe jedem von Huberts Jungen eine goldene Uhr geschenkt, und alles, was sie fertigbringen, ist, eine Orgie zu feiern. Hat die Polizei eingegriffen? Warum hast du nicht die Polizei geholt?«

»Ich war nicht da. Niemand hat sie bei der Polizei angezeigt. Alle hatten Angst, und sie sind entwischt. Die Polizei war letzte Woche dort, um nachzusehen, aber da fand sie nur Hubert und die Jungen in dem leeren Haus vor.«

»Berto wird es nie glauben«, sagte Maggie, »und ich werde kämpfen bis aufs Messer –«

»Berto weiß gar nichts«, sagte Mary. »Wir können Berto nicht weh tun. Er ist zu lieb.«

»Und ich?« fragte Maggie. »Denkt denn überhaupt keiner an mich?«

»O doch, Maggie, bestimmt«, versicherte Mary. »O doch. Wir haben dich lieb und hängen sehr an dir.«

Das erste, was Maggie tat, als sie aufgelegt hatte, war, so viele italienische Zeitungen wie möglich zu bestellen. Maggie gehörte immer noch, soweit bekannt, zu den wohlhabendsten Gästen des Hotels, doch das einzige, was der Nachtportier um diese Zeit nach Mitternacht tun konnte, war, am Bahnhof die frühe Morgenausgabe von *Il Tempo* holen zu lassen, die er Maggie gegen halb zwei Uhr überbrachte. Sie war noch wach, damit beschäftigt, die verschiedenen Katastrophen, die über sie hereingebrochen waren, nach Priorität zu ordnen. Von dem Einbruch in Bertos Villa stand nichts in dem Blatt; das war offensichtlich schon kalter Kaffee. Doch die Schlagzeile über dem Polizeibericht aus Rom veranlaßte sie, ein zweites Gespräch mit Mary anzumelden.

»Ach, kannst du nicht schlafen, Maggie?« fragte Mary besorgt. »Michael sagte, ich hätte dir das alles nicht erzählen sollen; ich hätte warten sollen. Berto ruft gleich morgen früh seine Bank in Genf an. Er hat versucht, dich zu erreichen, aber er kam nicht durch. Es ist schrecklich schwierig, von der Villa aus. Kannst du nicht schlafen? Berto sagt, ich hätte dir von deinem Schmuck nichts erzählen sollen, weil er gern bei dir gewesen wäre, wenn du es erfahren hättest.«

»Jetzt möchte ich mal etwas über deinen Schmuck wissen«, sagte Maggie. »Du hast gesagt, du wolltest ihn zur Sicherheit bei einer abgelegenen Bank deponieren.«

»Ach, Gott, ja. Es liegt alles auf einer Bank, ich weiß nicht. Michael will schlafen. Sie ist in der Via Appia.«

»Banco di Santo Spirito?« fragte Maggie.

»Ja, richtig. Wenn du so dringend Geld brauchst, Maggie, kann ich dir ein Darlehen geben, ohne meinen Schmuck zu beleihen. Sprich mit Michael, wenn du nach Hause kommst. Ich kann mit Papa reden und –«

»Via Appia Nummer 836?« fragte Maggie.

»Ich weiß wirklich nicht. Ja, das ist vermutlich die einzige Santo Spirito in der Via Appia.«

»Steh auf und sieh nach«, sagte Maggie. »Ich muß die genaue Bank wissen und die genaue Nummer in der genauen Straße. In der Santo Spirito ist eingebrochen worden. Hier, in der ›Il Tempo‹ von heute morgen, Mittwoch, dem sechzehnten Juli, steht, daß am Wochenende eingebrochen wurde und daß man am Montag merkte, daß die Banditen die Tresore geplündert haben. Steh auf und sieh nach, ob es deine Bank ist.«

»O nein, o nein«, sagte Mary. »Das kann nicht sein. Ich habe überhaupt nichts gehört. Vielleicht hat man versucht, mich zu erreichen. Wir sind erst heute morgen von der Villa zurückgekommen ...« Dann hörte Maggie sie sagen: »Michael, wach auf, mein Schmuck ist geraubt worden. Was hat meine Bank für eine Adresse?«

Es war in der Tat Marys Bank, auf die der verspätete Bericht sich bezog. Mary teilte Maggie mit, daß sie ihren Schmuck nicht versichert hatte, da sie ihn im Tresor in Sicherheit geglaubt hatte. Ihre Stimme klang seltsam; sie sprach mit Ehrfurcht, als wäre sie in der Kirche.

»Was ist das für ein schreckliches Erlebnis für dich«, sagte Maggie. »Du armes Kind, was für eine Qual, warten zu müssen, bis morgen die Bank aufmacht, ehe du feststellen kannst, ob deines eines von den Unglücksfächern war oder nicht.«

Sie sprach mit echter Bekümmerung und dachte in erster Linie an eine besondere Brillantbrosche und einen sehr wertvollen Smaragdring, die sie selbst Mary geschenkt hatte. Aber Michael kam ans Telefon, unvernünftig vor Sorge und unbeherrscht.

»Welcher Frau«, sagte er, »würde es einfallen, uns mitten in der Nacht anzurufen, gleich zweimal, um uns die schlimmsten Neuigkeiten mitzuteilen, die man sich denken kann? Du hättest uns bis morgen früh schlafen lassen können. Jetzt weint Mary. Sie will, daß ich den Bankdirektor anrufe. Wie kann ich ihn mitten in der Nacht anrufen? Was hätte das für einen Sinn? Ich kenne ihn nicht. Mary ist kein bißchen materialistisch, das hast du immer noch nicht verstanden, Mutter. Wir befinden uns in einer Wirtschaftskrise, und du mußt ihr ins Auge sehen. Das ist es –«

»Wir sind ruiniert!« schrie Maggie zurück. »Wir sind über Nacht so arm geworden wie die Kirchenmäuse, und das erste, was passiert, wenn eine Familie ruiniert ist, ist immer ein Riesenkrach, wenn es sich nicht um sehr besondere, sehr ungewöhnliche Menschen handelt. Und es tut mir in der Seele weh zu sehen, daß du sehr, sehr gewöhnlich bist und so ordinär wie alle Radcliffes. Die ganze Familie hat sich um ihre Treuhand-Fonds und ihre Testamente gestritten, und noch dazu ist es keine Stunde her, daß Mary mir sagte, ihr hingt alle an mir und hättet mich lieb. Es ist nicht meine Schuld, wenn Mary ihren Schmuck verloren hat. Vielleicht hat sie ihn ja gar nicht verloren. Ich hoffe es nicht. Ich werde mit Berto sprechen.«

Als sie so weit gekommen war, legte Maggie auf, blickte in den Spiegel und war höchst erstaunt festzustellen, daß sie gesund und hübsch aussah. Sie nahm noch ein

Bad, bestellte eine Flasche Champagner, gab Auftrag, um acht geweckt zu werden, und legte sich zu Bett, wo sie langsam drei Gläser schlürfte, ehe sie einschlief.

Lauro war hocherfreut darüber, daß Maggie ihn von seiner Hochzeitsschiffsreise wegzitiert hatte, wenn er auch großes Theater machte und so tat, als hätte sie Unerhörtes getan, indem sie den Kapitän der *Panorama di Nozze* anrief, des Vergnügungsdampfers, auf dem einundzwanzig frischverheiratete Paare, unter ihnen auch er und Betty, ihre Flitterwochen verbrachten. Lauro hatte bereits früher mit Maggies Hofstaat die griechischen Inseln besucht, hatte das Labyrinth des Minotaurus gesehen und die Akropolis besichtigt. Die Atmosphäre dieser Flitterwochen-Gesellschaft fand er grauenhaft. Einundzwanzig frischgetraute Ehepaare; jeden Morgen kichernde Bemerkungen, Tanz bis drei Uhr morgens, begleitet von lauten Witzen über Partnertausch und: Wie kommt man denn zu *Ihrer* Kabine? Und beim Cocktail hockten die gräßlichen Bräute zusammen und flüsterten, und Betty war keinen Deut besser als die anderen.

Jetzt saß er mit Betty im komfortablen Foyer des Hotels in Lausanne, während Maggie, beruhigend frisch und blühend, sich seine entrüsteten Beschwerden mit verbindlich-reuiger Miene anhörte, was nur bedeutete, daß sie Wichtigeres im Kopf hatte, als Worte daran zu verschwenden, sich zu verteidigen.

»Du hast ja so recht, Lauro«, sagte sie. »Ich hätte daran denken sollen – ich hätte rücksichtsvoller sein sollen – deine Flitterwochen. So etwas erlebt man nur einmal im Leben, nicht wahr?« Sie wandte sich der molligen Braut Betty zu, die offensichtlich beim Friseur gewesen war und sich für dieses Zusammentreffen mit großer Sorgfalt gekleidet hatte. »Ich muß mich wirklich entschuldigen«, sagte Maggie. »Darf ich Sie Betty nennen?«

Betty senkte die Lider und zuckte die Achseln, nicht dazu bereit, sich ihrem Mann gegenüber unsolidarisch zu verhalten. »Beinahe wären wir nicht gekommen«, sagte sie. »Aber dann tat der Kapitän so, als wäre es schrecklich dringend, und da alles für die vorzeitige Abreise arrangiert war, dachte Lauro, Sie wären vielleicht krank, und deshalb gingen wir noch am selben Tag an Land.«

»Lauro hätte leicht allein kommen und Sie die Fahrt fortsetzen lassen können«, sagte Maggie.

»Was für ein Vorschlag«, sagte Lauro. »Wie hätte ich meine Frau allein auf der Hochzeitsreise zurücklassen können? Bist du verrückt geworden, Maggie?«

»Nun, jetzt, wo du da bist, Lauro, kann ich dich einen Moment sprechen?« fragte Maggie.

»Bitte«, erwiderte Lauro und füllte alle drei Gläser mit dem Champagner, den Maggie bestellt hatte.

»Es ist geschäftlich, Lauro. Betty muß sich natürlich an die Geschäftsgebräuche gewöhnen, und da du mein Vertrauter und Sekretär bist, muß ich dich allein sprechen. Vielleicht gibt Betty uns eine halbe Stunde Zeit. Sie möchte sicher einiges einkaufen. Die Boutiquen von Lausanne sind bezaubernd; da kann sie sich ein paar Ideen für ihre Boutique in Rom holen, meinst du nicht?«

»Genau daran dachte ich auch«, sagte Betty und stellte ihr Glas nieder, daß es klirrte.

Lauro überlegte sich die Sache, er sah halb überheblich, halb beleidigt aus. Dann sagte er: »Ja, ich glaube, Maggie hat recht. Komm in einer halben Stunde zurück, Betty, ja?«

»Sehr schön«, sagte sie strahlend, »wunderschön.«

Sie sahen ihr nach, als sie zwischen den kleinen Tischen hindurchging und dann zur Drehtür hinaus.

»Bist du glücklich?« fragte Maggie Lauro.

»Natürlich«, antwortete Lauro. »Betty ist eine wunderbare Ehefrau. Sie ist schön und intelligent dazu. Wir Italiener, weißt du, mögen es, wenn Frauen Frauen sind und gut gebaut.«

»Ich finde oft, daß die italienischen Mädchen vom Aussehen her sehr reif wirken«, sagte Maggie, »ein wenig zu üppig, aber das ist Geschmackssache.«

»Ich lasse nicht zu, daß jemand etwas gegen die Italienerinnen sagt«, sagte Lauro, »schon gar nicht gegen meine Frau.«

»Da hast du völlig recht«, erwiderte Maggie schnell, um ihn zu versöhnen. »Ich meinte nur, daß es vielleicht daran liegt, daß sie zu früh konfirmiert werden. In den angelsächsischen Ländern wird man erst mit vierzehn konfirmiert.« Mit einer vagen Handbewegung tat sie das Thema ab. »Es ist einfach eine Sache der nationalen Sitte. Ich bin bestimmt nicht bigott. – Ja, Lauro, ich muß etwas wirklich Ernstes mit dir besprechen. Es ist ernst und es ist geheim, und ich kann dir nicht genug dafür danken, daß du für mich deine Hochzeitsreise abgebrochen hast, Lauro.«

»Es war eine sehr schöne und sehr teure, exklusive Schiffsreise«, sagte Lauro. »Heute sollten wir auf Eseln in die Berge reiten.«

»Alle auf Eseln, einundzwanzig *sposi*?« wunderte sich Maggie.

Lauro machte ein verstimmtes Gesicht.

»Aber Lauro, ich bin in Schwierigkeiten, Darling«, sagte Maggie. »Wirklich.«

Lauros Gesicht hellte sich auf.

»Was hast du für Probleme?« fragte er.

»Ich lese in den Zeitungen«, sagte Maggie, »daß dauernd Leute gekidnappt werden. In Italien entwickelt sich das schon zum Volkssport. Jeden Tag ein anderer. Wo fließen all die Millionen hin?«

»Es ist ein verbrecherisches Geschäft«, sagte Lauro, »das in erster Linie von der Mafia organisiert ist. Aber es gibt auch unabhängige Banden, vielleicht politische, ich weiß es nicht. Warum hast du deinen Leibwächter nicht behalten? Was ist aus deinem Gorilla geworden?«

»Ich kann mir keinen Leibwächter leisten. Ich bin blank«, erwiderte Maggie.

Lauro lachte. »Wenn das wahr wäre, warum solltest du dann Angst haben, entführt zu werden?«

»Wenn bekannt wird, daß Coco de Renault mit allen meinen Teilhaberschaften, meinem gesamten Grundbesitz, mit allen meinen mündelsicheren Papieren, mit meinem ganzen Kapital verschwunden ist, dann brauche ich mich allerdings nicht mehr davor zu fürchten, gekidnappt zu werden.«

»Wovon redest du eigentlich, Maggie?« fragte Lauro. »Du fragst mich über Entführungen, und dann erzählst du mir diese Geschichte von de Renault. Ich glaube, du willst dich als arm hinstellen, weil du Angst hast. Aber keiner wird dir glauben, Maggie. Du mußt vorsichtig sein. Es ist nicht angenehm, gekidnappt zu werden. Manchmal kommt das Opfer überhaupt nicht mehr nach Hause. Denk daran, wie sie dem jungen Getty das Ohr abgeschnitten haben. Die halten einen wochenlang in einem Verlies fest.«

»Coco ist verschwunden. Ich habe versucht, ihm auf die Spur zu kommen. Ich habe Detektive und meine Anwälte auf ihn angesetzt. Sie sagen, er sei irgendwo in Argentinien. Das ist alles, was zu erfahren ist. Ich weiß nicht, ob sie recht haben oder nicht. Vielleicht ist so was den Privatdetektiven auf die Dauer zu mühsam. Aber die Detektive und Anwaltshonorare müssen bezahlt werden.«

»Und die Polizei?«

»Welche Polizei? Er gehört keinem Land an. Und wenn ich einen Skandal mache, dann fangen die Leute von der Steuer an, in meinen Angelegenheiten herumzuschnüffeln. Ich möchte Coco kidnappen, das ist es. Ich möchte mein Geld von ihm erpressen. Vielleicht bekomme ich wenigstens einen Teil davon, etwas. Ich möchte Coco de Renault entführen.«

»Entführung ist ein Verbrechen«, sagte Lauro.

»Oh, das weiß ich«, antwortete Maggie. »Das weiß ich. Warum soll ich nicht unter die Verbrecher gehen? Alle anderen tun es doch auch.«

»Maggie, dein Mann –«

»Er wird nie etwas davon erfahren«, sagte Maggie.

Lauro war hingerissen. »Du bist eine phantastische Frau, Maggie. Wieviel ist für mich drin?«

»Zehn Prozent«, sagte Maggie.

»Zwanzig«, sagte Lauro.

»Gut, dann aber mit Spesen und Vergütungen.«

»Nein, nein«, sagte Lauro. »Die armen Leute, die die eigentliche Arbeit tun, gehen ein großes Risiko ein. Sie riskieren lebenslänglich Zuchthaus, wenn sie nicht von der Polizei erschossen werden. Dann müssen sie die Leute auftreiben, die den ersten Teil übernehmen, den Mann schnappen; dann müssen sie ein gutes Versteck finden; sie müssen die Familie ausfindig machen und die Telefonate führen; und sie müssen den Mann ernähren.«

»Also gut, dreißig Prozent inklusive«, sagte Maggie.

»Wie sieht die Familie aus?«

»Die Frau ist Amerikanerin, sieht ziemlich alt aus und wohnt hier in Lausanne. Ich habe sie aus der Ferne gesehen, eine depressive arme Seele. Die Detektive sagen, sie schwört, sie hätte ihn seit fünf Monaten nicht mehr gesehen, aber sie glauben ihr nicht; und ich auch nicht.«

»Du meinst, er wird sie eines Tages besuchen?«

»Ich weiß es nicht. Ich vermute, er hat durch eine kosmetische Operation sein Aussehen verändert. Das glaube ich, weil er es schon zweimal vorher getan hat.«

»Er kommt bestimmt nie in die Schweiz zurück«, sagte Lauro. »Wenn er jetzt als Millionär in Argentinien sitzt, weshalb sollte er da das Bedürfnis haben, eine alte Ehefrau zu besuchen?«

»Sie haben eine Tochter, die in Amerika aufs College geht«, antwortete Maggie. »Sie kommt diesen Sommer nach Hause zu ihrer Mutter. Ich könnte mir vorstellen, daß er seine Tochter sehen möchte.«

»Du müßtest ein sehr hohes Lösegeld verlangen«, sagte Lauro, »damit es sich für dich lohnt.«

»Ich werde auch ein hohes Lösegeld verlangen«, sagte Maggie, »schließlich ist es ja mein Geld, nicht wahr?«

»Ich habe keine Kontakte zur Mafia«, sagte Lauro. »Ich habe überhaupt keine Verbindung zur Unterwelt.«

»Aber, aber«, entgegnete Maggie. »Nun übertreib mal nicht, Lauro.«

»Ich kenne sehr wenige Leute«, sagte Lauro.

»Wenn ich meinen großen Rubinanhänger verkaufe«, sagte Maggie, »dann kann ich deinen sehr wenigen Freunden einen guten Vorschuß zahlen. Mein Rubin gehört zu den paar Dingen, die mir noch nicht gestohlen worden sind. Mir ist Schmuck aus der Villa gestohlen worden, und ich glaube, Mary hat ihren Schmuck bei dem Einbruch in die Banco di Santo Spirito neulich verloren.« Sie weinte jetzt.

»Ich weiß nicht, was ich glauben soll«, sagte Lauro, »aber irgendwie glaube ich dir, sonst hättest du mich nicht von meiner Braut weggerissen und meine Flitterwochen gestört.« Auch er hatte Tränen in den Augen bei dem Gedanken an sein verlorenes Paradies, wie es jetzt vor seinem geistigen Auge stand, wenn es auch in Wirklichkeit gar nicht so gewesen war.

»Betty kommt bald zurück. Kannst du sie für den Nachmittag loswerden? Sie kann meinen Wagen haben«, sagte Maggie.

»Ich denke schon«, sagte Lauro. »Ich schiebe sie ab und gehe oben mit dir ins Bett. So stellst du es dir doch vor, oder?«

»Im allgemeinen ist dies deine Vorstellung«, erwiderte Maggie, »oder nicht?«

»Wahrscheinlich«, sagte Lauro.

Es dämmerte schon, als Maggie zwei Tage später in der Villa Tullio eintraf. Berto erwartete sie nicht; er hatte überhaupt nichts von ihr gehört und hatte sie in keinem der Schweizer Hotels, in denen sie gewöhnlich abstieg, finden können. Berto machte sich Sorgen; er verstand nicht ganz, weshalb sie Geld gebraucht hatte. Er hatte ihr das Geld überweisen lassen, aber später, als er versucht hatte, sie in Lausanne telefonisch zu erreichen, hatte sie gerade das Hotel verlassen.

Auch Mary hatte versucht, sie zu erreichen, außer sich vor Freude darüber, daß ihr Schließfach, das zu jenen gehörte, die weit oben in die Wand des Tresors eingelassen waren, den räuberischen Händen der Diebesbande entgangen war. Mary hatte Berto in Venetien angerufen.

»Ich mache mir Sorgen um Maggie. Wo ist sie?«

»Ich weiß es nicht«, antwortete Berto. »Sie ist aus Lausanne abgereist. Ich mache mir auch Sorgen. Hast du die heutige Morgenzeitung gesehen? Wieder eine Entführung.«

»Ach, Berto, Darling, mach dir keine Sorgen«, sagte Mary. »Soll ich kommen und dir Gesellschaft leisten?«

»Nein, mein Kind, das ist wirklich nicht nötig.«

Der Chauffeur, der Maggie an jenem Abend nach Hause zur Villa fuhr, war zutiefst verwirrt. Die Marchesa hatte sich so seltsam angezogen. Sie war auf der Heimfahrt in einer kleinen Stadt auf einen Flohmarkt gegangen, aus einer plötzlichen Idee heraus, während er auf dem Parkplatz gewartet hatte. Dieser Chauffeur war schon lange in Bertos Diensten und hatte eigentlich keine eigenständige Meinung von Maggie. Er respektierte sie, weil sie Bertos Frau und somit die Marchesa war, und er fand es natürlich, daß sie unlogische Impulse hatte. Er hatte sie auf einer rätselhaften Route, die weder konsequent noch ökonomisch geplant war, durch die ganze Schweiz gefahren; erst Zürich, dann Genf, dann Zug, dann Lausanne. Für ihn war die ganze Reise ein einziger »non sequitur«, doch Maggie hatte, wie sich das für eine Dame gehörte, stets dafür gesorgt, daß er anständige Zimmer bekam, gut aß und sich wohl fühlte. Er hatte sich, als Lauro und seine junge Frau in Lausanne auftauchten, keine Gedanken darüber gemacht, daß Lauro ihn auf Maggies Bitte für den ganzen Nachmittag, von halb eins bis halb sieben, mit Betty auf eine Besichtigungsfahrt durch Berg und Tal geschickt hatte. Man hatte im hübschen kleinen Caux, hoch oben an einer Bergstraße, zu Mittag gegessen, Betty an einem Tisch, der Chauffeur trotz der Einladung der jungen Frau, ihr Gesellschaft zu leisten, an einem anderen. Betty hatte die kleinen Chalets bewundert, und der Chauffeur hatte ihr zugestimmt aus dem unreflektierten Bedürfnis, es ihr recht zu machen.

»Mein armer Mann«, hatte Betty gesagt, »hat den ganzen Nachmittag mit der Marchesa zu tun, und dabei ist er auf seiner Hochzeitsreise.« Der Chauffeur sagte nur, so wäre das Leben nun einmal. »Ihre Häuser in Nemi stehen auf meinem Grund«, sagte Betty. »Sie sind *abusivo*. Sie muß die Häuser entweder abreißen lassen oder uns bezahlen. Darüber müssen sie sprechen, und glauben Sie mir...«

Während sie sprach, hielt der Chauffeur vor einer kleinen Heimweberei an und fragte Betty, ob sie Lust hätte, sich umzusehen. Betty blieb einige Zeit in der Werkstatt, kaufte bestickte Tischsets und einen Schal und stieg dann wieder in den Wagen, vornehm in den Fond, während Bertos Chauffeur ihr die Tür aufhielt.

Am nächsten Tag war Maggie nach Genf gefahren und hatte Betty rechtzeitig für die Maschine nach Rom am Flughafen abgesetzt. Dann war sie mit Lauro zu einem neuen Apartmenthaus gefahren, wo es keinen Concierge gab, sondern nur eine Sprechanlage an der Haustür. Lauro drückte auf einen Knopf, doch niemand meldete sich. Die große Glastür war abgeschlossen. Maggie setzte sich wieder in den Wagen und wartete. Lauro ging auf dem kleinen Weg zwischen den säuberlich gesetzten jungen Pflanzen auf und ab; von Zeit zu Zeit drückte er wieder auf den Knopf; er sah zu den Fenstern hinauf; er sah auf seine Uhr.

Maggie, die selten Erklärungen gab, hatte es offenbar für nötig gehalten, dem Chauffeur zu erklären, daß sie auf eine Schneiderin warteten, ausgesprochen genial und noch nicht berühmt, die sie unbedingt sehen mußte. Sie wären angemeldet, erklärte sie.

Es wäre wirklich schlimm, sagte der Chauffeur, die Marchesa warten zu lassen. Sie warteten noch weitere zwanzig Minuten, dann fuhr ein Peugeot vor. Drei jüngere Männer stiegen rasch aus und gingen auf die Haustür zu, wo Lauro wartete. Der Chauffeur konnte ihre Gesichter nicht sehen, denn sie hielten sie von ihm abgewandt. Einer der Männer sagte etwas zu Lauro und wies unhöflich mit dem Daumen zu dem Wagen, in dem Maggie und der Chauffeur saßen; er sagte etwas auf französisch, was der Chauffeur nicht verstand, aber es klang verärgert. Vielleicht hatte der Mann nicht gesehen werden wollen. Auf jeden Fall öffnete einer der Männer die Tür mit einem Schlüssel, Lauro rief ihm etwas zu und sah auf seine Uhr. Dann stieg Maggie mit ihrem bezaubernden Lächeln aus dem Wagen und folgte den vier Männern ins Haus. Der Morgen verging. Maggie kam mit Lauro wieder heraus, und sie brachen auf, zurück nach Venetien. Unterwegs hielten sie ein paarmal, um etwas zu essen, und dann, aus unerklärlichen Gründen, in einem kleinen Marktstädtchen, wo Maggie eine Stunde zubrachte, während der Chauffeur auf dem Parkplatz wartete.

Während er wartete, spazierte er ab und zu ein wenig herum. Nach dem, was er sah und hörte, war Maggie diesmal mit niemandem verabredet. Eine Verabredung, wenn auch vielleicht ihr Sinn Bertos rechtschaffenem Chauffeur entgangen wäre, wäre zumindest eine Erklärung gewesen. Völlig unbegreiflich aber war, daß Maggie dort an einem Stand in aller Unschuld ein Bündel fürchterlicher Kleider gekauft hatte; sie waren offensichtlich für sie selbst gedacht, denn sie hielt sich diese Lumpen an den Körper, um zu sehen, ob sie paßten. Ein abgetragener, langer Rock aus schwarzer Baumwolle, ein Paar verschmutzte Tennisschuhe, die sie tatsächlich auf der Straße anprobierte, ein einstmals rosafarbenes Kopftuch, eine Baumwollbluse, nicht getragen, aber billig, weiß gepaspelt und scheußlich.

Der Chauffeur ging zum Wagen zurück und wartete. Es dauerte nicht lange, da erschien Maggie mit ihrem unbekümmerten Gang, gutgelaunt wie stets, in den Armen das Bündel gräßlicher Kleidungsstücke, nicht einmal in Papier eingepackt.

Der Chauffeur nahm es ihr ab und verstaute es sorgsam im Kofferraum.

Er sagte nur: »Die Marchesa sollte ihre Handtasche bei mir lassen, wenn sie einkaufen geht. Es gibt viele schlechte Leute.«

Worauf Maggie etwas beunruhigt in ihrer Handtasche wühlte; doch alles war in Ordnung. Sie fuhren weiter.

Am folgenden Tag gegen Abend wollte Maggie in Venedig Rast machen und etwas trinken. Sie ließ den Chauffeur am Kai zurück, mietete ein Wassertaxi und ließ sich zu einer eleganten Bar bringen. Später kehrte sie mit dem Wassertaxi zurück und ließ es warten, während sie vom Chauffeur die alten Kleider aus dem Kofferraum des Wagens verlangte. Der Chauffeur wickelte sie voller Scham in eine Autodecke und reichte sie hinüber. Maggie dirigierte das Taxi wieder zu der Bar.

Als sie zurückkehrte, sah sie aus wie eine Landstreicherin, so daß der Chauffeur sie zunächst nicht erkannte. »Marchesa!« rief er dann.

»Ich habe mich in der Toilette umgezogen«, sagte Maggie. »Habe ich Sie erschreckt? Ich möchte meinem Mann einen Streich spielen.«

Weiter zur Villa. Es war dunkel, als sie ankamen.

»Zum hinteren Tor«, befahl Maggie. »Ich habe den Schlüssel.«

Immer noch verwirrt, fuhr der Chauffeur um die Villa herum zu dem fest verschlossenen, massiven Tor in der Mauer, durch das man auf die Pferdekoppel, in den Obstgarten, den Gemüsegarten und schließlich zur großen Hintertür gelangte.

»Darf ich die Marchesa begleiten?« sagte er und holte seine große Taschenlampe heraus. Er dachte an die Maskenbälle, von denen er gehört hatte, und kam sich schuldig und ungebildet vor, daß er den Humor der feinen Leute nicht verstand. Er beschloß zu versuchen, sich anzupassen.

Maggie machte sich mit ihrem Schlüssel am großen Tor zu schaffen, während der Chauffeur es mit seiner Taschenlampe anleuchtete. Bei der ersten Berührung brach ein Höllenlärm los, Hundegebell, schrille Schreie von Frauen, Männerstimmen, die die wüstesten Unflätigkeiten brüllten, und, lauter als alles andere, die Worte: *»Ladri! Ladri! Polizia!«* – Diebe, Polizei ... Maggie schrie, doch jetzt bimmelten Glocken, Flutlichter strahlten vom Dach der Villa, und Bertos Dalmatiner Pavoncino kam kläffend zum Tor geschossen.

Der ohrenbetäubende Tumult ging weiter, während der Chauffeur Maggie in den Wagen zurückzog und sie neben sich auf den Vordersitz drückte. Mit Vollgas fuhr er ab, um die Villa herum zum vorderen Tor und stieg aus, um zu läuten.

Pavoncino erwartete sie schon mit Gebell. Doch gleich darauf erkannte er Maggie und wedelte freudig mit dem Schwanz. Maggie blieb im Wagen sitzen und wartete. Ein Streifenwagen fuhr vor, dann noch einer.

Mitten in dem Aufruhr erschien Berto mit Guillaume. Beide trugen Schußwaffen.

Die Polizei hatte Maggie festgenommen. Den Chauffeur hielt man mit auf den Rücken gedrehten Armen fest.

»Berto, ich bin's«, rief Maggie.

»Wo bist du, Maggie? Ich kann dich nicht sehen«, rief Berto. »Alles in Ordnung?«

»Nein«, antwortete Maggie.

Die Polizeibeamten verstanden kein Englisch und hatten Maggie in ihren Lumpen bereits in einen Streifenwagen verfrachtet, um den laut bellend und voller Freude der Hund herumsprang.

Die Geräusche aus der Luft verstummten abrupt. Guillaume öffnete langsam das Tor. Er hielt noch immer sein Gewehr in Anschlag. Als er die Willkommensfreude des Hundes sah, näherte er sich vorsichtig dem Streifenwagen, in dem kleinlaut, mit Handschellen an zwei stämmige Carabinieri gefesselt, Maggie saß.

Zuerst erkannte er sie nicht und wollte kaum ihrer Stimme trauen, als er sie: »Berto!« rufen hörte.

»Das ist meine Frau«, sagte Berto. »Maggie, was tust du denn? Du hast meine neue Alarmanlage ausgelöst und sämtliche Lautsprecher und die elektronische Verbindung zum Polizeirevier. Was ist denn los?«

Maggie wurde schließlich freigelassen, und dem Chauffeur flößte man Brandy ein. Die Polizeibeamten wurden ins Haus gebeten, und man entschuldigte sich bei ihnen; sie lehnten es allerdings ab zu trinken, während sie im Dienst waren; es schien ihnen zu genügen, sich gründlich im Salon umsehen zu können.

»Ich habe mich als arme Frau verkleidet«, erklärte Maggie im besten Italienisch, das sie zustande bringen konnte, »weil ich eine arme Frau bin. Ich bin ruiniert. Ich wollte nur, daß jeder das sieht.«

Berto nahm sich für einen Moment zusammen und übersetzte allerdings ziemlich modifiziert. Er erklärte, die Marchesa hätte sich nur einen Spaß machen wollen; von der Alarmanlage hätte sie nichts gewußt.

Viele weitere Bitten um Entschuldigung von Berto. Aufrichtig und tiefempfunden. Die Polizeibeamten gingen, und Berto blickte auf seine zerlumpte Frau, die trotz allem noch immer schön und strahlend aussah.

Sechzehntes Kapitel

Lieber Hubert,
bei meiner Rückkehr von einer Geschäftsreise in die Schweiz fand ich einen Brief meines Anwalts, Avvocato Massimo de Vita, vor, in dem er mir mitteilt, daß Du behauptest, ich hätte Dir meinen Gauguin geschenkt, und daß ferner mein Gauguin eine Fälschung sei.

Tatsache ist, daß ich Dir meinen Gauguin nicht geschenkt habe und daß mein Gauguin keine Fälschung ist.

Ja, ich trage mich sogar mit dem Plan, meinen Gauguin zu verkaufen. In dieser Zeit der Geldknappheit muß man sein Budget planen, und Berto plant, meinen Gauguin nach London zu bringen, um ihn dort zu verkaufen. Ich plane auch, mich von meinen Louis-XIV-Möbeln zu trennen. Ich habe ein absurdes Gerücht gehört, daß meine Möbel und Bilder bereits aus dem Haus weggeschafft worden wären, aber selbstverständlich hättest Du mich doch unterrichtet, wenn sie gestohlen worden wären. Es schwirren so viele Gerüchte herum! Nun, auf jeden Fall habe ich den Umzug für Mittwoch, den 27. August geplant. Es ist so lange her, seit wir einander gesehen haben. Wir planen, Dich zu besuchen, Hubert, um Deine Zukunftspläne zu besprechen, da wir die Villa an Lauro verkaufen werden, weil das Grundstück, auf dem sie steht, offenbar Lauros hübscher junger Frau gehört. Ist es nicht ein Glück, daß Lauro über all die Jahre unser Freund geblieben ist? Du wirst es nicht glauben, aber er brach sogar seine Hochzeitsreise vorzeitig ab, um meine Pläne mit mir zu besprechen. Welch ein Glück, daß das Grundstück nicht fremden Leuten gehört! In der Zwischenzeit leite ich selbstverständlich die Klage gegen Mr. de Lafoucauld ein, der den Kauf meiner Besitzungen in Nemi arrangiert hat, da er offenbar absolut vertrauensunwürdig war. Das ist natürlich nicht sein richtiger Name, aber Berto hat mit der Polizei gesprochen. Sie haben ihn in Mailand gefunden, und er wird ganz sicher ins Gefängnis wandern. Berto hat gesagt, es ist ihm jetzt gleichgültig, ob sein Name in Verbindung mit einem Strafprozeß in den Zeitungen erscheint, da wir ja die schuldlose Partei sind, es immer waren und immer sein werden.

Ich hoffe, Du kannst ein anderes Fleckchen in Nemi auftreiben, um die Pläne für Deine neue Religion weiterzuführen. Es klingt sehr aufregend, und ich wäre liebend gern auch dabeigewesen, aber ich war in der Schweiz, und außerdem ist Berto so konventionell. Er fände es schrecklich, wenn ich mich mit Drogen, Orgien etc., etc. einließe. Ist es nicht ein Glück, daß Lauro gewillt ist, hinsichtlich des Hauses ein kleines Arrangement mit mir zu treffen? Denn es ist ja in Wirklichkeit ein illegal erbautes Haus, wenn ich das auch damals natürlich nicht wußte. Ich plane, so bald wie möglich einzuziehen. Berto war natürlich ärgerlich über die Orgie, aber es wäre ihm selbstverständlich lieber, wenn Du in aller Stille gehst. Ich meine, wir wollen uns nicht bei den Behörden beschweren, da das nur unerfreulich wäre. Es war lieb von Dir, meine Bilder und Möbel in gutem Zustand zu erhalten. Ich habe versucht, mich mit Massimo de Vita in Verbindung zu setzen, um ihm persönlich meine Pläne mitzuteilen, aber unter seiner Kanzleinummer meldet sich niemand. Vor einigen Wochen habe ich in der Zeitung gelesen, daß der Nemisee ›biologisch tot‹ ist, das heißt also, völlig verschmutzt, aber es wird eine neue Abwasseranlage für die Klinik gebaut, damit nicht alles in den See geht. Deine Vorfahren würden sich gewiß im Grabe umdrehen, und ich fühle wirklich mit Dir, nachdem diese herrlichen Schiffe der Antike so stolz auf seiner Oberfläche dahingesegelt sind. Natürlich ist Nemi wunderschön, und es wird Mary schwerfallen, dort wegzugehen, aber ihr Haus ist auch illegal, und ich weiß nicht, ob sie mit den Grundeigentümern zu einer Einigung kommen können, und Michael ist sowieso der Ansicht, wir sollten für ein Haus nicht doppelt zahlen müssen. Auch für die Bernardinis ist das ein Problem, besonders, weil ja bald seine Trauung mit Nancy stattfinden soll. Sie ist eine sehr nette junge Frau und wird ihm ganz gewiß eine sehr gute Haushälterin sein.

Wenn Du Avvocato Massimo de Vita sehen solltest, dann sage ihm bitte, daß er sich geirrt hat, was meinen Gauguin betrifft. Ich finde wirklich, daß die Rechtsanwälte heutzutage in ihrer Arbeit sehr nachlässig sind. Kaum einer von ihnen setzt sich noch für seine Mandanten ein. Ich plane, einen anderen Anwalt zu nehmen.

Vergiß nicht, daß am Mittwoch, dem 27., der Möbelwagen kommt. Natürlich mit bewaffnetem Begleitschutz. Man kann ja heutzutage nicht vorsichtig genug sein.

Arrivederci und alles Liebe.

Maggie.

P. S. Schreckliche Zeiten sind das, in denen wir leben. Ich habe eben in der *Herald Tribune* gelesen, daß ein lieber Freund von mir, ein Finanzier aus Argentinien, Coco de

Renault, entführt worden ist. Anscheinend verlangen die Entführer ein phantastisches Lösegeld, und die arme Frau und die Tochter in der Schweiz sind völlig verzweifelt. Ich habe sofort bei ihnen angerufen, aber sie wollten nicht sprechen, weil sie den Anschluß für Verhandlungen mit den Entführern freihalten wollten. Die Angehörigen behaupten, sie hätten Coco seit Monaten nicht gesehen und sie wüßten nicht, wo er ist, was schrecklich ist, aber die Zeitungen schreiben, er muß ihnen eine Generalvollmacht schikken, um sein ganzes Geld für die Entführer freizugeben, und es ist möglich, daß die Banken sein Wort nicht akzeptieren werden, und in diesem Fall könnte er getötet werden. Es ist gräßlich, von diesen Geschehnissen zu lesen, und noch erschreckender, wenn es sich um jemanden handelt, den man kennt, und solche Dinge praktisch vor der eigenen Tür passieren. Ich persönlich glaube, daß die Ehefrau schon sein ganzes Geld irgendwo in der Schweiz liegen hat, und mit dem Gerede um Vollmachten will sie nur günstigere Bedingungen herausschlagen. Sie überschreiben ihr Geld im allgemeinen der Ehefrau oder legen es auf ein Nummernkonto. Ich hoffe deshalb, daß mein Bekannter unbeschadet aus der Sache herauskommt, aber wie entsetzlich, das ganze Geld an Verbrecher zahlen zu müssen!«

Hubert las den Brief langsam Pauline Thin vor, die am Tag, nachdem Huberts drei ehemalige Sekretäre gegangen waren, zurückgekehrt war.

Seit die Möbel fortgebracht worden waren, hatte es jeden Tag Streit unter ihnen gegeben; die Jungen hatten nicht einmal die Ausdauer, es einen Monat lang durchzuhalten, auf Feldbetten zu schlafen und in der Küche zu essen. Ein

Monat war alles, worum Hubert sie gebeten hatte, nur um den Schein zu wahren.

Maggies Möbel und Bilder waren bereits in London verkauft worden. Selbst jene Gemälde, die Fälschungen gewesen waren, und die Garnitur von Louis-XIV-Möbeln, die, mit einem Originalbein hier und einer Armlehne dort, umgearbeitet worden waren, hatten ziemlich hohe Preise erzielt, während die Originalgemälde und echten Möbelstücke, die noch geblieben waren, ein Vermögen eingebracht hatten. Selbst nach Abzug von Massimos fünfzigprozentigem Anteil blieb noch ein Vermögen für Hubert, jenes Vermögen, mit dem ihn Maggie, wie er von Anfang an gefunden hatte, hätte abfinden sollen. Es ging jetzt nur noch darum, für einen Monat oder vielleicht ein wenig länger den Schein der Armut zu wahren, damit niemand auf den Gedanken kam, er hätte sich mit Maggies Eigentum aus dem Staub gemacht. Massimo war mit unbekanntem Ziel abgereist; er hatte Kalifornien gesagt, was mit Sicherheit bedeutete, daß er anderswo war. Offensichtlich war er es gewöhnt, von Zeit zu Zeit eilig zu verreisen. Huberts Hälfte des Verkaufserlöses lag sicher in der Schweiz.

»Miss Thin«, sagte Hubert, als Pauline am Tag nach der Abreise seiner drei unzufriedenen Freunde eintraf, »wenn Sie gekommen sind, um Ihre restliche bewegliche und unbewegliche Habe abzuholen, dann sind Sie umsonst hier. Der Gerichtsvollzieher hat uns einen Besuch abgestattet. Er hat alles mitgenommen, einschließlich Ihrer Slips. Man hat mir nur das Notwendigste hiergelassen, und ich, Sproß der Götter, bin ein armer Mann. Und das, Miss Thin, ist zum größten Teil Ihre Schuld.«

»Sie sind auch nicht schuldenfrei«, gab Pauline zurück. »Da wären zunächst mal fünf Monate Gehalt.«

»Seien Sie doch nicht vulgär«, sagte er. Dennoch öffnete er den Küchenschrank und nahm ein Bündel Banknoten aus einer Dose. Er zählte ihr ihren Lohn hin. »Frauen«, konstatierte er, »sind unglaublich materialistisch.«

Sie setzte sich auf einen Stuhl und zählte das Geld nach.

»Ihre Freunde sind weg«, sagte sie. »Natürlich sind sie aus idealistischen und nicht materialistischen Gründen gegangen. Deshalb haben sie Sie hier ganz allein gelassen, ohne ein bequemes Möbelstück. Woher haben Sie das Geld hier, Hubert?«

»Das geht Sie nichts an, Sie sind nicht mehr meine Sekretärin. Sie haben meine Gemeinde kaputtgemacht, und Sie haben meinen Ruf kaputtgemacht. Ich habe von jemandem aus dem Dorf einen anonymen Brief bekommen, in dem man mich mit irgendeinem katholischen Prälaten vergleicht, der gar keiner war und sich vor zwei Jahren hier in Nemi mit seinen Jüngern und Heiligenbildern und Kruzifixen und apostolischen Papieren in einer Villa niederließ. Er behauptete, vom Päpstlichen Stuhl beauftragt zu sein, riesige Warenmengen zu kaufen, und als die Polizei schließlich die Villa umstellte, beging er Selbstmord. Ich habe alle Einzelheiten hier. Der Briefschreiber hat den Zeitungsausschnitt beigelegt.«

Er reichte ihn Pauline.

»Sehen Sie mal, womit der arme Irre sich umgebracht hat«, sagte er, »mit einem Glas *vino al topicida*! Das klingt wie eine erlesene Spezialität, aber es ist mit Rattengift vermischter Wein. Eine wenig feine Art des Selbstmords, und ich möchte den Verfasser dieses anonymen Briefs nicht kennenlernen, der meint, ich sollte das gleiche tun.«

»Die Schrift ist furchtbar«, sagte Pauline.

»Die Orthographie auch. Irgendeine Frau aus dem Dorf. Was spielt es schon für eine Rolle?«

»Ach, Hubert! Sie würden doch niemals an Selbstmord denken, oder?« fragte Pauline. »Ich möchte das Geld nicht, wirklich nicht. Nehmen Sie es wieder. Hier ist es.«

»Ich denke nicht im entferntesten an Selbstmord«, antwortete Hubert. »Aber ich lege das Geld zur Aufbewahrung wieder in die Dose. Ich hoffe, Sie haben Ihre Lektion gelernt, Miss Thin.«

»Ich gehe einkaufen und koche für Sie«, sagte Pauline.

»Ich habe noch einen Brief bekommen«, sagte Hubert, und dann las er ihr laut Maggies Brief vor.

»Diese Frau ist gefährlich«, sagte Pauline. »Wo sind ihre Möbel jetzt?«

»Woher soll ich das wissen? Ihr Anwalt hat sie abgeholt.«

»Und Ihre Manuskripte, Hubert, wo sind Ihre Dokumente?«

»In Rom«, antwortete Hubert. »Nach Rom gebracht, genau wie damals der Kult der Diana, der sich aus politischen und sehr demokratischen Gründen im vierten Jahrhundert vor Christus bis nach Rom ausbreitete.«

»Ich habe in Rom Pater Cuthbert getroffen«, sagte Pauline.

»Da haben Sie doch sicher über mich gesprochen. Was hätten Sie sonst zu reden, meine Liebe?«

»Hubert, ich glaube, er fände es gut, wenn Sie die Charismatische Bewegung innerhalb der Kirche übernehmen und die Betstunden leiten würden. Sie machen das Murmelritual so gut, und Cuthbert sagte, es stünde durchaus nicht in Widerspruch mit Diana als Bewahrerin der Natur.«

»Es ist lange her«, sagte Hubert, »daß Homer die Wunder der Artemis besang, die später die Diana wurde. Er nannte sie die Herrin der Natur. Charisma und Natur haben schon einiges für sich.«

»Es ist die neue Richtung«, sagte Pauline. »Irgendwie müssen Sie sich Ihren Lebensunterhalt verdienen, Hubert. Sie können doch nicht hierbleiben mit diesen Küchenstühlen.«

»Irgendwie, Miss Thin«, erwiderte Hubert, »bin ich gar nicht so schlecht dran.«

»Wir fahren heute um Mitternacht ab«, teilte Hubert Pauline mit.

Es war Dienstag, der 26. August, dreizehn Tage nach dem Fest der Diana, einen Tag vor dem Datum, das Maggie zur Verladung ihrer Möbel festgesetzt hatte, die nicht da waren. An diesem Morgen hatte er, als Pauline von ihren Lebensmitteleinkäufen im Dorf zurückkam, ihr wie üblich die Zeitungen aus der Hand genommen und gewartet, daß sie ihm den Kaffee einschenkte.

»Wir fahren um Mitternacht ab«, sagte er.

Beim Kaffee reichte er ihr eine Zeitung, die beim Bild einer enthaupteten Statue aufgeschlagen war.

»Das ist ein Zeichen«, sagte Hubert.

Zwei Standbilder, die einen Brunnen in Palermo flankierten, waren von Vandalen verstümmelt worden. Die Zeitung hatte jenes abgebildet, das am meisten gelitten hatte. Die Schlagzeile lautete: »Enthauptete Diana«, und das Foto zeigte eine stämmige und kopflose nackte Diana mit ihrem Jagdhund und ihrem Hirschen.

»Das ist ein eindeutiges Zeichen für uns«, sagte Hubert, »meinen Sie nicht, Miss Thin?«

»Daß ich nichts mehr besitze, was bewacht werden muß, hat doch auch etwas Positives«, sagte Hubert, »ich kann jetzt einen Spaziergang machen.«

Er ging vor Sonnenuntergang los, während sich Pauline daran machte, ihre wenigen Haushaltsdinge in den Kombi zu packen, der zum Umzug nach Rom bereitstand. Bobby Lester, für den sie vor so langer Zeit einmal gearbeitet hatte, ein Freund von Pater Cuthbert, hatte ihnen seine Wohnung über der Piazza del Popolo zur Verfügung gestellt. Sie deponierte die Blechdose mit Huberts Geld auf dem Küchentisch, um sie im Auge zu behalten, setzte sich pflichtschuldig daneben und genoß es, gar nichts zu tun, als die Kurzmeldungen in der Zeitung zu lesen und Radio zu hören. Sie trug eine schwarze Baumwollbluse und einen roten Rock, in dem ihre Hüften breiter denn je wirkten; sie quollen in besitzergreifender Weise über den Küchenstuhl, und sie wußte, daß sie für Huberts Zukunft unentbehrlich war.

Hubert beschloß inzwischen, sich ein letztes Mal das schöne Nemi anzusehen, wo man von jedem Standort aus eine andere Aussicht hatte, jede Aussicht eine Ansichtskarte, nur daß sie Realität war. Er schritt die alte römische Straße hinunter, am alten Rathaus vorbei und ins Dorf. Den ganzen Juli und August hindurch war Nemi von Urlaubern überfüllt gewesen; selbst einige ausländische Touristen und Leute aus der Menge der Wallfahrer des Heiligen Jahres, die

Hubert vor kurzem noch herbeigewünscht hatte, waren aus dem nahegelegenen Castel Gandolfo herübergekommen, wo der Papst in seiner Sommerresidenz hofhielt. Doch jetzt, während die Straße sich langsam verdunkelte, waren wenige Neuankömmlinge zu sehen; die meisten waren in ihre Unterkünfte zurückgekehrt, die ihnen von den benachbarten Klöstern organisiert worden waren. Nach Einbruch der Dunkelheit standen einige Einheimische in Gruppen vor den Bars herum, und verschiedene Liebespaare lehnten sich über die Mauer neben dem Schloß und sahen zum Mond hinauf.

Vor der Kirche war eine mit Mosaiken eingelegte Tafel errichtet worden, um an den Besuch des Papstes in Nemi im Jahr 1969 zu erinnern. Hubert blieb stehen, um sie sich anzusehen, und entdeckte im Licht der Straßenlampe, daß sie auf der Linken das Wappen von Nemi trug, Blau, Weiß, Gelb, Tiefrot und Gold, umgeben von den Worten *Dianae Nemus*: Wald der Diana; auf der Rechten prangte das strahlende Emblem eines einheimischen Mönchsordens und darüber das päpstliche Wappen der Montinis, das Pauls VI., von den goldenen und silbernen Schlüsseln St. Peters überkreuzt. Hubert war selten in Nemi spazierengegangen.

»Nemi gehört mir«, murmelte er, »aber ich muß weiter nach Rom.«

Tatsächlich war er sorglos und recht froh über die Abreise, da er ja jetzt Geld hatte und seine Zukunft, die Zusammenarbeit mit den Jesuiten, voller Hoffnung und Spannung schien, jenen zwei Dingen, die Hubert im Leben am höchsten schätzte, da doch auf der materiellen Seite alle Dinge gleich waren.

Er ging den Weg auf den steilen Felsen beim See hinunter, über die Brücke, auf Dianas Tempel zu. Der Mond war fast dreiviertel voll und im Abnehmen. »Holz muß man immer bei abnehmendem Mond hacken«, hatte ein alter Bauer ihm während seiner ersten Jahre in Nemi erklärt, als er losgegangen war, um Feuerholz zu sammeln. Er lächelte zum Mond hinauf und fühlte tief im Inneren, daß er von Diana, der Mondgöttin, abstammte.

Die Stelle, wo Dianas Tempel gestanden hatte, war der Öffentlichkeit nicht zugänglich, und selbst die Einheimischen gingen niemals zu den von dichtem Gestrüpp überwucherten Nischen, die von dem Kult geblieben waren. Doch Hubert kannte den Weg zu diesem Gebiet, das in historischer Zeit den Namen Teufelsgrotten erhalten hatte. Man konnte dort nicht nur Überreste aus alter Zeit finden, sondern auch zahlreiche Höhlen, die tief in das Herz des Felsens unter dem Schloß hineinführten, wo Landstreicher in Tagen der Not Zuflucht finden konnten. Diese Höhlen waren jetzt verlassen und überwuchert, manche von ihnen völlig unter dichtem Grün verborgen. Er kämpfte sich durch das dichte Unterholz, über holprigen Boden, blieb stehen, um einen starken Ast loszureißen, um damit seinen Pfad zu lichten. »Holz muß man immer bei abnehmendem Mond hacken.« Der Ast ließ sich ohne große Schwierigkeiten vom Baum brechen.

Plötzlich sah Hubert eine Gestalt näher kommen, eine alte Frau, schien es, wahrscheinlich eine Zigeunerin, die sich zu ihm hin einen Weg bahnte. Mit einer Taschenlampe erleuchtete sie ihren Pfad. Hinter ihr, viel tiefer im dunklen Dickicht des Felsens, meinte er, Stimmen zu hören; doch als er stehenblieb, hörte er nichts. Die dunkel gekleidete Alte mit einem Tuch um den Kopf kam näher und wollte mit dem üblichen »Buona sera« an ihm vorübergehen.

»Maggie!« rief Hubert.

Sie blieb stehen und richtete die Taschenlampe auf ihn und begann zu lachen.

Nur eine kleine Weile saßen sie beieinander und betrachteten den See und das eingedrückte Rund des Mondes. Maggie hatte natürlich beinahe da den Faden wiederaufgenommen, wo sie ihn abgerissen hatte, und sagte, ohne eine Erklärung über ihr Aussehen oder ihre Anwesenheit an diesem verlassenen Ort zu geben, ihr ginge es gut, danke, wie es ihm ginge.

»Gut«, antwortete Hubert.

Sie suchten sich also eine Stelle, wo sie sich niedersetzen konnten, und Maggie sagte: »Du wirst es nicht glauben, Hubert, aber meine Schwiegertochter Mary hat sich unsterblich in Berto verliebt, und ihm ist das entsetzlich peinlich, weil er nur mich liebt, wie du dir vorstellen kannst. Er versucht, sie an einen Freund, einen Journalisten, abzuschieben, einen älteren Mann schon, weil er meint, daß Mary im Grunde einen älteren Mann braucht, eine Art Vaterfigur. Es ist eigentlich tragisch, aber es ist alles Michaels Schuld; er ist zwar mein eigener Sohn, aber ich weiß, daß er Mary vernachlässigt hat und, unter uns gesagt, völlig unzureichend ist.«

»Es wird sich schon alles klären«, sagte Hubert. »Du siehst wunderbar aus, Maggie, trotz dieser Kleider und allem.«

»Hubert, du bist immer so charmant. Meine Kleider sind

natürlich ein Symbol meiner neuen Armut. Und außerdem kann man, wenn man so angezogen ist, hoffen, einer Entführung zu entgehen. Das ist ja heutzutage eine wirkliche Bedrohung. Man ist in Gefahr.«

»Oh, ich weiß. Du hast mir in deinem Brief von dem armen Coco de Renault berichtet. Gibt es etwas Neues von ihm?«

»Nun, *armer* Coco de Renault würde ich nicht sagen. Aber vielleicht wird er arm sein, wenn er das Lösegeld gezahlt hat. Und wie steht es mit dir, Hubert? Geht es dir gut?«

»Es geht«, antwortete Hubert.

»Aber natürlich«, sagte Maggie. »Ich weiß zufällig, daß du meine sämtlichen Möbel und Bilder verkauft hast. Den Brief habe ich nur geschrieben, um Berto zufriedenzustellen und um klare Fronten zu schaffen, weißt du. Wo ist Massimo de Vita?«

»Das weiß ich wirklich nicht, Maggie. Du kannst nicht das geringste unternehmen.«

»Ich weiß«, sagte sie vergnügt.

»Es tut mir leid zu hören, daß Renault sich mit deinem ganzen Vermögen aus dem Staub gemacht hat«, sagte Hubert.

»Ich bekomme es zurück. Es ist alles schon abgemacht«, sagte Maggie. »Abzüglich dreißig Prozent.«

»Das ist wohl der Anteil der Entführer«, sagte Hubert.

»Richtig«, bestätigte Maggie.

»Wo halten sie ihn fest?« fragte Hubert. »Die Zeitungen scheinen die Story fallengelassen zu haben, also befindet er sich wohl nicht in Italien.«

»Nun, manche sagen Kalifornien, und manche sagen Brasilien«, erwiderte Maggie. »Tatsächlich ist er aber genau hier, in einer Höhle in diesem Felsen, sicher bewacht. Ich habe ihn eben besucht. Hubert, ich konnte es mir einfach nicht versagen, hinzugehen und mich an seinem Anblick zu weiden.«

»Das verstehe ich gut«, sagte Hubert. »Soll er bald freigelassen werden?«

»Irgendwann heute nacht oder morgen in aller Frühe. Seine Frau hat die Angelegenheit so lange wie möglich hinausgezögert, und das machte Coco sehr wütend. Doch schließlich mußte sie alles mir überschreiben, in der Schweiz, alles, mit weniger wollte ich mich nicht abfinden lassen.«

»Kannst du dich darauf verlassen, daß er dich nicht anzeigt?« fragte Hubert.

»Aber er kann mich doch gar nicht anzeigen. Er hat ja selbst zuviel Dreck am Stecken. Es gibt Momente, wo man Gaunern trauen kann.«

»Daran ist etwas Wahres«, stellte Hubert fest.

Sie wünschte ihm sehr freundlich gute Nacht, raffte ihre schmutzigen Röcke zusammen und schritt den laubbeschatteten Pfad entlang. Ihre Taschenlampe brauchte sie kaum, so hell war der Mond, der, dreiviertel voll, das üppige Land am Seeufer beleuchtete und, jenseits in den Feldern, die Früchte der gütigen Erde.

Muriel Spark im Diogenes Verlag

Das Treibhaus am East River

Roman. Aus dem Englischen
von Otto Bayer. Leinen

Gräfin Elsa Hazlett ist so unberechenbar wie ihr Schatten: dieser nämlich fällt, wohin er will, und sie fällt auf, wo sie nur kann – sie liebt den öffentlichen Skandal. Mit ihrem Ehemann Paul lebt sie in latentem Kriegszustand.

»Eine Geschichte, die – bis auf wiederholte Rückblenden – auf der Stelle dieser absurden, an Woody Allen erinnernden New Yorker Existenzen zu treten scheint. Dieses behende Hin und Her zwischen dem Wahrscheinlichen und Unwahrscheinlichen, zwischen gekonnter Persiflage des *modern life style* und Elementen des Gothic-Romans geht Muriel Spark auch hier wieder gut von der Hand.«
Süddeutsche Zeitung, München

»Töte mich!«

Roman. Deutsch
von Matthias Fienbork. Leinen

Eine Frau kauft sich ein paar knallbunte Sommersachen und fliegt in den Süden. Schon auf dem Flug beginnt sie zielstrebig nach einem ganz bestimmten Typ Mann zu suchen, ihrem Mörder. Das Drehbuch für den Mord ist geschrieben, die Tatwaffe besorgt. Fehlt nur noch die Hauptfigur...

»Eine Frau sucht nach ihrem Mörder. Mit viel schwarzem Humor und makabrer Komik beschreibt Muriel Spark diese Suche.« *ORF, Wien*

»Das ist Muriel Spark: eine Meisterin in der Kunst, das Phantastische erst plausibel zu machen, es dann aufzu-

heben und die Unsicherheit des Lesers auszunutzen zu einer zweiten Ebene der Ironie dem Leben gegenüber, das sie in diesem Roman schildert.«
Die Zeit, Hamburg

Bitte nicht stören

Roman. Deutsch von Otto Bayer
Leinen

In den Dienstbotenräumen der Villa Klopstock wird ein merkwürdiger Auftritt geprobt und Possen des Schreckens und der Anstößigkeit ausprobiert... In der Dachstube heult der Geistesgestörte, der über seine Pflegerin in Wut gerät, lauter als der Sturm vor dem Haus... In der Bibliothek unterhalten sich in aller Ruhe der Baron und die Baronin mit ihrem hübschen Sekretär und wollen nicht gestört werden – alles ist vorbereitet für die »große Tragödie«, das höchst einträgliche Verbrechen aus Leidenschaft.

»Eine brillante schwarze Komödie, ein Hexengebräu, das prickelt wie erlesener Champagner mit ein paar Tropfen Arsen und einer Prise Aphrodisiakum.«
Publishers Weekly, New York

»Bedrohlich und voll schwarzen Humors, ein Meisterwerk ohnegleichen.« *The Times, London*

Übernahme

Roman. Deutsch von Mechthild Sandberg
detebe 22461

Spark-Fans finden in der burlesken Geschichte von der amerikanischen Multimillionärin viele Elemente früherer Romane wieder: den Sinn für abstruse Situationen, den trockenen Witz, die Freude an verrückten Charakteren, die Muriel Spark mit wenigen Federstrichen eindringlich zeichnet. Heldin oder besser gesagt Anti-Heldin ist Maggie, die drei prachtvolle Villen in den Albaner Bergen am Nemisee besitzt, dort wo einst das Heiligtum der Göttin Diana stand. Maggie möchte eine zweite Jagdgöttin sein, aber sie ist eher das Wild: Umgeben von Glücksrittern, Schmarotzern und Kriminellen, beschäftigt sie sich hauptsächlich mit dem Streben nach Glück, das sie aber erst findet, als sie alles andere verloren hat.

»Wo Götter selbst versagen und der Mensch in seinen Tollheiten wie in einem Netz strampelt, da hilft nur noch Humor. Und Humor in allen Schattierungen bewahrt Muriel Sparks großartiges Sittengemälde bis in die letzte Zeile.« *Die Welt, Bonn*

»Ich bin Mrs. Hawkins«

Roman. Deutsch von Otto Bayer
detebe 22426

»Muriel Spark spinnt ihre Fäden und Intrigen wie außer ihr höchstens noch Agatha Christie. Sie stellt den Leser vor ein Rätsel, hier in Form eines anonymen Briefes, den Wanda, die kleine polnische Schneiderin, erhält... Am Ende sind wir baff, und es ist, als erführen wir endlich, wer der Mörder ist... Das wunderbarste Buch seit Jahren.« *The New York Times*

Das einzige Problem

Roman. Deutsch von Otto Bayer
detebe 21599

Es beginnt wie eine moderne Ehekomödie, es endet wie ein Kriminalroman: die tragische Geschichte eines reichen Mannes, der ein Buch über Hiob schreibt und im Leben das Prinzip des Bösen erforscht.

»Diese Mischung von spannender Unterhaltung und ernsteren Erörterungen, die an Graham Greene erinnert, gelingt nur wenigen Autoren.«
Matthias Wegner/Frankfurter Allgemeine Zeitung

Hoheitsrechte

Roman. Deutsch von Mechtild Sandberg
detebe 21580

In Venedig, der Stadt der Kanäle, tummeln sich zwischen Gondeln und Palästen allerlei seltsame Gestalten.

»Muriel Spark in Hochform. Dieser Roman erinnert an die besten Werke von Evelyn Waugh.«
Daily Express, London

Päng päng, du bist tot

Erzählungen. Deutsch von Matthias Fienbork
detebe 21533

Im vorliegenden Band finden sich Erzählungen aus über dreißig Jahren, soweit sie nicht bereits in *Portobello Road* (detebe 20894) veröffentlicht wurden.

Das Mandelbaumtor

Roman. Deutsch von Hans Wollschläger
detebe 21466

Muriel Spark erzählt das Abenteuer der englischen Lehrerin Barbara Vaughan, die nach Jerusalem fährt, um sich über sich selbst klarzuwerden.

»Das ist Muriel Spark: eine Meisterin in der Kunst, das Phantastische erst plausibel zu machen, es dann aufzuheben und die Unsicherheit des Lesers auszunutzen zu einer zweiten Ebene der Ironie dem Leben gegenüber, das sie in diesem Roman schildert.«
Die Zeit, Hamburg

Mädchen mit begrenzten Möglichkeiten

Roman. Deutsch von Kyra Stromberg
detebe 21399

»Mit der ihr zu Gebote stehenden Mischung von Zynismus und Trockenheit, von Frische und Bosheit,

die je nach Bedarf ihre Krallen zeigt oder versteckt, erzählt Muriel Spark die Geschichte eines Clubs für Mädchen, die während des ersten Nachkriegsjahres in London Unterkunft gefunden haben.«
Neue Zürcher Zeitung

Vorsätzlich Herumlungern

Roman. Deutsch von Hanna Neves
detebe 21195

»In ihrem seit Jahren witzigsten, gewitztesten und unterhaltendsten Roman führt uns Muriel Spark durch die schäbigeren Zirkel der literarischen Welt von 1949. Hauptfigur ist Fleur Talbot, die überzeugt ist, einen außergewöhnlichen Roman zu schreiben.«
Publishers Weekly, New York

»*Vorsätzlich herumlungern*, eine Art Zusammenfassung meines Lebens.« *Muriel Spark*

Robinson

Roman. Deutsch von Elizabeth Gilbert
detebe 21090

Es gab drei Überlebende bei der Flugzeugkatastrophe. Die Lissabon-Maschine war über Robinsons kleiner vulkanischer Insel abgestürzt, tausend Meilen fern von jeder Zivilisation.

Die Tröster

Roman. Deutsch von Peter Naujack
detebe 21089

Caroline Rose, eine junge Schriftstellerin und frische Konvertitin, hört Stimmen, die sie und ihr Schicksal in ein imaginäres ›Buch im Buche‹ einweben.

»Die Anfänge einer so ungewöhnlichen Begabung verfolgen zu können, gewährt großes Vergnügen. Jede Seite der *Tröster* beweist es.«
Martha Nowak/Tages-Anzeiger, Zürich

Die Blütezeit der Miss Jean Brodie

Roman. Deutsch von Peter Naujack
detebe 21055

Miss Brodie, eine Lehrerin in den besten Jahren, benutzt fünf junge Mädchen dazu, ihre eigenen politischen, ästhetischen und auch erotischen Wünsche zu erfüllen.

»Muriel Sparks immer leicht karikierender Stil hat die Attraktion eines geistigen Amüsements, das keine intellektuelle Langeweile aufkommen läßt und seine vergnügliche Feuerwerkerei bis zum Ende durchhält.«
Karl Krolow / Süddeutsche Zeitung

Portobello Road

Erzählungen. Deutsch von Peter Naujack
und Elisabeth Schnack. detebe 20894

»Die Erzählung *Portobello Road* ist ein kleines, in sich geschlossenes Werkchen, das mit seinem geheimnisvollen, soll ich sagen, ›metaphysischen‹ Ausklang in der Erinnerung haftet.«
Erich Pfeiffer-Belli / Welt der Literatur

Junggesellen

Roman. Deutsch von Elisabeth Schnack
detebe 20893

Junggesellen ist eine durch und durch englische Tragikomödie, wo üppiger geistreicher Witz seine Purzelbäume schlägt, wo tiefer, fast bitterer Ernst den Bodensatz bildet, wo beißende Ironie wie harmlosliebenswürdiger Humor duftet und derbe Realistik höchste Stilisierung ist.«
Paul Ludwig Walser / Landbote, Winterthur

Memento Mori

Roman. Deutsch von Peter Naujack
detebe 20892

»Dieses ist ein Roman über die irdische Unbrauchbarkeit. Die Helden und Heldinnen stehen hoch in den

Siebzigern, viele sind achtzig und darüber. Ihre letzte und wesentliche Aufgabe ist, ›der nächsten Generation das Sterben vorzuleben‹. Ein Buch, das unzeitgemäß ist, ein Buch, das bleiben wird.« *Die Zeit, Hamburg*

Die Ballade von Peckham Rye

Roman. Deutsch von Elisabeth Schnack
detebe 20119

Der Roman beleuchtet das vielgesichtige Leben unter Londoner Fabrikarbeitern und -arbeiterinnen, Stenotypistinnen und Fabrikanten, in das Dougal Douglas, der junge, zynische Held, Unruhe und Verwirrung bringt.

»Wir müssen alle dankbar sein, daß eine so brillante Schriftstellerin wie Mrs. Spark über ›ärgerliche‹ Dinge in einem so köstlichen Kontrast zu der üblichen garstigen Ernsthaftigkeit schreiben kann.« *Edna O'Brien*

Barbara Vine im Diogenes Verlag

Liebesbeweise

Roman. Aus dem Englischen von
Renate Orth-Guttmann. Leinen

»*Liebesbeweise* ist Barbara Vines bisher eindringlichster Exkurs in die dunklen Geheimnisse der Obsessionen des Herzens. Dieser Roman betrachtet und prüft mancherlei Arten von Liebe: die romantische Liebe, die elterliche Liebe, die abgöttische Liebe, die besitzergreifende Liebe, die selbstlose Liebe, die erotische Liebe, die platonische Liebe und die kranke Liebe.« *The New York Times Book Review*

»Wer die englische Autorin kennt, weiß, daß es in *Liebesbeweise* wieder um ein veritables Verbrechen geht, daß dieser Kriminalroman aber in Wirklichkeit wieder ein Reisebericht über eine zerklüftete Landschaft emotionaler Verstrickungen ist. Die Landschaften wechseln bei Barbara Vine, gleich bleibt die suggestive Verführungskraft, mit der sie ihre Leser in immer neue Abgründe zieht. Man wird süchtig... Eine besondere Stärke sind die überraschenden Wendungen, die ihre Handlungen nehmen, die quälenden Verzögerungen und rasanten Beschleunigungen, die sie einbaut.«
profil, Wien

»*Liebesbeweise* ist ein erfrischend verstörendes Epos.«
Hamburger Morgenpost

»Diese Frau ist einfach ein Phänomen. Und *Liebesbeweise* ist ein Spitzen-Thriller.«
Frankfurter Rundschau

Das Haus der Stufen

Roman. Deutsch von
Renate Orth-Guttmann. Leinen

Eine der großen Lügnerinnen der Welt nennt Elisabeth die junge Bell. Und trotzdem, oder vielleicht des-

wegen: noch nie zuvor war Elisabeth von einer Frau dermaßen fasziniert. Selbst als Bells kriminelle Vergangenheit offenkundig wird, kann sich Elisabeth nicht aus ihrer Liebe zu Bell lösen. Immer wieder findet sie Erklärungen und Entschuldigungen für das unglaubliche Verhalten dieser mysteriösen Frau.
Im ›Haus der Stufen‹ beginnt Eisabeths mütterliche Freundin Cosette ein neues, unangepaßteres Leben. Auch Bell kommt in das Haus, und schon tauchen seltsame Fragen auf: Was geschah mit Elisabeths Mutter? Warum war Bell im Gefängnis, und was ist ihr so sorgsam gehütetes Geheimnis? Und haben die ungewöhnliche Ähnlichkeit zwischen Bell und dem Bronzino-Portrait einen Zusammenhang mit der sterbenden Heldin in Henry James' ›Die Flügel der Taube‹?

»Barbara Vine alias Ruth Rendell ist in der englischsprachigen Welt längst zum Synonym für anspruchsvollste Kriminalliteratur geworden.« *ORF, Wien*

Es scheint die Sonne noch so schön

Roman. Deutsch von
Renate Orth-Guttmann
detebe 22417

Ein langer, heißer Sommer im Jahr 1976. Eine Gruppe junger Leute sammelt sich um Adam, der ein altes Haus geerbt hat. Sorglos leben sie in den Tag hinein, lieben, stehlen, existieren. Zehn Jahre später werden auf dem bizarren Tierfriedhof zwei Skelette gefunden – das einer jungen Frau und das eines Säuglings...

»Der Leser glaubt auf jeder zweiten Seite, den Schlüssel zur Lösung des scheinbar kriminellen Mysteriums in Händen zu halten, doch – der Schlüssel paßt nicht, sperrt nicht, klemmt... Keine Frage, dieser Roman ist ein geglückter Thriller, ein famos geglückter, wofür diese Autorin auch bürgt.« *Wiener Zeitung*

Die im Dunkeln sieht man doch

Roman. Deutsch von
Renate Orth-Guttmann
detebe 21826

Der Fall der Vera Hillyard, die kurz nach dem Krieg wegen Mordes zum Tod durch den Strang verurteilt und hingerichtet wurde, wird wieder aufgerollt. Briefe, Interviews, Erinnerungen, alte Photographien fügen sich zu einem Psychogramm, einer Familiensaga des Wahnsinns. Schicht um Schicht entblättert Barbara Vine die Scheinidylle eines englischen Dorfes, löst zähe Knoten familiärer Verflechtungen und entblößt schließlich ein Moralkorsett, dessen psychischer Druck nur noch mit Mord gesprengt werden konnte.

»Barbara Vine ist die beste Thriller-Autorin, die das an Krimi-Schriftstellern nicht eben arme England aufzuweisen hat. Ihr Buch ist ein Psycho-Thriller der Super-Klasse. Eine Reportage aus einer Zeit da die ›besseren Herren‹ bei Heirat noch eine Jungfrau erwarten durften – und die Frauen aus dem bürgerlichen Aufsteiger-Milieu eine Menge Tricks anwandten, um diesem Weltbild anscheinend zu entsprechen.«
Frankfurter Rundschau

»Es gibt Bücher, die man eher zufällig und ohne große Erwartungen in die Hand nimmt, um mal einen Blick hineinzuwerfen, und dann passiert es, daß man sich festliest und das Buch gar nicht mehr aus der Hand legen möchte. Barbara Vines Roman, raffiniert aufgebaut und meisterhaft erzählt, gehört für mich in diese Kategorie.« *Süddeutscher Rundfunk*